乐府诗选

朱剑心◎编注

人民文学出版社

图书在版编目(CIP)数据

乐府诗选/朱剑心编注.
—北京:人民文学出版社,2018
(恋上古诗词:版画插图版)
ISBN 978-7-02-013607-0

Ⅰ.①乐…　Ⅱ.①朱…　Ⅲ.①乐府诗-诗集-中国-古代　Ⅳ.①I222.6

中国版本图书馆 CIP 数据核字(2017)第 322394 号

责任编辑　朱卫净　尚　飞
装帧设计　高静芳

出版发行　人民文学出版社
社　　址　北京市朝内大街 166 号
邮政编码　100705
网　　址　http://www.rw-cn.com

印　　刷　莱芜市圣龙印务有限责任公司
经　　销　全国新华书店等

开　　本　890 毫米×1240 毫米　1/32
印　　张　14.5
插　　页　2
字　　数　290 千字
版　　次　2018 年 6 月北京第 1 版
印　　次　2018 年 6 月第 1 次印刷

书　　号　978-7-02-013607-0
定　　价　59.00 元

目录

序言 1

编例 1

上编一　鼓吹曲辞

汉铙歌 1

战城南(1)　有所思(3)

上陵(2)　上邪(4)

上编二　横吹曲辞

梁鼓角横吹曲 5

企喻歌辞(5)　捉搦歌(11)

琅琊王歌(6)　东平刘生歌(12)

巨鹿公主歌辞(7)　隔谷歌(12)

紫骝马歌辞(8)　地驱乐歌(12)

黄淡思歌辞(9)　紫骝马歌(12)

地驱歌乐辞(9)　折杨柳歌辞(13)

雀劳利歌辞(10)　幽州马客吟歌辞(13)

慕容垂歌辞(10)　折杨柳枝歌(14)

陇头流水歌辞(10)　慕容家自鲁企

淳于王歌(11)　由谷歌(15)

陇头歌辞(15)　隔谷歌(16)
高阳王乐人歌(15)　木兰诗(16)

上编三　相和歌辞

相和曲 19
江南(19)　蒿里(22)
东光(21)　鸡鸣(22)
薤露(21)　乌生(23)

上编四　清商曲辞

平调曲 25
长歌行(25)　君子行(26)
猛虎行(26)
清调曲 27
相逢行(27)
瑟调曲 28
善哉行(29)　妇病行(33)
陇西行(30)　孤儿行(34)
饮马长城窟行(31)　艳歌行(35)
上留田行(32)　公无渡河行(36)
楚调曲 37

梁甫吟(37)
侧调曲 38
伤歌行(39)
大曲 39
东门行(40) 艳歌何尝行(45)
陌上桑(41) 满歌行(46)
西门行(43) 白头吟(48)
吴声歌曲 49
子夜歌(50) 阿子歌(75)
子夜四时歌(56) 团扇郎(75)
大子夜歌(69) 七日夜女歌(76)
子夜警歌(69) 黄鹄曲(77)
子夜变歌(70) 碧玉歌(78)
上声歌(71) 桃叶歌(79)
欢闻歌(72) 懊侬歌(81)
欢闻变歌(72) 华山畿(82)
前溪歌(74) 读曲歌(85)
神弦歌 97
娇女诗(97) 青溪小姑曲(98)
白石郎(98) 明下童(99)
西曲歌 99

青阳度(100)
平西乐(103)
女儿子(100)
寻阳乐(103)
来罗(101)
拔蒲(103)
孟珠(101)
作蚕丝(103)
翳乐(101)
西乌夜飞(104)
夜度娘(101)
杨叛儿(104)
长松标(102)
攀杨枝(105)
双行缠(102)
月节折杨柳歌(105)
黄督(102)

上编五　舞曲歌辞

晋拂舞歌诗　五篇　109

白鸠篇(109)
冬十月(114)
济济篇(110)
土不同(114)
独漉篇(111)
龟虽寿(115)
碣石篇(112)
淮南王篇(115)
观沧海(112)

晋白纻舞歌诗　116

西曲歌舞曲　118

石城乐(118)
莫愁乐(120)
乌夜啼(119)
估客乐(120)

襄阳乐(121)
共戏乐(125)
三洲歌(122)
安东平(126)
襄阳踏铜蹄(123)
孟珠(126)
采桑度(124)
翳乐(126)
江陵乐(125)
寿阳乐(127)

上编六　杂曲歌辞

武溪深行(128)
悲歌(130)
冉冉孤生竹(128)
羽林郎(130)
驱车上东门行(129)
董娇饶(132)
枣下何纂纂(129)
孔雀东南飞(133)
枯鱼过河泣(130)

下编一　魏晋至隋

魏 143
武　帝 143
短歌行(143)
却东西门行(145)
苦寒行(144)
文　帝 145
短歌行(147)
善哉行(148)
燕歌行(147)
同前(149)

文帝甄皇后 149

塘上行(149)

明　帝 151

短歌行(151)

曹　植 151

吁嗟篇(151)　当墙欲高行(153)

野田黄雀行(152)　当来日大难(154)

怨诗行(153)

陈　琳 154

饮马长城窟行(154)

左延年 155

秦女休行(155)

晋 157

嵇　康 157

秋胡行(157)

傅　玄 160

短歌行(160)　昔思君(164)

秋胡行(161)　明月篇(165)

秦女休行(162)　吴楚歌(165)

西长安行(164)

陆　机 165

短歌行(166)　　猛虎行(166)
谢　尚　167
大道曲(167)
无名氏　168
西洲曲(168)　　长干曲(169)
宋　170
武　帝　170
自君之出矣(170)
鲍　照　170
行路难(171)
齐　174
谢　朓　174
玉阶怨(174)
王　融　174
秋夜长(174)
陆　厥　176
蒲坂行(176)
无名氏　176
苏小小歌(176)
梁　177
武　帝　177

河中之水歌(177)　东飞伯劳歌(178)
元　帝　178
折杨柳(178)　关山月(179)
沈　约　179
夜夜曲(180)
宗　夬　180
遥夜吟(180)
范　云　180
自君之出矣(181)
柳　恽　181
折杨柳(181)
陶弘景　181
寒夜怨(182)
车　縠　182
车遥遥(182)
陈　183
江　总　183
梅花落(183)
北魏　185
胡太后　185
杨白花(185)

北齐 186

无名氏 186

敕勒歌(186)

隋 187

炀　帝 187

春江花月夜(187)

下编二　唐

刘希夷 188

白头吟(188)

张若虚 189

春江花月夜(189)

高　适 190

燕歌行(190)

李　颀 191

从军行(191)

王　维 192

洛阳女儿行(192)　渭城曲(195)

桃源行(193)

崔　颢 195

长干曲(195)

王昌龄 197

出塞(197)

王之涣 198

出塞(198)

李　白 199

蜀道难(199)
长干行(209)
战城南(202)
清平调(210)
将进酒(203)
子夜四时歌(211)
行路难(204)
横江词(212)
长相思(208)

杜　甫 214

兵车行(215)
哀江头(221)
前出塞(216)
哀王孙(222)
丽人行(219)
后出塞(224)

顾　况 226

短歌行(227)

孟　郊 227

游子吟(228)
织妇词(231)
出门行(228)
结爱曲(231)
杂怨(230)
列女操(231)

张　籍 232

北邙行(232)　各东西(233)
节妇吟(233)　湘江曲(234)
山头鹿(233)　促促词(234)
李　益　235
促促曲(235)　长干行(235)
李　端　236
拜新月(236)
卢　仝　236
有所思(236)　楼上女儿曲(237)
刘禹锡　238
视刀环歌(238)　堤上行(243)
泰娘歌(239)　踏歌行(243)
竹枝(241)　浪淘沙(244)
元　稹　245
决绝词(245)　田家行(250)
出门行(247)　忆远曲(252)
君莫非(250)
白居易　253
短歌行(253)　潜别离(256)
生别离(253)　新乐府(256)
浩歌行(254)　上阳人(257)
长相思(255)　折臂翁(258)

太行路(260)　时世妆(265)
杜陵叟(262)　盐商妇(266)
缭绫(263)　井底引银瓶(267)
卖炭翁(264)　黑潭龙(268)
母别子(264)
李　贺　268
将进酒(269)
聂夷中　269
杂怨(269)
僧齐己　270
苦寒行(270)　君子行(270)
猛虎行(270)
僧贯休　271
轻薄篇(271)　蒿里(272)
古别离(272)

下编三　宋元明

宋　273
苏　轼　273
陌上花(273)　薄薄酒(274)
阳关词(274)　续丽人行(276)

四时词(277)　上堵吟(279)
襄阳古乐府(279)　襄阳乐(280)
野鹰来(279)
晁补之 281
豆叶黄(281)
孔平仲 282
蝴蝶飞(282)　儿归行(282)
车班班(282)
徐　积 284
哀哀词(284)
龚　况 285
古乐府(285)
许　棐 286
蝴蝶飞(286)
徐　照 286
促促词(286)
陆　游 287
丰年行(287)　出塞曲(291)
秋获歌(288)　浣溪女(291)
牧羊歌(289)　焉耆行(292)
长歌行(289)　芳草曲(293)

三峡歌(294)　　东吴女儿曲(295)
葛长庚　295
清夜辞(296)　　山中忆鹤林(297)
红严感怀(296)
陈允平　297
春闺怨(297)
元　299
元好问　299
西楼曲(299)
马祖常　299
杨花宛转曲(300)
萨都剌　300
燕姬曲(300)
胡天游　301
杨花吟(301)
李　序　301
远愁曲(302)
傅若金　302
邯郸行(302)
成廷珪　303
江南曲(303)

陈秀民 303
送远曲(304)
李思衍 304
鬻孙谣(304)
刘　诜 305
秧老歌(305)
揭傒斯 305
高邮城(305)　渔父词(306)
张养浩 306
哀流民(306)
王　冕 307
江南妇(307)
张　宪 308
静女吟(308)
明 310
刘　基 310
思归引(310)　衔泥燕(314)
乌生八九子(311)　拜新月(314)
长安道(311)　长相思(314)
陇头水(312)　望行人(315)
大堤曲(312)　夜夜曲(315)

折杨柳(316)　懊侬歌(317)
远如期(316)　薤露歌(317)
秋夜月(317)
汪广洋　317
涉江采荷花(318)
危　素　318
子规啼(318)
高　启　318
悲歌(319)
周是修　319
桑妇谣(319)
刘　绩　320
征夫词(320)　征妇词(320)
岳　王　320
古乐府(320)
李梦阳　321
车遥遥(321)　朝饮马(321)
何景明　322
秋江词(322)　岁宴行(322)
胡缵宗　323
西门行(323)　孤儿行(325)

筑长城(325)　曹娥江(326)
张时彻 327
防胡行(327)　陌上柳(329)
东道吟(328)
李攀龙 329
东光(329)　枯鱼过河泣(330)
夜度娘(330)
宗　臣 330
今夕歌(331)　昔思君(332)
池上歌(331)　昔君别(332)
王世贞 333
战城南(333)　钦䲹行(334)
谢　榛 335
行路难(335)　漠北词(335)
秋闺曲(335)
吴国伦 336
江南曲(336)
沈明臣 336
凯歌(336)
王　屋 338
子夜歌(338)

李　沂　338

插秧歌(339)

胡应麟　339

猛虎行(339)

文震孟　340

拟古远行(341)

张　溥　341

孟门行(341)

刘永锡　342

行路难(342)

陈子龙　342

小车行(342)

施　武　343

相见坡(343)　乌鸦关(343)

邢　昉　343

故宫燕(343)

张纲孙　344

苦旱行(344)

钱澄之　345

乞儿行(345)

周　岐　345

官兵行(346)
王　鑨　346
带儿怨(346)　思吴江歌(348)
孤夜愁(347)　昔思君(348)
长安歌(347)　思归歌(349)
关山月(348)
孙羽侯　349
拟古乐府(349)
景翩翩　349
安东平(349)

下编四　清

施闰章　350
浮萍兔丝篇(350)　牵船夫行(352)
祀蚕娘(351)
卢　纮　352
望远曲(353)
田茂遇　353
孤儿行(353)
田　雯　354
缫车辞(354)

董　俞　354
落花篇(355)
毛先舒　356
裁衣曲(356)
方殿元　356
秋夜长(356)
徐　倬　357
骡车谣(357)
毛奇龄　358
打虎儿行(358)
徐　釚　359
落花篇(360)
赵执信　360
弃妇词(360)
汪洪度　361
鼠渡江(361)　纪岁珠(362)
翁履冰(362)
赵　俞　363
踏车曲(363)
王　锡　364
春江花月夜(364)

俞　槑　364
灰七姑辞(364)
沈　廉　366
江口行(366)
缪　沅　368
王孝子诗(368)
方式济　370
陇头水(370)
张景崧　371
弄潮儿歌(371)
顾嗣立　372
望郎回(372)
尤秉元　373
孤雁篇(373)
凌如焕　374
新滩拽滩歌(374)
杨士凝　374
不如归去(375)
郑世元　375
郁郁词(375)　官赈谣(377)
捉船行(376)

鲁曾煜 377

商妇篇记汝阳事(377)

沈用济 378

妾受命辞(379)

周龙藻 380

后怨歌行(380)

周永铨 381

义卒行(381)

梁佩兰 383

采茶歌(383)

郑　燮 384

孤儿行(384)

梦　麟 385

哀歌行(385)　舆人哭(386)

今年别(386)

姚　燮 388

卖菜妇(388)

王文治 388

有所思(389)　远别离(389)

黄景仁 390

悲来行(390)

张问陶 391

醉歌行(391) 蟋蟀吟(392)

李枝芃 393

日苦短(394)

徐元鉴 395

儿归行(395)

黄燮清 396

孤儿行(396)

曹楙坚 397

松江邹女行(397)

吴嘉纪 398

李家娘(399)

张作楠 400

寄衣篇(400)

金　和 401

苜蓿头(401) 烈女行记黄婉梨事(405)

弃妇篇(403) 丹徒包明经室

骆烈女诗(404) 严孺人割臂图(408)

徐时栋 410

八月湖水平(411) 乞儿曲(413)

黄遵宪 415

今别离(415)

序　言

一、“乐府”的意义

“乐府”本是一种官署的名称，始立于汉武帝时。《汉书·礼乐志》说：“武帝定郊祀之礼，乃立乐府。”颜师古注曰：“乐府之名，盖起于此”是也。至于这官署的职守，是搜集诗歌，被之声律。《礼乐志》“乃立乐府”之下又云：“采诗夜诵，有赵代秦楚之讴。以李延年为协律都尉，多举司马相如等造为诗赋，略论律吕，以合八音之调，作十九章之歌。”因之，后来的人，便把那些协律的诗歌，称为乐府了。——这是“乐府”之所本。

后来乐府诗的拟制渐多，寖失本意。于是有入乐的，有不入乐的，有创制的，有摹拟的等等之分，但无论名实之是否相符，仍一概称之为乐府。这里头的作品复杂混淆，如果循名责实起来，未免多有不合。兹据郭茂倩《乐府诗集》及时贤如黄侃《文心雕龙札记》、陈钟凡《中国韵文通论》、陆侃如《乐府古辞考》诸家之说，斟酌参订，别为四种说明如下：

一、创制之入乐者　凡乐府所用本曲，即郭氏所谓：(1)有声有辞者，若郊祀、相和、铙歌、横吹等曲是也；(2)因歌而造声者，若清商、吴声诸曲，始皆徒歌，既而被之管弦者是也。至于隋唐以后的自制新曲，此亦有声有辞之歌，经郭氏辑录，综称近代曲辞，其中声杂夷俗，未必能合古音，也是属于此类。这种乐曲的来源有二：

（1）普通的作品经修改而入乐者。据《汉书·礼乐志》“采诗夜诵”之说，可知当时所搜集的乐府，分为两种：一是民间的歌谣，一是文人的作品。但这两种未必都能协乐律，故使李延年为协律都尉，把它们增删一下，或修改一下，使它们都能入乐。我们看乐府诗中有本辞与乐曲的差异，就是这个缘故。

（2）通晓音律的人所创制者。但“乐府”之名并不限于这种删改过的歌辞。亦有通晓音律的人，能够自铸乐辞。如李延年曾造《横吹新声二十八解》。杂曲中的《秦女休行》，便是李延年造的。总之，凡是被之管弦，都可名为乐府。

二、摹拟之入乐者　凡依乐府本曲制辞，而其声亦被弦管者，若郭氏所谓“因声而作歌者”，如魏之三调歌诗，因弦管金石造歌以被之，亦属于此类。这种乐曲，又可别为两种：

（1）拟古而袭用标题及音节者。拟古乐府始于东汉，如东平王苍的《武德舞歌诗》，及无名氏的《雁门太守行》是也。到了汉末的曹氏父子，便大盛行了。他们的作品，一概袭用古乐府的标题及音节；而内容则往往大相悬绝。这因为古乐府的音节，在那时尚可懂得；他们依其音节而作诗，正与后人填词一般，不必定与本意相合也。

（2）拟古而只袭其音节者。这种拟作，则并原有的标题也改去，单用其音节。最显著的，便是历代的鼓吹曲。例如汉曲第一篇名《朱鹭》，魏改名《楚之平》，吴改名《炎精缺》，晋改名《灵之祥》，梁改名《木纪谢》，北齐改名《水德谢》，北周改名《玄精季》是也。

三、创制之不入乐者　凡不依乐府旧题，自创新题以制辞，其声不被弦管者——即郭氏所谓："新乐府者，皆唐世之新歌也。以其辞实乐府，而未尝被于声，故曰新乐府也。"——属于此类。这种乐曲，大都是文人一时高兴，意在托讽而作，本不必被于弦管。曹植的《齐瑟行》已开其端，至于唐代的新乐府，便极盛了。

四、摹拟之不入乐者　凡依乐府旧题制辞，而其声不被弦管者，若郭氏所谓：有辞无声者，如后人之所述作，未必尽谐金石，亦属于此类。这种拟作，只袭用古人的标题。因为去古渐远，古乐府的音节渐渐失传，后人无所凭借，于是便生出这种不能入乐的拟作来。这些作品，虽与普通的五七言或杂言的古诗一般无二，但还用着原作的标题，故他们的作者，还自称为乐府。

综上所述，可知"乐府"一名，颇多滥用。严格论之，实在只有一、二两种，名实相符，是真正的乐府；三、四两种，不过是名存实亡，但具形式的乐府罢了。

二、乐府的分类

乐府的分类，最早要算汉明帝永平三年。据《隋书·乐志》，当时凡分四品：一、大予乐，郊庙上陵所用；二、雅颂乐，辟雍飨射所用；三、黄门鼓吹乐，天子宴群臣所用；四、短箫铙歌乐，军中所用。

其后，魏晋隋唐，代有因革。郑樵《通志·乐略》、郭茂倩《乐府诗集》，均有较精细的分类；而以郭氏十二类最为赅备，具列如下。

一、郊庙歌辞——汉至五代

二、燕射歌辞——晋至隋

三、鼓吹曲辞——汉至唐

四、横吹曲辞——汉至梁

五、相和歌辞——汉

1. 相和六引

2. 相和曲

3. 吟叹曲

4. 四弦曲

5. 平调曲

6. 清调曲

7. 瑟调曲

8. 楚调曲

9. 大曲

六、清商曲辞——晋至隋

1. 吴声歌曲——晋至隋

2. 神弦歌——南朝

3. 西曲歌——南朝

4. 雅歌——梁

七、舞曲歌辞——汉至隋

1. 雅舞——汉至隋

2. 杂舞——汉至梁

3. 散乐——汉至齐

八、琴曲歌辞——唐虞至隋唐

九、杂曲歌辞——汉至唐

十、近代曲辞——隋唐

十一、杂歌谣辞——唐虞至隋唐

十二、新乐府辞——唐

这十二类中，琴曲、杂歌谣、新乐府，应该除外；而近代曲的名称，也应改过。因为琴曲，本有声无辞，其辞大都为后人所依托。杂歌谣及新乐府皆为徒诗，并不入乐。近代曲即隋唐新曲。郭茂倩说："近代曲者，亦杂曲也；以其出于隋唐之世，故曰近代曲也。"按近代曲实际与郭氏所录杂曲有别，以改名新曲为是。所以乐府合理的分类，应该只有郊庙、燕射、鼓吹、横吹、相和、清商、舞曲、新曲九种。同时我们并可依其性质，把前八种分为三组；而新曲则三组的成分都有，作用并具，且时代亦最后，应别列为第四组。

一、贵族特制的乐府

（1）郊庙歌辞

(2) 燕射歌辞

(3) 舞曲歌辞

二、国外输入的乐府

(4) 鼓吹曲辞

(5) 横吹曲辞

三、民间采进的乐府

(6) 相和歌辞

(7) 清商曲辞

(8) 杂曲歌辞

四、三种综合的乐府

(9) 新曲歌辞

但郭氏的分类，还有一点极大的错误，就是把清商三调——平调、清调、瑟调，及楚调、大曲五种，误列相和；而遗侧调未列。应即补正，说详下章。

三、乐府的源流及其体制

郭茂倩曰："乐府之名，起于汉魏。自孝惠帝时，夏侯宽为乐府令，始以名官。至武帝乃立乐府，采诗夜诵，有赵代秦楚之讴。则采歌谣，被声乐，其来盖亦远矣。"此本《汉书·礼乐志》之说，已述如上。然乐府的远源，犹不始于汉；历代的体制，也颇有变迁。《乐记》曰："王者功成作乐，治定制礼。是以五帝殊时，不相沿乐；三王异世，不相袭礼。明其有损益也。"然自唐虞以后，至于三代，其礼乐之备，可以考而知者，唯周而已。所以只能从周朝说起。

我们根据上列的分类，第一种是贵族特制的乐府，正是所谓"王者功成作乐，治定制礼"。其中又分三类：(一)郊庙歌，(二)燕射歌，(三)舞曲歌。兹分别叙明于下：

(一) 郊庙歌

郊庙歌有两种：一是郊，一是庙。"庙"是指祖先的宗庙，"郊"是指祖先以外的神灵。它们都源于《诗经·周颂》。如：《昊天有成命》，是郊祀天地的乐歌；《清庙》，是祀太庙的乐歌；《我将》，是祀明堂的乐歌；《载芟》《良耜》，是藉田社稷的乐歌。

两汉以后，世有制作。《汉书·礼乐志》说："高祖时，叔孙通因秦乐人制宗庙乐；六年，又作昭容乐、礼容乐，大抵皆因秦旧事也。又有房中祠乐，高祖唐山夫人所作也。孝惠二年，乐府令夏侯宽更名安世乐。"以上四种，都是祭祖先的，属于"庙"。而前三种已经失传。至于"郊"，就是武帝时的郊祀歌。《礼乐志》："李延年为协律都尉，多举司马相如等造为诗赋，略论律吕，以合八音之调，作十九章之歌"是也。歌辞均存，篇目计有《练时日》《帝临》《青阳》《朱明》《西颢》《玄冥》《惟泰元》《天地》《日出入》《天马》《天门》《景星》《齐房》《后皇》《华烨烨》《五神》《朝陇首》《象载瑜》《赤蛟》等十九曲。

魏歌辞不见，大概承用汉辞。晋武帝泰始二年，诏郊庙明堂权用魏仪，但使傅玄改其乐章而已。宋文帝诏颜延之造《天地》《郊庙》《登歌》三篇，大抵依仿晋曲。南齐梁陈，略有创制，以为一代之典。元魏宇文，雅好胡乐，郊庙之乐，徒有其名。隋文帝平陈，得江左旧乐，乃调五音为《五夏》《二舞》《登歌》《房中》等十四调，宾祭用之。唐高祖武德九年，命祖孝孙修定雅乐，作为唐乐。贞观二年奏之。五代相承，享国不永。但按故常，以为程式云。

（二）燕射歌

燕射歌有三种：一是燕飨乐，二是大射乐，三是食举乐。《仪礼·燕礼》曰："工歌《鹿鸣》《四牡》《皇皇者华》。笙入，奏《南陔》《白华》《华黍》。乃间歌《鱼丽》，笙《由庚》；歌《南有嘉鱼》，笙《崇丘》；歌《南山有台》，笙《由仪》。遂歌飨乐《周南》：《关雎》《葛覃》《卷耳》，《召南》：《鹊巢》《采蘩》《采蘋》。"这是燕飨乐的起源。《大司乐》曰："大射，王出入，奏《王夏》，及射，令奏《驺虞》，诏诸侯以弓矢舞。乐帅燕射，帅射夫以弓矢舞。大师大射，帅瞽而舞射节。"这是大射乐的起源。《王制》曰："天子食举，以乐。"《大司乐》："王大食，三宥，皆令奏钟鼓。"汉鲍业曰："古者天子食饮必顺四时五味，故有食举之乐，所以顺天地，养神明，求福应也。"这是食举乐的起源。

燕射乐、大射乐、食举乐，歌辞均已失传，惟食举乐的篇目，尚有可考而已。据《宋书·乐志》，食举乐又分宗庙食举、上陵食举、殿中御饭食举、太乐食举四种。汉魏以后的因革，大概如下：

汉有殿中御饭食举七曲、太乐食举十三曲，魏有雅乐四曲，皆取《周诗·鹿鸣》。晋荀勖以《鹿鸣》宴嘉宾，无取于朝，乃除《鹿鸣》旧歌，更作《行礼诗》四篇。又为《王公上寿酒食举乐歌诗》十二篇。宋齐以来，相承用之。梁陈三朝，乐有四十九等，其曲有相和五引及俊雅等七曲。后魏道武初，正月上日，飨群臣，备列宫悬正乐，奏燕赵秦吴之音，五方殊俗之曲。四时飨会亦用之。隋炀帝初诏秘书省学士定《殿前乐工歌》十四曲，终大业之世，每举用焉。其后又因高祖七部乐，定为九部。唐武德初，燕飨承隋旧制，用九部乐。贞观中，张文收造宴乐，于是分为十部。后更分宴乐为立坐二部。天宝以后，宴乐西凉龟兹部著录者二百余曲，而清乐天竺诸部不在焉。（其七部、九部、十部之名，详后。）

（三）歌舞曲

《通典》曰："乐之在耳者曰声，在目者曰容。声应于耳，可以听知；容藏于心，难以貌观。故圣人假干戚羽旄以表其容，发扬蹈厉以见其意。声容选和，而后大乐备矣。"《诗序》曰："咏歌之不足，不知手之舞之，足之蹈之。"此舞之所由起也。

周有六舞：一曰帗舞，二曰羽舞，三曰皇舞，四曰旄舞，五曰干舞，六曰人舞。《周官》："舞师掌：教兵舞，帅而舞山川之祭祀；教帗舞，帅而舞社稷之祭祀；教羽舞，帅而舞四方之祭祀；教皇舞，帅而舞旱暵之事。乐师亦掌教国子小舞。"

自汉以后，乐舞寖盛，共有三种：一是雅舞，二是杂舞，三是散乐。

一、雅舞。《乐府诗集》："雅舞者，郊庙朝飨所奏，文武二舞是也。古之王者，乐有先后：以揖让得天下，则先奏文舞。以征伐得天下，则先奏武舞。各尚其德也。"雅舞又有九种：武德、文始、五行、四时、昭德、盛德、云翘、育命及大武。前六种作于西汉，后三种作于东汉；现在已全亡了。

二、杂舞。《乐府诗集》："杂舞者：公莫、巴渝、槃舞、鞞舞、铎舞、拂舞、白纻之类是也。始皆出自方俗，后寖陈于殿庭。盖自周有缦乐、散乐，秦汉因之增广，宴会所奏，率非雅舞。汉魏以后，并以鞞、铎、巾、拂四舞，用之宴飨。"其中巴渝、槃舞、鞞舞均亡。公莫、铎舞，皆不可句读。拂舞起于江左，白纻出于吴地，均存。

三、散乐。郑玄《周礼注》："散乐，野人为乐之善者，若今黄门倡，即《汉书》所谓黄门名倡丙彊、景武之属是也。"《唐书·乐志》："散乐者，非部伍之声，俳优歌舞杂奏，秦汉以来，又有杂伎，其变非一，名为百戏，亦总谓之散乐。自是历代相承有之。"古辞存《俳歌辞》及《凤皇衔书伎》两篇。

第二种是国外输入的乐府。所谓国外输入，并不是说歌辞为外人所作，而是说它们的音律不是中国所原有的。有鼓吹曲和横吹曲两种。

（一）鼓吹曲

鼓吹曲的输入，当在汉初。班固《汉书叙传》说："始皇之末，班壹避地楼烦。……当孝高后时，以财雄边，出入弋猎，旌旗鼓吹。"刘瓛定军礼也说："鼓吹，未知其始也。汉班壹雄朔野而有之矣。鸣笳以和箫声，非八音也。"这显然是北方输入的外国乐。其所用乐器如短箫之类，便非中国所有的。

鼓吹自输入后，即为贵族的重要点缀品。其应用有四种：一为朝会宴飨，二为道路从行，三为师有功，四为赐功臣。以前二种为主，后二种为副。所以严格地说，鼓吹曲可分为鼓吹和骑吹二种。鼓吹（狭义的）专指朝会宴飨，骑吹专指道路从行。《宋书·乐志》说："《建初录》云：'《务成》《黄爵》《玄云》《远期》，皆骑吹曲。'此则列于殿庭者为鼓吹，今之从行者为骑吹，二曲异也。"但这四曲和其余十八曲同为铙歌，故骑吹不过为鼓吹的附庸不能算独立一种。

铙歌，汉有《朱鹭》等二十二曲，列于鼓吹。及魏受禅，使缪袭改其十二曲；而《君马黄》《雉子班》《圣人出》《临高台》《远如期》《石留》《务成》《玄云》《黄爵》《钓干》十曲，并仍旧名。这时吴亦使韦昭改制十二曲，其十曲亦因之。而魏吴歌辞存者，惟十二曲，余皆不传。晋武帝命傅玄制二十二曲，而《玄云》《钓干》之名，不改汉旧。宋齐并用汉曲。又《充庭》十六曲。梁高祖乃去其四，留其十二；更制新歌，合四时也。北齐二十四曲，皆改古名，其《黄爵》《钓干》，略而不用。北周宣帝革前代鼓吹，制为十五曲。隋制列鼓吹为四部。唐制又增为五部，部各有曲；唯《羽葆》诸曲，备叙功业，如前代之制。

（二）横吹曲

横吹，起初也叫鼓吹，马上奏之，盖军中之奏也，后又分开：以有箫笳者为鼓吹，有鼓角者为横吹。它的输入，始于汉武帝时。《古今注》说："汉博望侯张骞入西域，传其法于西京，唯得《摩诃兜勒》一曲。"其乐器亦非中国所固有。《晋书·乐志》说："横吹有鼓角，有胡角。"《乐府诗集》说："横吹有双角，即胡乐也。”这可证横吹确非中国乐也。

自后，李延年因胡曲更造新声二十八解，乘舆以为武乐。后汉以给边将。和帝时，万人将军得用之。魏晋以来，二十八解不复具存。世所用者，有《黄鹄》等十曲，其辞后亦亡。又有《关山月》等八曲，则后世之所加也。

又《古今乐录》有梁鼓角横吹曲，多叙慕容垂及姚泓时战阵之事。其曲有《企喻》等歌三十六曲。乐府胡吹旧曲，又有《隔谷》等歌三十曲。总六十六曲，未详何时用何篇也。

自隋以后，始以横吹用之卤簿，与鼓吹列为四部，总谓之鼓吹。一曰㭎鼓部，二曰铙鼓部，三曰大横吹部，四曰小横吹部。唐制：太常鼓吹令掌鼓吹，施用调习之节，以备卤簿之仪，而分五部。一曰鼓吹部，二曰羽葆部，三曰铙吹部，四曰大横吹部，五曰小横吹部。

第三种是民间采进的乐府。这种搜集民歌的工作，始于汉武帝时，《礼乐志》所说“采诗夜诵，有赵代秦楚之讴”是也。当时所搜集的作品。据《艺文志》所载，有一百三十八篇之多。不过今所存者，恐未必是这一百三十八篇之旧了。而这些民歌，又可分成三类：一相和歌，二清商曲，三杂曲歌。

（一）相和歌

相和歌，《宋书·乐志》说：“相和，汉旧曲。丝竹更相和，执节者歌。”《晋书·乐志》说：“凡乐章古辞之存者，并汉世街陌讴谣，《江南可采莲》《乌生八九子》《白头吟》之属。”其后渐被于弦管，即相和诸曲是也。魏晋之世，相承用之。永嘉之乱，五都沦覆，中朝旧音，散落江左。后魏孝武宣文，用师淮汉，收其所获南音，谓之清商乐，相和诸曲亦皆在焉。

按《乐府诗集》相和歌，除相和曲外，又列相和引、吟叹曲、四弦曲、平调曲、清调曲、瑟调曲、楚调曲、大曲八种，而遗侧调曲一种。将侧调曲之《伤歌行》列于杂曲。其实，这里面还有错误。

杜佑《通典》说："清商三调，并汉氏以来旧曲。"《唐书·乐志》说："平调、清调、瑟调，皆周房中乐之遗声，汉世谓之三调。"则平、清、瑟三调之为《清商》，明甚。

三调之外，还有两调，也应属于清商。《唐志》说："楚调者，汉房中乐也。高祖乐楚声，故房中乐楚声也。侧调者，生于楚调。"

至于大曲，也应属于清商。《宋志》所载大曲十五曲，一部分为瑟调，一部分为楚调，可见瑟调、楚调及大曲，互有密切的关系，当然同为清商了。

现在把这平、清、瑟、楚、侧五调及大曲改次，所剩的相和引、相和曲、吟叹曲、四弦曲四种，说明如下：

一、相和引。《古今乐录》："张永《技录》，相和有四引。……古有六引，其宫引、角引二曲，阙。"今六引古辞，并亡。

二、相和曲。《古今乐录》："张永《技录》，相和有十五曲。……古有十七曲，其《武陵》《鹍鸡》二曲，亡。"今古辞存《江南》《东光》《薤露》《蒿里》《鸡鸣》《乌生》《平陵东》七曲。

三、吟叹曲。《古今乐录》："张永《技录》，有吟叹四曲……古有八曲，其《小雅吟》《蜀琴吟》《楚王吟》《东武吟》四曲，阙。"今古辞惟存《王子乔》一曲。

四、四弦曲。《古今乐录》:“张永《技录》,有四弦一曲……古有四曲,三曲阙。”今古辞并亡。

(二)清商曲

清商乐,一曰清乐。清乐者,九代之遗声,其始即清、平、瑟三调是也。并汉魏以来旧曲,其辞皆古调,及魏三祖所作。自晋朝播迁,其音分散;苻坚灭凉得之,传于前后二秦。及宋武定关中,因而入南,不复存于内地。是时以后,南朝文物,号为最盛,民谣国俗,亦世有新声。后魏孝文讨淮汉,宣武定寿春,收其声伎,得江左所传中原旧曲《明君》《圣主》《公莫》《白鸠》之属;及江南吴歌、荆楚西声,总谓之清商乐。遭梁陈之乱,存者盖寡。及隋平陈,得之。文帝善其节奏,于太常置清商署以管之,谓之清乐。开皇初,始置七部乐,清商伎其一也。大业中,炀帝乃定清乐、西凉等为九部。唐贞观中用十部乐,清乐亦在焉。自是乐章讹失,与吴音转远。开元以后,其歌遂阙。

按清商,一向和相和混为一谈。《乐府诗集》所录,皆南朝新歌,一若汉魏只有相和,别无清商者殊不知平、清、瑟、楚、侧五调及大曲,都应列于清商。沈约《宋书·乐志》所载,明白可考。此外,南朝新歌,又有《吴声》《神弦》《西曲》《雅歌》四种。除《雅歌》外,俱详本书上编题解,此不复赘。

(三)杂曲歌

《乐府诗集》:“杂曲者,历代有之。或心志之所存,或情思之所感,或宴游欢乐之所发,或忧愁愤怨之所兴,或叙离别悲伤之怀，或言征战行役之苦，或缘于佛老，或出自夷虏，兼收备载，谓之杂曲。自秦汉以来，数千百岁，文人才士，作者非一。干戈之后，丧乱之余，亡失既多，声辞不具，故有名存义亡，不见所起。”其下列举三种：一是有古辞可考的；二是古辞虽亡，而后人拟作，可以概见其义的；三是后人随意创制的。

其中列入汉代者计十五篇：一、马援的《武溪深行》，二、傅毅的《冉冉孤生竹》，三、张衡的《同声歌》，四、辛延年的《羽林郎》，五、宋子侯的《董娇饶》，六、繁钦的《定情诗》，和无名氏的，七、《蜨蝶行》，八、《驱车上东门行》，九、《伤歌行》，十、《悲歌行》，十一、《前缓声歌》，十二、《孔雀东南飞》，十三、《枯鱼过河泣》，十四、《枣下何攒攒》，十五、《行胡从胡方》等。但《伤歌行》为侧调曲，《孔雀东南飞》或以为南朝作品。总之，汉辞之存于今者，惟此而已。且其中亦恐未必都入乐的，如《孔雀东南飞》，长至千七百余字，岂有能协律之理，想亦不过是徒诗罢了。

魏晋六朝拟作日多，精华渐竭，且但具形式，实际已算不得是乐府。即使是特别的创制，如曹植的《齐瑟行》、唐代的新乐府，也不过具有与一般同样的“诗”的价值；在“乐府”之中，已没有资格占一席地。一概都不叙了。

第四种是综合的乐府，即隋唐的新曲。我以为这些新曲，虽然郭茂倩说“亦杂曲也”，其实它的性质和《乐府诗集》所录杂曲有些不同。其中有为(去声)贵族特制的，有国外输入的，有民间采进的，它是包含着三方面的；而且由政府正式修订颁行，和杂曲之但凭巷陌流传、文人述作，自然不同。所以把它别列一种。

（四）新曲歌

这些新曲，设立于隋文帝开皇的时候。当时置七部乐：一曰西凉伎，二曰清商伎，三曰高丽伎，四曰天竺伎，五曰安国伎，六曰龟兹伎，七曰交康伎。至炀帝大业中，乃立清乐、西凉、龟兹、天竺、康国、疏勒、安国、高丽、礼毕，以为九部。其中除清乐出于清商三调，为华夏之正声，及礼毕出自晋太尉庾亮；其他七种，都是国外输入的夷乐。

唐武德初，因隋旧制，用九部乐。太宗增高昌乐，又造燕乐，而去礼毕曲。其著合者十部：一曰燕乐，二曰清商，三曰西凉，四曰天竺，五曰高丽，六曰龟兹，七曰安国，八曰疏勒，九曰高昌，十曰康国，而总谓之燕乐。声辞繁杂，不可胜纪。凡燕乐诸曲，始于武德、贞观，盛于开元、天宝。其著录者十四调，二百二十二曲。又有梨园别教院《法歌乐》十一曲、《云韶乐》二十曲。大抵即当时文人所作的五七言绝句。胡仔《苕溪渔隐丛话》说“唐初歌曲，多是五七言诗。以《小秦王》为最早，即七言绝句”是也。

胡应麟《诗薮》说：“乐府之体，古今凡三变：汉魏古词，一变也；唐人绝句，一变也；宋元词曲，一变也。”然萧梁横吹、宋齐吴声，也都是绝句之体；王融、沈约、陶弘景的歌辞，也和后世长短句的词相仿；至于晚唐以后，正式的词也成立了。则虽谓绝句、词曲，已备于汉魏六朝可也。惟胡说最后的一变——宋元词曲，非本书的范围，不备述了。

编例

一、本书分上下两编。上编专选汉魏六朝入乐之创作，即所谓“古辞”。间有若干篇有作者名氏可考见的。下编则选魏晋以后入乐或不入乐，拟作或创作之“非古辞”。

二、上编取材，悉依郭茂倩《乐府诗集》。分类亦大体按照此书。下编所选，因“有辞无声”者多，故不复标明类别，而以时代为界。

三、郭集分乐府为十二类，其郊庙、燕射、舞曲三类，除舞曲、杂舞一小部分略有文艺价值；余均贵族乐歌，旨在祝颂，了无意味，一律不选。

四、琴曲，大半根据《琴操》，显系后人依托，无可置信，一律不选。

五、杂歌谣，亦颇多传疑之作；且本属徒歌，并未入乐。兹除极少数不忍割爱，按“非古辞”一例列于下编外，不复别列门类。

六、近代曲，应易名为新曲，说详《序言》。亦按“非古辞”例选入下编。

七、新乐府，郭茂倩以为皆唐世之新歌，以其辞实乐府，而未尝被于声，故曰新乐府，亦选入下编。

八、其他：鼓吹、横吹，为国外输入之乐府；相和、清商、杂曲，为民间采进之乐府：俱列上编。

九、郭集之中，尚有若干失察之处，本书选录之时，略为订正，兹持叙明于此：

1. 平、清、瑟三调，及楚调、大曲，应列清商；而误列相和。

2. 《伤歌行》系侧调曲，而误入杂曲。侧调亦应列清商，而未见著录。

3. 《公无渡河》，系瑟调曲，而误入相和引《箜篌引》附注。

4. 《猛虎行》《上留田行》《枣下何攒攒》，古辞尚存，而文不正载，俱在附注。

5. 现存《梁甫吟》，系古辞，而误作诸葛亮辞。

6. 《相逢行》与《长安有狭斜行》二首字句相似，并《相逢行》注云："亦曰《长安有狭斜行》。"《陇西行》与《步出夏门行》字句亦相似，《陇西行》亦有注云："一曰《步出夏门行》。"其一系"本辞"无疑，而俱并列之。

7. 《西曲》《石城乐》等十六曲，明言舞曲，而仍列清商。兹为改次。

8. 《陌上桑》等，《宋志》列入大曲，今从之。

十、本书选录之时，斟酌去取，煞费苦心。荀子谓“久略近详”，盖世近而易知也。故特注意于汉魏六朝之古辞，除鼓吹、铙歌中若干曲，舞曲中《公莫舞》、杂曲中《蜨蝶行》等不能句读外，余均尽量选入。至如素称名作而实则拙劣可笑，如张衡《同声歌》、繁钦《定情诗》之类，悉屏不录。反是，不论片词只语，而风味隽永者，在所必录。故如梁鼓角横吹曲、清商吴声西曲，几乎全部录入，不以为赘。

十一、唐人所歌，多为近体，故郭集所录，甚有五七言绝句与律诗者。晚唐长短句兴，郭集亦颇见采录。本书所选，以古风为正，近体为副；至于长短句之新体，后世另有专名曰“词”，未遑及焉。

十二、下编所选，宋元以后，其辞既不列于乐志，亦不见于郭集。除题材相同，与作者本人标明，可决其为乐府体外，大都只视其字句、音节、意境之是否相近而定去取。盖乐府之与古诗，原无甚差异也。如《冉冉孤生竹》，为古诗十九首之一，而郭集录之。又孰能定其为诗为乐耶？或以为：乐府可歌，古诗不能歌；乐府多长短句，古诗多五七言；乐府多纪功述事，古诗主言情；乐府诗贵遒劲，古诗尚温雅云云。此惟“真乐府”则然耳，要亦未可一概而论。故宋元以后之所录，或不免有鱼目之混也。

十三、下编所选拟古之作，其有袭用标题，可以考知者，则于题后注明。惟再见者从略，故或有或无，非遗漏也。

乙亥岁除，朱建新识于衢州

上编一　鼓吹曲辞

汉铙歌

《古今乐录》曰："汉鼓吹铙歌十八曲，字多讹误。一曰《朱鹭》，二曰《思悲翁》，三曰《艾如张》，四曰《上之回》，五曰《拥离》，六曰《战城南》，七曰《巫山高》，八曰《上陵》，九曰《将进酒》，十曰《君马黄》，十一曰《芳树》，十二曰《有所思》，十三曰《雉子斑》，十四曰《圣人出》，十五曰《上邪》，十六曰《临高台》，十七曰《远如期》，十八曰《石留》，又有《务成》《玄云》《黄爵》《钓竿》，亦汉曲也，其辞亡。或云汉铙歌二十一，无《钓竿》。"兹选《战城南》《上陵》《有所思》《上邪》等四首。

战城南

《诗比兴笺》曰："凡二十二句。"王先谦笺其本事曰："汉高帝战败于彭城，筑甬道属河以取敖仓粟，值关中大饥，楚数侵夺甬道，汉军乏食，军士作歌，以述其意。"《乐府广序》曰："《战城南》，戒王者之勤远略也。"

战城南，死郭北，野死不葬乌可食。为我谓乌：“且为客豪![1]野死谅不葬，腐肉安能去子逃?”水深激激，蒲苇冥冥。枭骑战斗死，驽马徘徊鸣。梁筑室，何以南，何以北?[2]禾黍不获君何食?愿为忠臣安可得?思子良臣，良臣诚可思。朝行出攻，暮不夜归。

〔1〕豪，与嚎字通。

〔2〕汉筑甬道属河取敖仓粟，陆有垣墙，河有舟梁，转运联绵，居室鳞栉，此歌所谓“梁筑室”也。“南”“北”，河南北，室何以聚河南，梁何以通河北，盖为取粟运饷计者，至周密也。

上　陵

《诗比兴笺》曰：“凡二十二句……《宣纪》，神爵元年诏曰：‘乃者，金芝九茎产于函德殿铜池中。’甘露二年诏曰：‘乃者，凤凰甘露降集京师，黄龙登兴，醴泉滂流，枯槁荣茂，神光并见，咸受祯祥。’正此诗所咏者也。”《乐府广序》曰：“初，武帝得白雁上林苑中，承露池中生芝。孝宣帝时，有神雀甘露之异。并用改元，以瑞应，颇作歌诗。”又《广序》引何氏《乐府元声》曰：“上陵下津，指上林九嵕太乙之属耳。醴泉以下，言上林之美，人间所有；若令邈然仙游，则上林又未足观也。”

上陵何美美！下津风以寒。问客从何来，言从水中央。桂树为君船，青丝为君笮。木兰为君棹，黄金错其间。沧海之雀赤翅鸿，白雁随。山林乍开乍合，曾不知日月明！醴泉之水，光泽何蔚蔚！芝为车，龙为马，览遨游，四海外。甘露初二年，芝生铜池中。仙人下来饮，延寿千万岁。

有所思

《诗比兴笺》曰："凡十七句。"王先谦笺其本事曰："武帝遣兵击南粤，南粤国王年少，太后与使者通，宫中秽乱，播之以寒其心，诱之归降也。"

有所思，乃在大海南。何用问遗君？双珠玳瑁簪，用玉绍缭之。闻君有他心，拉杂摧烧之。摧烧之！当风扬其灰。从今以往，勿复相思！相思与君绝。鸡鸣狗吠，兄嫂当知之。妃呼狶！[1]秋风肃肃晨风飔，东方须臾高知之。

〔1〕妃呼狶，曲调余声，有音无义之感叹辞也。

上　邪

《诗比兴笺》曰："凡九句。"今人陆侃如曰："此篇之为誓词，甚为明显。……或者是男女间的誓词，正与《欢闻变》'没命成灰土，终不罢相怜'相同。"

上邪！我欲与君相知，长命无绝衰。山无陵，江水为竭，冬雷震震，夏雨雪，天地合，乃敢与君绝。

上编二　横吹曲辞

梁鼓角横吹曲

《古今乐录》曰："梁鼓角横吹曲有《企喻》……等歌三十六曲，二十五曲有歌有声，十一曲有歌。是时乐府胡吹旧曲，有《大白净皇太子》……十四曲，三曲有歌，十一曲亡。又有《隔谷》等歌二十七曲。合前三曲，凡三十曲，总六十六曲。"《乐府诗集》曰："歌辞又有《木兰》一曲，不知起于何代也。"兹并录之。

企喻歌辞　四曲

《古今乐录》曰："《企喻歌》四曲。或云后又有二句：'头毛堕落魄，飞扬百草头。'最后'男儿可怜虫'一曲，是苻融诗，本云：'深山解谷口，把骨无人收。'"

男儿欲作健，结伴不须多。鹞子经天飞，群雀两向波。

放马大泽中，草好马着膘。[1]牌子铁裲裆，[2]钮鉾[3]鸐尾[4]条。

前行看后行，齐着铁裲裆。前头看后头，齐着铁钰锋。

男儿可怜虫，出门怀死忧。尸丧狭谷中，白骨无人收。

〔1〕 膘，音标，肥貌。

〔2〕 裲裆，犹今之背心。

〔3〕 钰锋，钰，未详；锋，古矛字，见《字林》。

〔4〕 鸐，鸐雉，一名山鸡。言矛端如鸐尾之锐。

琅琊王歌　八曲

《古今乐录》曰："《琅琊王歌》八曲。或云'阴凉'下又有二句云：'盛冬十一月，就女觅冻浆。'"

新买五尺刀，悬着中梁柱。一百三摩娑，剧[1]于十五女。

琅琊复琅琊，琅琊大道王。阳春二三月，单衫绣裲裆。

东山看西水，水流盘石间。公死姥更嫁，孤儿甚可怜。

琅琊复琅琊，琅琊大道王。鹿鸣思长草，愁人思故乡。

长安十二门，光门最妍雅。渭水从垄来，浮游渭桥下。

琅琊复琅琊，女郎大道王。孟阳三四月，移铺逐阴凉。

客行依主人，愿得主人强。猛虎依深山，愿得松柏长。

愉[2]马高缠鬃，遥知身是龙。谁能骑此马？唯有广平公。[3]

〔1〕剧，甚也。言其爱五尺之刀，甚于十五之女。

〔2〕愉，憎也。

〔3〕广平公，姚弼兴之子，泓之弟也。见《乐府诗集》引《晋书·载记》。

巨鹿公主歌辞　三曲

《唐书·乐志》曰："梁有《巨鹿公主歌》，似是姚苌时歌。其词华音，与北歌不同。"

官家出游雷大鼓，细乘犊车开后户。
车前女子年十五，手弹琵琶玉节舞。
巨鹿公主殿照女，皇帝陛下万几主。

紫骝马歌辞　六曲

《古今乐录》曰："'十五从军征'以下是古诗。"按字句与古诗微异："遥望"与"东向望"之"望"均作"看"，"持作饭"及"羹饭"之"饭"均作"飰"，"烹谷"作"舂谷"。

烧火烧野田，野鸭飞上天。童男娶寡妇，壮女笑杀人。

高高山头树，风吹叶落去。一去数千里，何当还故处。

十五从军征，八十始得归。道逢乡里人，家中有阿谁？

遥看是君家，松柏冢累累。兔从狗窦入，雉从梁上飞。

中庭生旅谷，[1]井上生旅葵。舂谷持作飰，采葵持作羹。

羹飰一时熟，不知贻阿谁！出门东向看，泪落沾我衣。

〔1〕旅谷，谷之不播种而生者。《后汉书·武帝纪》："至是野谷旅生。"

黄淡思歌辞　四曲

《古今乐录》曰："思，音相思之思。"《乐府诗集》曰：李延年造《横吹曲》二十八解，有《黄覃子》，不知与此同否。

归归黄淡思，逐郎还去来。归归黄淡百，逐郎何处索。

心中不能言，复作车轮旋。与郎相知时，但恐傍人闻。

江外何郁拂！龙州广州出。象牙作帆樯，绿丝作帏绛。

绿丝何葳蕤！逐郎归去来。

地驱歌乐辞　四曲

《古今乐录》曰："'侧侧力力'以下八句是今歌。最后云'不可与力'，或云'各自努力'。"

青青黄黄，雀石颓唐。槌杀野牛，押杀野羊。
驱羊入谷，自羊在前。老女不嫁，踏地唤天。
侧侧力力，念君无极。枕郎左臂，随郎转侧。
摩捋郎须，看郎颜色。郎不念女，不可与力。

雀劳利歌辞

雨雪霏霏雀劳利，长嘴饱满短嘴饥。

慕容垂歌辞　三曲

《晋书·载记》曰："慕容本名鈇，寻以谶记，乃去'夬'，以'垂'为名。慕容儁僭号，封垂为吴王，徙镇信都。太元八年，自称燕王。"

慕容攀墙视，吴军无边岸。我身分自当，枉杀墙外汉。

慕容愁愦愦，烧香作佛会。愿作墙里燕，高飞出墙外。

慕容出墙望，吴军无边岸。咄我臣诸佐，此事可惋叹。

陇头流水歌辞　三曲

《古今乐录》曰："乐府有此歌，曲解多于此。"《通典》曰："天水郡有大坂，名曰垅坻，亦曰陇山，即汉陇关也。"《三秦记》曰："其坂九回，上者七日乃越上，有清水四注下，所谓陇头水也。"

陇头流水，流离西下。念吾一身，飘然旷野。

西上陇阪，羊肠九回。山高谷深，不觉脚酸。

手攀弱枝，足逾弱泥。

淳于王歌　二曲

肃肃河中育，育熟须含黄。独坐空房中，思我百媚郎。

百媚在城中，千媚在中央。但使心相念，高城何所妨。

捉搦歌　四曲

粟谷难舂付石臼，弊衣难护付巧妇。男儿千凶饱人手，老女不嫁只生口。

谁家女子能行步，反着裌禅后裙露。天生男女共一处，愿得两个成翁妪。

华阴山头百丈井，下有流水彻骨冷。可怜女子能照影，不见其余见斜领。

黄桑柘屐蒲子履，中央有系两头系。小时怜母大怜婿，何不早嫁论家计！

东平刘生歌

东平刘生安东子，树木稀，屋里无人看阿谁？

隔谷歌

《古今乐录》曰："前云无辞，乐工有辞如此。"

兄在城中弟在外。弓无弦，箭无栝。[1]食粮乏尽若为活？救我来！救我来！

〔1〕栝，音括，《说文》曰：栝，櫽也。一曰，矢栝櫽弦处。段注：《释名》曰："矢末曰栝。"栝，会也。与弦会也。

地驱乐歌

《古今乐录》曰："与前曲不同。"

月明光光，星堕欲来。不来早语我！

紫骝马歌

《古今乐录》曰："与前曲不同。"

独柯不成树，独树不成林。念郎锦裲裆，恒长不忘心。

折杨柳歌辞　五曲

上马不捉鞭，反折杨柳枝。蹀座吹长笛，愁杀行客儿。

腹中愁不乐，愿作郎马鞭。出入擐郎臂，蹀座郎膝边。

放马两泉泽，忘不着连羁。担鞍逐马走，何得见马骑。

遥看孟津河，[1]杨柳郁婆娑。我是虏家儿，不解汉儿歌。

健儿须快马，快马须健儿。跸跋[2]黄尘下，然后别雄雌。

〔1〕孟津在河南孟县南，今曰河阳渡。

〔2〕跸，音薛，蹴也。跸跋，奋走蹎顿之意。

幽州马客吟歌辞　五曲

快马常苦瘦，剿[1]儿常苦贫。黄禾起羸马，有钱始作人。

荧荧帐中烛，烛灭不久停。盛时不作乐，春花不重生。

南山自言高，只与北山齐。女儿自言好，故入郎君怀。

郎着紫袴褶，女着彩袂裙。男女共燕游，黄花生后园。

黄花郁金色，绿蛇衔珠丹。辞谢床上女，还我十指环。

〔1〕 劋，劳也。《春秋传》曰："安用劋民。"见《说文》。

折杨柳枝歌　四曲

上马不捉鞭，反拗杨柳枝。下马吹长笛，愁杀行客儿。

门前一株枣，岁岁不知老。阿婆不嫁女，那得孙儿抱。

敕敕何力力，女子临窗织。不闻机杼声，只闻女叹息。

问女何所思，问女何所忆。阿婆许嫁女，今年无消息。

慕容家自鲁企由谷歌

郎在十重楼，女在九重阁。郎非黄鹞子，那得云中雀。

陇头歌辞　三曲

陇头流水，流离山下。念吾一身，飘然旷野。

朝发欣城，暮宿陇头。寒不能语，舌卷入喉。

陇头流水，鸣声幽咽。遥望秦川，心肝断绝。

高阳王乐人歌　二曲

《古今乐录》曰："魏高阳王乐人所作也。又有《白鼻䯄》，盖出于此。"

可怜白鼻䯄，[1]相将入酒家。无钱但共饮，画地作交赊。

何处䭃[2]䬪来，两颊色如火。自有桃花容，莫言人劝我。

〔1〕䯄，黄马黑喙。见《说文》。

〔2〕䭃，音榻，大食声，见《玉篇》。又音帖，小舐也，见《集韵》。

隔谷歌

兄为俘虏受困辱，骨露力疲食不足。弟为官吏马食粟，何惜钱刀来我赎！

木兰诗

《古今乐录》曰："木兰不知名。浙江西道观察使兼御史中丞韦元甫续附入。"程大昌曰：乐府有《木兰》，乃女子代父征戍十年而归，不受爵赏，人为作诗。然不著何代人，或者疑为寓言。然白乐天《题木兰花》云："怪得独饶脂粉态，木兰曾作女郎来。"又杜牧有《题木兰庙诗》云："弯弓征战作男儿，梦里曾经与画眉。几度思归还把酒，拂云堆上祝明妃。"既有庙貌，又云"曾作女郎"，则诚有其人矣。——见《演繁露》。乐史曰：黄州黄冈县木兰山在县西一百五十里，旧废县取此名，今有庙在木兰乡。——见《太平寰宇记》。

唧唧复唧唧，[1]木兰当户织。不闻机杼声，惟闻女叹息。问女何所思，问女何所忆。女亦无所思，女亦无所忆。昨夜见军帖，[2]可汗[3]大点兵。军书十二卷，卷卷有爷名。阿爷无大儿，木兰无长兄。愿为市鞍马，从此替爷征。

东市买骏马，西市买鞍鞯。南市买辔头，北市买长鞭。旦辞爷娘去，暮宿黄河边。不闻爷娘唤女声，但闻黄河流水鸣溅溅。旦辞黄河[4]去，暮宿黑水[5]头。不闻爷娘唤女声，但闻燕山[6]胡骑声啾啾。

万里赴戎机，关山度若飞。朔气传金柝，[7]寒光照铁衣。将军百战死，壮士十年归。

归来见天子，天子坐明堂。策勋[8]十二转，[9]赏赐百千强。可汗问所欲，木兰不用尚书郎。愿借明驼千里足，[10]送儿还故乡。

爷娘闻女来，出郭相扶将。阿姊闻妹来，当户理红妆。小弟闻姊来，磨刀霍霍向猪羊。开我东阁门，坐我西间床。脱我战时袍，着我旧时裳。当窗理云鬓，对镜贴花黄。[11]出门看火伴，火伴皆惊惶。同行十二年，不知木兰是女郎。

雄兔脚扑朔，[12]雌兔眼迷离。[13]两兔傍地走，安能辨我是雄雌？

〔1〕唧唧，虫声。首句一作"促织何唧唧"。

〔2〕军帖，征兵之文书也。

〔3〕可汗，北狄君主之称。

〔4〕黄河，指甘肃、宁夏一带之黄河而言。

〔5〕黑水，指甘肃安西州之黑水而言。

〔6〕燕山，即今外蒙古之燕然山。

〔7〕金柝，番兵称刁斗曰金柝。铜制，似釜，有三足及柄，军士用以炊饮食，夕击以守夜。

〔8〕策，竹简也。勋，功也。古者有功，则书于简，故曰策勋。

〔9〕转，次也。谓书功十二次也。

〔10〕愿借明驼千里足，此句据段成式《酉阳杂俎》，《乐府诗集》作"愿驰千里足"。

〔11〕贴花黄，当时妇女之妆饰，额上涂黄色，面上贴花子。

〔12〕扑朔，跳跃貌。

〔13〕迷离，不明貌。

上编三　相和歌辞

相和曲

《古今乐录》曰："张永《元嘉技录》，相和有十五曲：一曰《气出唱》，二曰《精列》，三曰《江南》，四曰《度关山》，五曰《东光》，六曰《十五》，七曰《薤露》，八曰《蒿里》，九曰《觐歌》，十曰《对酒》，十一曰《鸡鸣》，十二曰《乌生》，十三曰《平陵东》，十四曰《东门》，十五曰《陌上桑》。十三曲有辞。二曲无辞，《觐歌》《东门》是也。"兹选《江南》《东光》《薤露》《蒿里》《鸡鸣》《乌生》，六曲。（《陌上桑》依《宋书》列入大曲。）

江　南

《乐府解题》曰："《江南》，古辞，盖美芳晨丽景，嬉游得时也。"范骧曰："《江南曲》三句外，多不用韵，是古乐府一唱三叹之遗！"见《乐府广序》。

江南可采莲，莲叶何田田！[1]鱼戏莲叶间。鱼戏莲叶东，鱼戏莲叶西，鱼戏莲叶南，鱼戏莲叶北。

江南

〔1〕田田，莲叶浮水貌。

东　光

《古今乐录》曰："张永《元嘉技录》云：《东光》旧但有弦无音，宋始造其声歌。"《乐府广序》曰："《东光平》，讽时也。一曰：汉武帝征南越久未下而作。"

东光〔1〕平，苍梧〔2〕何不平！〔3〕苍梧多腐粟，无益诸军粮。诸君游荡子，早行多悲伤。

〔1〕东光，《汉书·地理志》："东光县属渤海郡。"

〔2〕苍梧，《一统志》："汉武帝平南粤，以其地为广信县，置苍梧郡。"

〔3〕平，《乐府广序》："按'平'叶'旁'，见《诗·商颂·烈祖篇》。《乐府》改'平'字，谬。"

薤　露

崔豹《古今注》曰："《薤露》《蒿里》，并丧歌也。"本出田横门人。横自杀，门人伤之，为作悲歌。言人命奄忽，如薤上之露，易晞灭也。亦谓人死魂魄归于蒿里。至汉武帝时，李延年分为二曲：《薤露》送王公贵人，《蒿里》送士大夫庶人。使挽柩者歌之，亦谓之挽歌。谯周《法训》曰："挽歌者，汉高帝召田横，至尸乡自杀，从者不敢哭而不胜哀，故为挽歌以寄哀音。”《乐府解题》曰：“《左传》云：‘齐将与吴战于艾陵，公孙夏命其徒歌虞殡。’杜预云：‘送死《薤露歌》即丧歌。’”不自田横始也。

薤[1]上露，何易晞！[2]露晞明朝更复落，人死一去何时归！

〔1〕薤，音械，状似韭而中空，可食，并入药。

〔2〕晞，干也。

蒿　里

《乐府诗集》：“蒿里，山名，在泰山南。”

蒿里谁家地，聚敛魂魄无贤愚。鬼伯一何相催促，人命不得少踟蹰！

鸡　鸣

《乐府解题》曰：“古辞云：‘鸡鸣高树巅，狗吠深宫中。’初言‘天下方太平，荡子何所之’。次言黄金为门，白玉为堂，置酒作倡乐为乐。终言桃伤而李僵，喻兄弟当相为表里。兄弟三人近侍，荣耀道路，与《相逢狭路间行》同。”《乐府广序》曰：“《鸡鸣》，与《尺布》之谣，同为讽时之作。或曰：初平中，五侯僭侈，太后委政于莽，专威福，奏遣红阳侯立，平阿侯仁，迫令自杀，民用作歌。”

鸡鸣高树巅，狗吠深宫中。荡子何所之，天下方太平。刑法非有贷，柔协[1]正乱名。[2]黄金为君门，碧玉为轩堂。上有双樽酒，作使邯郸倡。刘王碧青甓，[3]后出郭门王。舍后有方池，池中双鸳鸯。鸳鸯七十二，罗列自成行。鸣声何啾啾，闻我殿东厢。兄弟四五人，皆为侍中郎。五日一时来，观者满路傍。黄金络马头，颎颎何煌煌。桃生露井上，李树生桃傍。虫来啮桃根，李树代桃僵。树木身相代，兄弟还相忘！

〔1〕柔协，犹柔服也。《尔雅》："协，服也。"《左传》："伐叛，刑也。柔服，德也。"说见黄节《汉魏乐府风笺》。

〔2〕乱名，不自之名。《管子》："正名稽疑，刑杀亟近，则内定矣。"

〔3〕碧青甓，《尔雅》："瓴甋谓之甓。"甓，音辟，砖也。碧青甓，惟王家用之。

乌　生

《乐府诗集》曰："一曰《乌生八九子》。"按《宋书·乐志》作《乌生十五子》。《乐府解题》曰："古辞云：'乌生八九子，端坐秦氏桂树间。'言乌母子本在南山岩石间，而来为秦氏弹丸所杀。白鹿在苑中，人得以为脯。黄鹄摩天，鲤在深渊，人得而烹煮之。则寿命各有定分，死生何叹前后也？”《乐府广序》曰：“《乌生》，寓言也。《满歌行》‘祸福无形’，一语写照。”

乌生八九子，端坐秦氏桂树间。唶！〔1〕我秦氏，家有游遨荡子，工用睢阳强，〔2〕苏合弹。〔3〕左手持强弹两丸，出入乌东西。唶！我一丸，即发中乌身，乌死魂魄飞扬上天。阿母生乌子时，乃在南山岩石间，唶！我人民，安知乌子处，蹊径窈窕安从通？白鹿乃在上林〔4〕西苑中，射工尚复得白鹿脯。唶！我黄鹄摩天极高飞，后宫尚复得烹煮之。鲤鱼乃在洛水〔5〕深渊中，钓钩尚得鲤鱼口。唶！我人民，生各各有寿命死生，何须复道前后！

〔1〕唶，音借，又音积。《尔雅·释鸟》疏：“唶，鸟声。”

〔2〕睢阳，地名，疑系汉世制弓著称之地。强，弓有力也，见《说文》。按即谓强弓也。

〔3〕苏合，西域香也。见《后汉书·西域传》。黄节曰：“此言苏合弹，盖以苏合香为丸也。”

〔4〕上林，秦汉苑名。

〔5〕洛水，源出陕西，流入于河。此不过随意引用而已。

上编四　清商曲辞

平调曲

《古今乐录》曰："王僧虔《技录》：大明三年宴乐，平调有七曲，一曰《长歌行》，二曰《短歌行》，三曰《猛虎行》，四曰《君子行》，五曰《燕歌行》，六曰《从军行》，七曰《鞠歌行》。"兹选《长歌行》《猛虎行》《君子行》三曲。

长歌行　二曲录一

《乐府解题》曰："古辞云'青青园中葵，朝露待日晞'，言芳华不久，当努力为乐，无至老大乃伤悲也。"《乐府广序》曰："《长歌行》，歌'青青园中葵'，思立业也。传曰'人生三不朽，立德，立功，立言'，盖欲及时也。"

青青园中葵，朝露待日晞。[1]阳春布德泽，万物生光辉。常恐秋节至，焜黄[2]华叶衰。百川东到海，何时复西归。少壮不努力，老大徒伤悲。

〔1〕晞,干也。

〔2〕焜黄,色衰貌。

猛虎行

按本篇,古辞。《乐府诗集》不正载其文,《乐府广序》曰:"《猛虎行》,歌猛虎,谨于立身也。记曰:'君子不失足于人,不失色于人,不失口于人。'咏游子,士穷视其所不为,义加警也。"

饥不从猛虎食,暮不从野雀栖。野雀安无巢,游子为谁骄!

君子行

《乐府解题》曰:"古辞云'君子防未然',盖言远嫌疑也。"《乐府广序》曰:"君子以周公为法。周公抱孺子而朝,处疑谤之地,有不易居者。若非劳谦下士,其何以自白于世?"

君子防未然,不处嫌疑间。瓜田不纳履,李下不正冠。嫂叔不亲授,长幼不比肩。劳谦[1]得其柄,和光[2]甚独难。周公下白屋,[3]吐哺不及餐。一沐三握发,后世称圣贤。[4]

〔1〕劳谦，谓身劳而谦恭也。《易》："劳谦，君子终吉。"

〔2〕和光，《老子》"和其光"，言与物融和也。

〔3〕白屋，贱人所居也。《汉书·萧望之传》："恐非周公躬吐握之礼，致白屋之意。"

〔4〕《史记·鲁世家》："周公戒伯禽曰：'我一沐三握发，一饭三吐哺，起以待士，犹恐失天下之贤人，子之鲁慎无以国骄人。'"

清调曲

《古今乐录》曰："王僧虔《技录》，清调有六曲：一《苦寒行》，二《豫章行》，三《董逃行》，四《相逢狭路间行》，五《塘上行》，六《秋胡行》。"兹选《相逢行》一曲。

相逢行

《乐府诗集》曰："一曰《相逢狭路间行》，亦曰《长安有狭斜行》。"《乐府解题》曰："古辞文意与《鸡鸣曲》同意。"《乐府广序》曰："《史记》：中山地薄人众，为倡优女子，游媚贵富。"

相逢狭路间，道隘不容车。不知何年少，夹毂[1]问君家。君家诚易知，易知复难忘。黄金为君门，白玉为君堂。堂上置樽酒，作使邯郸倡。中庭生桂树，华灯何煌煌！兄弟两三人，中子为侍郎。五日一来归，道上自生光。黄金络马头，观者盈道傍。入门时左顾，但见双鸳鸯。鸳鸯七十二，罗列自成行。音声何噰噰，鹤鸣东西厢。大妇织绮罗，中妇织流黄。[2]小妇无所为，挟瑟上高堂。丈人[3]且安坐，调丝方未央。

〔1〕毂，车也。本句谓并车访问也。

〔2〕流黄，《演繁露》谓为黄茧之丝。《词林海错》云："流黄，谓绢也。"

〔3〕丈人，《颜氏家训》曰："歌辞先述三子，次及三妇，是对舅姑之称。其末章'丈人且安坐'，'丈人'亦长老之目。北间风俗，妇呼舅姑为'大人'，'丈'与'大'易为误耳。"

瑟调曲

《古今乐录》曰："瑟调曲有《善哉行》《陇西行》《折杨柳行》《西门行》《东门行》《东西门行》《却东西门行》《顺东西门行》《饮马行》《上留田行》《新城安乐宫行》《妇病行》《孤子生行》《放歌行》《大墙上蒿行》《野田黄爵行》《钓竿行》《临高台行》《长安城西行》《武舍之中行》《雁门太守行》《艳歌何尝行》《艳歌福钟行》《艳歌双鸿行》《煌煌京洛行》《帝王所居行》《门有车马客行》《墙上难用趋行》《日重光行》《蜀道难行》《棹歌行》《有所思行》《蒲坂行》《采梨橘行》《白杨行》《胡无人行》《青龙行》《公无渡河行》。"兹选《善哉行》《陇西行》《饮马长城窟行》《上留田行》《妇病行》《孤儿行》《艳歌行》《公无渡河行》八曲。（《折杨柳行》《西门行》《东门行》《艳歌何尝行》，依《宋志》列入大曲。）

善哉行　六解[1]

《乐府解题》曰："古辞云：'来日大难，口燥唇干。'言人命不可保，当见亲友，且永长年术，与王乔八公游焉。"《乐府诗集》曰："按魏明帝《步出夏门行》云：'善哉殊复善，弦歌乐我情。'然则'善哉'者，盖叹美之辞也。"

来日大难，口燥唇干。今日相乐，皆当喜欢。

经历名山，芝草翻翻。[2]仙人王乔，[3]奉药一丸。

自惜袖短，内[4]手知寒。惭无灵辄，以报赵宣。[5]

月没参横，[6]北斗阑干。[7]亲交在门，饥不及餐。

欢日尚少，戚日苦多。以何忘忧？弹筝酒歌。

淮南八公，[8]要道不烦。参驾六龙，游戏云端。

〔1〕解，《古今乐录》曰："伧歌以一句为一解，中国以一章为一解。"王僧虔云："古曰章，今曰解。解有多少，当时先诗而后声；诗叙事，声成文，必使志尽于诗，音尽于曲。是以作诗有丰约，制解有多少。"

〔2〕翻翻，如波之荡漾也。《楚辞·九章》："漂翻翻其上下兮。"

〔3〕王乔，仙人名，即王子乔。《列仙传》："王子乔，周灵王太子晋也。好吹笙，作凤鸣。游伊洛之间，浮丘生接引上嵩山。后乘白鹤至缑氏山头，举手谢时人，数日而去。"

〔4〕内，同纳。

〔5〕灵辄，晋人。赵宣，赵宣子也。《左传》："初，宣子田于首山，舍于翳桑，见灵辄饿，问其病，曰：'不食三日矣。'食之，舍其半。问之，曰：'宦三年矣，未知母之存否；今近焉，请以遗之。'使尽之，而为之箪食与肉，置诸橐以与之。既而与为公介，倒戟以御，公徒而免之。问其故，对曰：'翳桑之饿人也。'问其名居，不告而退，遂自亡也。"

〔6〕参，星名。

〔7〕阑干，纵横也。

〔8〕八公，仙名。《神仙传》："淮南王与八公白日升天，所踏山上石皆陷成迹。鸡犬尽皆升天，故鸡鸣天上，犬吠云中也。"按八公：左吴、李尚、苏飞、田由、毛披、雷被、晋昌、伍被也。见《小学绀珠》。

陇西行

《乐府诗集》曰："一曰《步出夏门行》。"《乐府解题》曰："古辞云：'天上何所有？历历种白榆。'始言妇有容色，能应门承宾；次言善于主馈；终言送迎有礼。"《通典》："秦置陇四郡，以居陇坻之西为名。"

天上何所有？ 历历种白榆。 桂树夹道生，青龙对道隅。 凤凰鸣啾啾，一母将九雏。 顾视世间人，为乐甚独殊。[1]

好妇出迎客，颜色正敷愉。[2]伸腰再拜跪，问客平安否？请客北堂上，坐客毡氍毹。清白各异樽，酒上正华疏。[3]酌酒持与客，客言主人持。却[4]略再拜跪，然后持一杯。谈笑未及竟，左顾敕中厨。促令办粗饭，慎莫使稽留。废礼[5]送客出，盈盈府中趋。送客亦不远，足不过门枢。取妇得如此，齐姜[6]亦不如。健妇持门户，一胜一丈夫。

〔1〕“天上”八句，兴也。

〔2〕敷愉，悦乐也。

〔3〕黄节曰：“古读华如敷，华疏犹敷疏，盛貌。”

〔4〕张玉谷曰：“却，路少退也。”

〔5〕张玉谷曰：“废礼，终礼也。”

〔6〕齐姜，谓文姜，齐襄公之妹，鲁桓公夫人也，以美称。又，《诗·桑中》：“美孟姜矣。”即此。

饮马长城窟行

《乐府诗集》曰：“一曰《饮马行》。长城，秦所筑以备胡者，其下有泉窟可以饮马。古辞云：‘青青河畔草，绵绵思远道。’言征戍之客至于长城而饮其马，妇人思念其勤劳，故作是曲也。”《乐府解题》曰：“古辞，伤良人游荡不归。或云蔡邕之词。"《乐府广题》曰："长城南有溪坂，上有土窟，窟中泉流，汉时将士征塞北，皆饮此水也。"

青青河畔草，绵绵思远道。远道不可思，夙昔[1]梦见之。梦见在我傍，忽觉在他乡。他乡各异县，展转不相见。枯桑知天风，海水知天寒。[2]入门各自媚，谁肯相为言。[3]客从远方来，遗我双鲤鱼。呼儿烹鲤鱼，中有尺素[4]书。长跪读素书，书中竟何如？上言加餐食，下言长相忆。

〔1〕夙昔，夙夜也。《列子·周穆王篇》："昔昔梦为君国。"注："昔昔，夜夜也。"

〔2〕《文选》李善注："知，谓岂知也。枯桑无枝叶，则不知天风；海水不凝冻，则不知天寒。"

〔3〕言归客入门，各自媚其妻子，不肯相为言也。

〔4〕素，白绢也。古人为书，多书之于绢。黄节曰："《诗·桧风》：'谁能烹鱼，溉之釜鬵。谁将西归，怀之好音。'烹鱼得书，古辞借以为喻。"

上留田行

崔豹《古今注》曰："上留田，地名也。人有父母死，不字其孤弟者，邻人为其弟作悲歌以风其兄。"《乐府广题》曰："盖汉世人也。"《乐府广序》曰："《上留田》，歌'里中有啼儿'讽时也。"《乐府诗集》，其辞不正载，列入附注。

里中有啼儿，似类亲父子。回车问啼儿，慷慨不可止。

妇病行

《乐府广序》曰："《妇病行》，伤时政也。"又曰："古辞以妇能持门户。妇殁，子不免饥寒，而乞诸亲交也。"

妇病连年累岁，传呼丈人[1]前一言，当言未及得言，不知泪下，一何翩翩！"属累[2]君，两三孤子，莫我儿饥且寒！有过慎莫笪笞。[3]行当折摇，[4]思复念之。"

乱曰：[5]抱时无衣，襦复无里。[6]闭门塞牖舍，孤儿到市。道逢亲交，泣坐不能起。从乞求与孤买饵，对交啼泣泪不可止。[7]"我欲不伤悲，不能已。"探怀中钱持授，交[8]入门，见孤儿，啼索其母抱。徘徊空舍中，行复尔耳，[9]弃置勿复道。

〔1〕丈人，古者名男子为丈人。

〔2〕属，音祝，付托也。累，牵累也。此为病妇嘱咐之词。

〔3〕笪，音妲，笞也。见《说文》。段注：笪者，可以挞人之物。

〔4〕黄节曰："折摇，即折夭，妇自谓将死也。"

〔5〕"乱曰"下，是妇设后事。

〔6〕长衣曰袍，短衣曰襦。谓无长衣而有短衣，而短衣又无里也。张玉谷谓"抱时"二句，指孤儿之小者。

〔7〕张玉谷谓"闭门"以下七句，指孤儿之大者。

〔8〕交，亲交也。

〔9〕黄节曰："行复，具复也。尔耳，谓于徘徊外，无可如何也。"

孤儿行

《乐府诗集》曰："《孤子生行》，一曰《孤儿行》。古辞言孤儿为兄嫂所苦，难与久居也。《歌录》曰：'《孤子生行》，或曰《放歌行》。'"《乐府广序》曰："《孤儿行》，闵俗也。"

孤儿生，孤子遇生，命当独苦。父母在时，乘坚车，驾驷马。〔1〕父母已去，兄嫂令我行贾。南到九江，东到齐与鲁。腊月归来，不敢自言苦。头多虮虱，面目多尘。大兄言办饭，大嫂言视马。〔2〕上高堂，行取殿下堂，〔3〕孤儿泪下如雨。使我朝行汲，暮得水来归。手为错，足下无菲。〔4〕怆怆履霜，中多蒺藜。[5]拔断蒺藜，肠肉中，怆欲悲。泪下渫渫，[6]清涕累累。冬无复襦，夏无单衣。居生不乐，不如早去，下从地下黄泉。

春气动，草萌芽。三月蚕桑，六月收瓜。将是瓜车，来到远家。瓜车反覆，助我者少，啗瓜者多。“愿还我蒂，兄与嫂严，独且急归，当与校计。”

乱曰：里中一何譊譊！愿欲寄尺书，将与地下父母，兄嫂难与久居。

〔1〕〔2〕两“马”字，均叶满补切。

〔3〕取，通作趣；趣，同趋。殿，古者屋高严，通呼为殿。

〔4〕菲，通作扉，草履也。《左传》：“郑申侯曰：‘供其扉履。’”

〔5〕蒺藜，有刺草也。

〔6〕渫渫，音泄泄，流貌。

艳歌行

《乐府解题》曰：“古辞云：‘翩翩堂前燕，冬藏夏来见。’言燕尚冬藏夏来，兄弟反流宕他县，主妇为绽衣服，其夫见而疑之也。”

翩翩堂前燕，冬藏夏来见。兄弟两三人，流宕[1]在他县。故衣谁当补？新衣谁当绽？赖得贤主人，览取为我组。[2]夫婿从门来，斜柯[3]西北眄。语卿且勿眄，水清石自见！石见何累累，[4]远行不如归。

〔1〕流宕，同流荡。

〔2〕组，同绽，补缝也。

〔3〕柯，一作倚。

〔4〕黄节曰："累累，疲也，象石之卧于水中也。"

公无渡河行

《乐府诗集》其辞不正载，附入相和引《箜篌引》注。按《古今乐录》曰："今三调中自有《公无渡河》，其声哀切，故入瑟调。"崔豹《古今注》曰："《箜篌引》者，朝鲜津卒霍里子高妻丽玉所作也。子高晨起刺船，有一白首狂夫，被发提壶，乱流而渡。其妻随而止之，不及，遂渡河而死。于是援箜篌而歌曰：'……。'声甚凄惨，曲终，亦投河而死。子高还，以语丽玉；丽玉伤之，乃引箜篌而写其声，闻者莫不堕泪饮泣。丽玉以其曲传邻女丽容，名曰《箜篌引》。"黄节曰："然则《箜篌引》乃感此曲而作。此曲非《箜篌引》明甚。"

公无渡河！公竟渡河。堕河而死，当奈公何！

楚调曲

《唐书·乐志》曰："楚调者，汉房中乐也。高祖乐楚声，故房中乐皆楚声也。"《古今乐录》曰："王僧虔《技录》，楚调曲有《白头吟行》《泰山吟行》《梁甫吟行》《东武吟行》《怨诗行》。"兹选《梁甫吟》一曲。（《白头吟》入大曲。）

梁甫吟

《乐府诗集》曰："谢希逸《琴论》曰：'诸葛亮作《梁甫吟》。'《陈武别传》云：'武常骑驴牧羊，诸家牧竖十数人，或有知歌谣者，武遂学《泰山梁甫吟》《幽州马客吟》及《行路难》之属。'《蜀志》曰：'诸葛亮好为《梁甫吟》。'然则不起于亮矣。……按梁甫，山名，在泰山下。《梁甫吟》盖言人死葬此山，亦葬歌也。"今人陆侃如曰："古辞存。前人多以此篇为诸葛亮作，盖误。琴操以为曾子作，亦非。曾子思父母而作《梁山歌》，与此篇意义及标题均异，不能合而为一。"

步出齐城门，遥望荡阴里。[1]里中有三墓，累累正相似。问是谁家墓？田强古冶子。[2]力能排南山，文能绝地纪。一朝被谗言，二桃杀三士。谁能为此谋？ 国相齐晏子。

〔1〕荡阴里，属河内都。见《汉书·地理志》。

〔2〕《晏子春秋》："公孙接、田开强、古冶子事景公，以勇力搏虎闻。晏子过而趋，三子者不起。晏子入见公曰'臣闻明君之蓄勇力之士也，上有君臣之义，下有长率之伦，内可以禁暴，外可以威敌，故尊其位，重其禄。今君之蓄勇力之士也，上无君臣之义，下无长率之伦，内不以禁暴，外不以威敌，此危国之器也，不若去之。'公曰：'三子者，搏之恐不得，刺之恐不中也。'晏子因请公使人少馈之二桃，曰：'三子何不计功而食桃？'公孙接曰：'接一搏特而再搏乳虎，若接之功，可以食桃而无与人同矣。'援桃而起。田开强曰：'吾仗兵而却三军者，再若开强之功，亦可以食桃而无与人同矣。'援桃而起。古冶子曰：'吾尝徒君济于河，鼋衔左骖，以入砥柱之流。冶逆流百步，顺流九里，得鼋而杀之。左操骖尾，右挈鼋头，鹤跃而出，津人皆曰河伯也。冶视之，则大鼋之首。若冶之功，亦可以食桃而无与人同矣。二子何不反桃？'公孙接田开强曰：'吾勇不子若，功不子逮，取桃不让，是贪也。然而不死，无勇也。'皆反其桃，挈领而死。古冶子曰：'二子死之，冶独生之，不仁。耻人以言，而夸其声，不义。恨乎所行，不死无勇。'亦反其桃，挈领而死。公殓之以服，葬之以士礼焉。"

侧调曲

《旧唐书·乐志》曰：侧调者生于楚调，与前三调（平、清、瑟）总谓之相和调。

伤歌行

《古乐苑》曰:"《伤歌行》,侧调曲也。古辞伤日月代谢,年命遒尽,绝离知友,伤而作歌也。"《乐府诗集》误入杂曲。

昭昭素明月,辉光烛我床。忧人不能寐,耿耿夜何长!微风吹闺闼,罗帷自飘扬。揽衣曳长带,屣履下高堂。东西安所之?徘徊以彷徨。春鸟向南飞,翩翩独翱翔。悲声命俦匹,[1]哀鸣伤我肠。感物怀所思,泣涕忽沾裳。伫立吐高吟,舒愤诉穹苍。[2]

〔1〕王逸《楚辞注》:"二人曰匹,四人曰俦。"

〔2〕《尔雅》:"穹苍,苍天也。"

大曲

《乐府诗集》曰:"诸调曲皆有辞有声,而大曲又有艳有趋有乱。辞者,其歌诗也。声者,若'羊吾夷''伊那何'之类也。艳在曲之前,趋与乱在曲之后,亦犹吴声、西曲前有和后有送也。"《宋书·乐志》曰:"大曲十五曲,一曰《东门》,二曰《西山》,三曰《罗敷》,四曰《西门》,五曰《默默》,六曰《园桃》,七曰《白鹄》,八曰

《碣石》，九曰《何尝》，十曰《置酒》，十一曰《为乐》，十二曰《夏门》，十三曰《王者布大化》，十四曰《洛阳令》，十五曰《白头吟》。”按《西山》与《默默》同为《折杨柳行》，《白鹄》与《何尝》同为《艳歌行》，《碣石》与《夏门》同为《步出夏门行》，故实只十二曲。兹选《东门行》《罗敷行》《西门行》《艳歌何尝行》《为乐满歌行》《白头吟》六曲。

东门行　四解

《乐府解题》曰：“古辞云：‘出东门，不顾归，来入门，怅欲悲。’言士有贫不安其居者，拔剑将去，妻子牵衣留之，愿共铺糜，不求富贵，且曰：‘今时清，不可为非也’。”《乐府广序》曰：“《东门行》，歌‘出东门’，贤者清不得志于时之作也。”

出东门，不顾归；来入门，怅欲悲。盎〔1〕中无斗米储，还视桁〔2〕上无悬衣。

拔剑出门去，儿女牵衣啼。“他家但愿富贵，贱妾与君共铺糜。

共铺糜。上用仓浪天故，下为黄口小儿。今时清廉难犯，教言君，复自爱，莫为非！”〔3〕

今时清廉难犯，教言君，复自爱，莫为非！“行，

吾去为迟！”〔4〕“平慎行，望君归！”〔5〕

〔1〕盎，盆也。见《说文》。按《尔雅·释器》注：惟盎大腹而敛口，盆则敛底而宽上，斯为少异耳。

〔2〕桁，音衡，衣架也。

〔3〕按此为妻语其夫之词，言上为苍天，下为黄口小儿，以天道人情动之，又以法治难犯惧之，戒勿为非也。

〔4〕黄节曰：“夫语其妻之词。‘行’字断句。吾去为迟，即出东门来入门也。”

〔5〕按，平、慎均可训为词之舒，平慎，犹尚慎也。此为妻勉其夫之词。

陌上桑

《乐府诗集》曰：“一曰《艳歌罗敷行》。”崔豹《古今注》曰：“《陌上桑》者，出秦氏女子。秦氏，邯郸人，有女名罗敷，为邑人千乘王仁妻。王仁后为赵王家令。罗敷出采桑于陌上，赵王登台见而悦之，因置酒欲夺焉。罗敷巧弹筝，乃作《陌上桑》之歌以自明，赵王乃止。”《乐府解题》曰：“古言辞罗敷采桑，为使君所邀，盛夸其夫为侍中郎以拒之。”吴兆宜曰：“使君之称，始见之《后汉书·郭伋传》。……此诗云：‘使君从南来。’其为后汉人无疑。”——见《玉台新咏注》。《乐府广序》曰：“《陌上桑》歌‘日出东南隅’，妇人以礼自防也。”

日出东南隅，照我秦氏楼。[1]秦氏有好女，自名为罗敷。罗敷憙[2]蚕桑，采桑城南隅。青丝为笼系，桂枝为笼钩。[3]头上倭堕髻，[4]耳中明月珠。缃绮为下裙，紫绮为上襦。行者见罗敷，下担捋髭须。少年见罗敷，脱帽着帩头。[5]耕者忘其犁，锄者忘其锄。来归相怨怒，但坐观罗敷。

使君[6]从南来，五马立踟蹰。使君遣吏往，问是谁家姝。“秦氏有好女，自名为罗敷。”“罗敷年几何？”“二十尚不足，十五颇有余。”使君谢罗敷：“宁可共载不？”[7]罗敷前致词：“使君一何愚！使君自有妇，罗敷自有夫。”

“东方千余骑，夫婿居上头。[8]何用识夫婿？白马从骊[9]驹。青丝系马尾，黄金络马头。[10]腰中鹿卢剑，[11]可直千万余。十五府小史，[12]二十朝大夫。三十侍中郎，四十专城居。[13]为人洁白皙，鬑鬑颇有须。盈盈[14]公府步，冉冉[15]府中趋。坐中数千人，皆言夫婿殊。”

〔1〕〔3〕〔5〕〔7〕〔8〕〔10〕楼、钩、头、不、头、头，六字皆叶鱼模韵。

〔2〕憙，一作善。

〔4〕倭堕髻，崔豹《古今注》曰：“长安妇人好为倭堕髻。一云，堕马髻之余。”

〔5〕帩头，《两汉博闻》曰：“帩头，一作绡头。郑玄《仪礼注》：‘幧头，自项中而前交额上，却绕髻也。’周党被征，乃着縠皮绡头，待见尚书。向栩性卓诡不伦，好披发着绛绡头。”

〔6〕使君，刺史之称，古者太守五马。

〔9〕《说文》：“骊，深黑色。”

〔11〕鹿卢剑，晋灼《汉书注》：“古长剑，首以玉作井辘轳形。”

〔12〕小史，掌书之官。

〔13〕专城，尊抚一郡者。

〔14〕《广雅》：“瀛，好也。”《方言注》：“瀛，言瀛瀛也。”按瀛瀛即盈盈也。

〔15〕王逸《楚辞注》：“冉冉，行貌。”

西门行　六解

《乐府解题》曰：“古辞云：‘出西门，步念之。’始言‘醇酒肥牛，及时为乐’。次言‘人生不满百，常怀千岁忧。昼短苦夜长，何不秉烛游’。终言‘贪财惜费，为后世所嗤’。”《乐府广序》曰：“《西门行》，歌‘出西门’，君子悼时之作。悼时为无益之游也。夫忧与乐反，任道体素，不为忧端，而乐以至也。”

出西门，步念之。今日不作乐，当待何时？

夫为乐，为乐当及时。何能坐愁怫郁，当复待

西门行

来兹？[1]

饮醇酒，炙肥牛。请呼心所欢，何用解愁忧？

人生不满百，常怀千岁忧。昼短苦夜长，何不秉烛游？

自非仙人王子乔，计会寿命难与期！自非仙人王子乔，计会寿命难与期！

人寿非金石，年命安可期？贪财爱惜费，但为后世嗤。[2]

〔1〕兹，年也。

〔2〕嗤，笑也。

艳歌何尝行　四解　有趋

《乐府诗集》曰："一曰《飞鹄行》。……'念与'下为趋。《乐府解题》曰：古辞云：'飞来双白鹄，乃从西北来。'言雌病，雄不能负之而去。'五里一反顾，六里一徘徊。'虽遇新相知，终伤生别离也。"《乐府广序》曰："《艳歌何尝行》，歌白鹄，叹仳离也。一曰：为新知见阻，弃其旧好焉。"

飞来双白鹄，乃从西北来。[1]十十五五，罗列成行。

妻卒被病，行不能相随。五里一反顾，六里一徘徊。

吾欲衔汝去，口噤不能开。吾欲负汝去，毛羽何摧颓！

乐哉新相知，忧来生别离。踌躇顾群侣，泪下不自知。

念与君离别，气结不能言。各各重自爱，远道归还难。妾当守空房，闭门下重关。若生当相见，亡者会黄泉。今日乐相乐，延年万岁期。〔2〕

〔1〕《乐府广序》“来”作“方”，与下“行”字叶。

〔2〕《乐府广序》作“万岁期延年”，与上“泉”字叶。

满歌行　四解　有趋

《乐府诗集》曰：“《满歌行》一曲，诸调不载。”按《宋书·乐志》大曲之十一曰为乐，即《满歌行》。《乐府解题》曰：“古辞云‘为乐未几时，遭时崄巇’，其始言‘逢此百罹，零丁荼毒’‘古人逊位躬耕，遂我所愿’；次言穷达天命，智者不忧，‘庄周遗名’，名垂千载；终言‘命如凿石见火’，宜自娱以颐养，保此百年也。”《乐府正义》曰：

"满歌，懑歌也，胸怀愤懑，因而作歌。本辞云：'零丁荼毒，愁懑难支。'以此为懑歌也。"《乐府广序》曰："余读《日者传》，言天不足西北，星辰西北移；地不足东南，以海为池。日中必移，月满必亏。先王之道，乍存乍亡。即《满歌行》之志也。盖天道以之盈虚，圣人以之进退。改尧舜逊位，禹稷躬耕，仲尼浮海，庄周遗名，岂非同为乐天知命者乎？"

为乐未几时，遭世崄巇，[1]逢此百罹。[2]零丁荼毒，[3]愁懑难支。遥望辰极，[4]天晓月移。忧来填心，谁当我知！

戚戚多思虑，耿耿[5]不宁，祸福无形。惟念古人，逊位躬耕。遂我所愿，以兹自宁。自鄙山栖，守此一荣。[6]

暮秋烈风起，西蹈沧海，心不能安。揽衣起瞻夜，北斗阑干。星汉[7]照我，去自无他。奉事二亲，劳心可言。

穷达天所为，智者不愁，多为少忧。安贫乐道，师彼庄周。遗名者贵，子熙[8]同游。往者二贤，名垂千秋。

饮酒歌舞，不乐何须！[9]善哉照观日月，日月驰驱。轗轲[10]世间，何有何无！贪财惜费，此一何愚！命如凿石见火，[11]居世竟能几时！但当欢乐自娱，尽心极所嬉怡。安善养君德性，百年保此期颐。[12]

〔1〕崄巇，危险也。

〔2〕罹，忧也。

〔3〕零丁，即伶仃，孤独也。荼毒：荼，苦菜；毒，螫虫，皆恶物，并言之以喻苦也。

〔4〕辰极：极，北极；辰，日月所会。

〔5〕耿耿，不安也。

〔6〕草华曰荣。守此区区之意。

〔7〕星汉，天河也。

〔8〕子熙，本辞作子遐，未详。

〔9〕须，待也。

〔10〕轗轲，车行不利也。因借以喻人之不遇。

〔11〕日月驰驱，叹时之逝。凿石见火，哀生之促。

〔12〕期颐，《礼》："百年曰期颐。"

白头吟　本辞

《乐府解题》曰："《白头吟》，疾人相知，以新间旧，不能至于白首，故以为名。"《西京杂记》曰："司马相如将聘茂陵人女为妾，卓文君作《白头吟》以自绝，相如乃止。"

冯舒曰："《宋书》大曲有《白头吟》，作古辞。《乐府诗集》《太平御览》亦然；《玉台新咏》题作《皑如山上雪》，非但不作文君，并题亦不作《白头吟》也。惟《西京杂记》有文君为《白头吟》以自绝之说，然亦不著其辞；或文君自有别篇，不得遽以此诗当之也。"——见《诗纪匡谬》。

皑如山上雪，皎如云间月。闻君有两意，故来相决绝。

今日斗酒会，明旦沟水头。躞蹀[1]御沟上，沟水东西流。

凄凄复凄凄，嫁娶不须啼。愿得一心人，白头不相离。

竹竿何袅袅，鱼尾何簁簁！男儿重意气，何用钱刀为！[2]

〔1〕躞蹀，行貌。

〔2〕袅袅，长也；簁簁，动摇也；言不相及。何以得鱼？须芳其饵。若一心人，意气自合，何须芳饵为？——《乐府广序》。

吴声歌曲

《晋书·乐志》曰："吴歌杂曲，并出江南。东晋以来，稍有增广。其始皆徒歌，既而被之管弦。"《乐府诗集》曰："盖自永嘉渡江之后，下及梁陈，咸都建业。吴声歌曲，起于此也。”《古今乐录》曰：“吴声十曲一曰《子夜》，二曰《上柱》，三曰《凤将雏》，四曰《上声》，五曰《欢闻》，六曰《欢闻变》，七曰《前溪》，八曰《阿子》，九曰《丁督护》，十曰《团扇郎》，并梁所用曲。又有《七日夜女歌》《长史变》《黄鹄》《碧玉》《桃叶》《长乐佳》《欢好》《懊侬》《读曲》，亦皆吴声歌曲也。”兹选《子夜歌》二十四曲，《子夜四时歌》七十五曲，《大子夜歌》一曲，《子夜警歌》一曲，《子夜变歌》三曲，《上声歌》七曲，《欢闻歌》一曲，《欢闻变歌》五曲，《前溪歌》六曲，《阿子歌》一曲，《团扇郎》六曲，《七日夜女歌》三曲，《黄鹄曲》四曲，《碧玉歌》五曲，《桃叶歌》四曲，《懊侬歌》七曲，《华山畿》二十五曲，《读曲歌》六十四曲。

子夜歌

《宋书·乐志》曰：“《子夜歌》者，有女子名子夜，造此声。晋孝武太元中，琅琊王轲之家有鬼歌子夜。殷允为豫章时，豫章侨人庾僧虔家亦有鬼歌子夜。殷允为豫章，亦是太元中。则子夜是此时以前人也。”

落日出前门，瞻瞩见子度。[1]冶容多姿鬓，芳香已盈路。

〔1〕度，经过也。或以为子度人名，盖误。

芳是香所为，冶容不敢当。天不夺人愿，故使侬见郎。

宿昔[1]不梳头，丝发被[2]两肩。婉伸郎膝上，何处不可怜。

〔1〕宿昔，宿夜也。

〔2〕被，披也。

自从别欢来，奁器了不开。头乱不敢理，粉拂生黄衣。[1]

〔1〕黄衣，谓尘埃也。

崎岖相怨慕，始获风云通。玉林语石阙，悲思两心同。

见娘喜容媚，愿得结金兰。[1]空织无经纬，[2]求匹[3]理自难。

〔1〕金兰，言交相投合也。《易》："二人同心，其利断金；同心之言，其臭如兰。"

〔2〕经纬，丝之纵横也。

〔3〕匹，隐匹偶之匹。

始欲识郎时，两心望如一。理丝入残机，何悟不成匹。

前丝断缠绵，意欲结交情。春蚕易感化，丝子已复生。

今夕已欢别，合会在何时？明灯照空局，[1]悠然未有期。[2]

〔1〕局，棋枰也。

〔2〕期，谐棋。

自从别郎来，何日不咨嗟。黄蘗[1]郁成林，当奈苦心多！

〔1〕黄蘗，落叶乔木，其实与皮，并入药，味极苦。

高山种芙蓉，[1]复经黄蘗坞。果得一莲[2]时，流离婴[3]辛苦。

〔1〕芙蓉，莲花之别称。

〔2〕莲，谐怜。

〔3〕婴，触也，遭也。

朝思出前门，暮思还后渚。语笑向谁道？腹中阴忆汝。

擥[1]枕北窗卧，郎来就侬嬉。小喜多唐突，相怜能几时！

〔1〕擥，同揽，引取也。

驻箸[1]不能食，蹇蹇[2]步闱里。投琼[3]着局上，终日走博子。[4]

〔1〕箸，箸也。

〔2〕蹇蹇，艰难之貌。

〔3〕琼，鲍宏《博经》："用十二棋，六棋白，六棋黑，所掷头，谓之琼。"

〔4〕博，局戏也。博子，谓棋子。

年少当及时，蹉跎日就老。若不信侬语，但看霜下草。

常虑有贰意，欢今果不齐。枯鱼就浊水，长与清流乖。[1]

〔1〕乖，离也。

欢愁侬亦惨，郎笑我便喜。不见连理树，异根同条起？

别后涕流连，相思情悲满。忆子腹糜烂，肝肠尺寸断。

道近不得数，遂致盛寒违。不见东流水，何时复西归？

谁能思不歌？谁能饥不食？日冥当户倚，惆怅底[1]不忆！

〔1〕底，为底也，犹言怎么。

擘裙未结带，约看出前窗。罗裳易飘飏，小开骂春风。

举酒待相劝，酒还杯亦空。愿因微觞会，心感色亦同。

夜觉百思缠，忧叹涕流襟。徒怀倾筐情，郎谁明侬心！

夜长不得眠，转侧听更鼓。无故欢相逢，使侬肝肠苦。

欢从何处来，端然有忧色。三唤不一应，有何比松柏！[1]

〔1〕言其心比松柏之坚。

念爱情慊慊，倾倒无所惜。重廉持自障，谁知许[1]厚薄！

〔1〕许，犹言几许。

气清明月朗，夜与君共嬉。郎歌妙意曲，侬亦吐芳词。

惊风急素柯，白日渐微濛。郎怀幽闺性，侬亦恃春容。

夜长不得眠，明月何灼灼。想闻散唤声，虚应空中诺。

我念欢的的，[1]子行由豫[2]情。雾露隐芙蓉，见莲[3]不分明。

〔1〕的的，明貌。

〔2〕由豫，疑即犹豫，迟疑不决也。

〔3〕莲，谐怜。

侬作北辰星，千年无转移。欢行白日心，朝东暮还西。

怜欢好情怀，移居作乡里。桐树生门前，出入见梧子。[1]

〔1〕梧子，隐吾子。

恃爱如欲进，含羞未肯前。口朱发艳歌，玉指弄娇弦。

朝日照绮钱，[1]光风动纨素。巧笑倩两犀，美目扬双蛾。[2]

〔1〕钱，凡状物之形彩曰钱。

〔2〕《诗》："巧笑倩兮，美目盼兮。"犀，谓齿，《诗》："齿如瓠犀。"蛾，谓眉，《诗》："螓首蛾眉。"

子夜四时歌　七十五曲

《乐府解题》曰："后人更为四时行乐之辞，谓之《子夜四时歌》。"今人陆侃如曰："古辞七十五曲，均存。计春歌二十曲，夏歌二十曲，秋歌十八曲，冬歌十七曲。我疑本八十曲，秋歌亡二曲，冬歌亡三曲也。"

春歌　二十曲

春风动春心，流目瞩山林。山林名奇采，阳鸟[1]吐清音。

〔1〕《书》:“阳鸟攸居。”《传》:“随阳之鸟，鸿雁之属。”按此应指春鸟。

绿荑[1]带长路，丹椒[2]重紫茎。流吹出郊外，共欢弄春英。[3]

〔1〕荑，始生茆也。

〔2〕椒，谓花椒，落叶灌木，山野自生，春日开花。

〔3〕英，华也。《诗》:“颜如舜英。”

光风流月初，新林锦花舒。情人戏春月，窈窕曳罗裾。

妖冶颜荡骀，[1]景色复多媚。温风入南牖，织妇怀春意。

〔1〕荡骀，即骀荡，景色舒放之貌。

碧楼冥初月，罗绮垂新风。含春未及歌，桂酒发清容。

杜鹃竹里鸣，梅花落满道。燕[1]女游春月，罗裳曳芳草。

〔1〕燕，乐也，引申为嬉游之意。

朱光照绿苑，丹华粲罗[1]星。那能闺中绣，独无怀春情？

〔1〕粲，同灿，烂也，罗列也。

鲜云媚朱景，芳风散林花。佳人步春花，绣带飞纷葩。[1]

〔1〕葩，音巴，华也。

罗裳迮[1]红袖，玉钗明月珰。[2]冶游步春露，艳觅同心郎。

〔1〕迮，迫也，引申为狭窄之意。
〔2〕珰，穿耳施朱曰珰。

春林花多媚，春鸟意多哀。春风复多情，吹我罗裳开。

新燕弄初调，杜鹃竞晨鸣。画眉忘注口，[1]游步散春情。

〔1〕画眉而忘点唇也。

梅花落已尽，柳花随风散。叹我当春年，无人相要[1]唤。

〔1〕要，平声，求也。

昔别雁集渚，今还燕巢梁。敢辞岁月久，但使逢春阳。

春园花就黄，阳池水方渌。酌酒初满杯，调弦始终曲。

娉婷[1]扬袖舞，阿那[2]曲身轻。照灼兰花在，容冶春风生。

〔1〕〔2〕娉婷、阿那，并美好貌。

阿那曜姿舞，逶迤[1]唱新歌。翠衣发华洛，[2]

回情一见过。

〔1〕逶迤，斜去貌。

〔2〕洛，洛之为言，绎也，绎其耀也。见《春秋说题辞》。

明月照桂林，初花锦绣色。谁能不相思，独在机中织？

崎岖与时竞，不复自顾虑。春风振荣林，常恐华花去。

思见春花月，含笑当道路。逢侬多欲擿，〔1〕可怜持自误。

〔1〕擿，挑也。

自从别欢后，叹音不绝响。黄蘖〔1〕向春生，苦心随日长。

〔1〕黄蘖，注见前。

夏歌　二十曲

高堂不作壁，招取四面风。吹欢罗裳开，动侬含笑容。

反覆华簟[1]上，屏帐了不施。[2]郎君未可前，待我整容仪。

〔1〕簟，席也。

〔2〕施，设置也。

开春初无欢，秋冬更增凄。共戏炎暑月，还觉两情谐。

春别犹春恋，夏还情更久。罗帐为谁褰，[1]双枕何时有？

〔1〕褰，音愆，搴也。

叠扇放床上，企想远风来。轻袖拂华妆，窈窕登高台。

含桃已中[1]食，郎赠合欢扇。深感同心意，兰室期相见。

〔1〕中，去声，合也。

田蚕事已毕，思妇犹苦身。当暑理絺[1]服，持寄与行人。

〔1〕絺，细葛布也。

朝登凉台上，夕宿兰池里。乘月采芙蓉，夜夜得莲子。

暑盛静无风，夏云薄暮起。携手密叶下，浮瓜沉朱李。

郁蒸仲暑月，长啸出湖边。芙蓉始结叶，花艳未成莲。

适见戴青幡，[1]三春已复倾。[2]林鹊改初调，林中夏蝉鸣。

〔1〕青幡，谓春日草木皆青，如幡帜之飘扬也。

〔2〕倾，尽也。

春桃初发红，惜色恐侬擿。[1]朱夏[2]花落去，谁复相寻觅。

〔1〕擿，同摘。

〔2〕朱夏，《尔雅》："夏日朱明。"

昔别春风起，今还夏云浮。路遥日月促，非是我淹留。[1]

〔1〕淹留，迟留也。

青荷盖渌水，芙蓉葩红鲜。郎见欲采我，我心欲怀莲。

四周芙蓉池，朱堂敞[1]无壁。珍簟镂玉床，缱绻[2]任怀适。

〔1〕敞，同蔽。

〔2〕缱绻，缠绵也。

赫赫盛阳月，无侬不握扇。窈窕瑶台女，冶游戏凉殿。

春倾桑叶尽，夏开蚕务毕。昼夜理机缚，知欲早成匹。

情[1]知三夏热，今日偏独甚。香巾拂玉席，共郎登楼寝。

〔1〕情，诚也。

轻衣不重采，飙风故不凉。三伏[1]何时过，许侬红粉妆?

〔1〕三伏,《小学绀珠》:“夏至后第三庚日为初伏,第四庚日为中伏,立秋后第一庚日为末伏。”

盛暑非游节，百虑相缠绵。泛舟芙蓉湖，散思莲子间。

秋歌　十八曲

风清觉时凉，明月天色高。佳人理寒服，万结砧杵劳。[1]

〔1〕万结,万种郁结也。砧杵,捣衣之物。

清露凝如玉，凉风中夜发。情人不还卧，冶游步明月。

鸿雁搴[1]南去，乳燕指北飞。征人难为思，愿逐秋风归。

〔1〕搴,引取也,引申作向。

开窗取月光，灭烛解罗裳。合笑帷幌里，举体兰蕙香。

适忆三阳[1]初，今已九秋暮。追逐泰始[2]乐，不觉华年度。

〔1〕三阳，春也。

〔2〕泰始，南北朝宋明帝年号。

飘飘初秋夕，明月耀秋辉。握腕同游戏，庭含媚素归。

秋夜凉风起，天高星月明。兰房竞妆饰，绮帐待双情。

凉秋开窗寝，斜月垂光照。中宵无人语，罗幌有双笑。

金风扇素节，玉露凝成霜。登高去来雁，惆怅客心伤。

草木不长荣，颜颡为秋霜。今遇泰始世，年逢九春阳。

自从别欢来，何日不相思。常恐秋叶零，无复莲[1]条时。

〔1〕莲，谐怜，惜也，恋也。

掘作九州池，尽是大宅里。处处种芙蓉，婉转得莲子。

初寒八九月，独缠自络丝。寒衣尚未了，郎唤侬底为？

秋爱两两雁，春感双双燕。兰鹰接野鸡，雉落谁当见？

仰头看桐树，桐花特可怜。愿天无霜雪，梧子解千年。

白露朝夕生，秋风凄长夜。忆郎须寒服，乘月捣白素。

秋夜入窗里，罗帐起飘飏。仰头看明月，寄情千里光。

别在三阳初，望还九秋暮。恶见东流水，终年不西顾。

冬歌　十七曲

渊冰厚三尺，素雪覆千里。我心如松柏，君情复何似？

途涩[1]无人行，冒寒往相觅。若不信侬时，但看雪上迹。

〔1〕涩，滞塞也。

寒鸟依高树，枯林鸣悲风。为欢顦顇尽，那得好颜容！

夜半冒霜来，见我辄怨唱。怀冰闇[1]中倚，已寒不豪亮。[2]

〔1〕闇，同暗。

〔2〕亮，同谅。

蹑履步荒林，萧索悲人情。一唱泰始乐，枯草衔花生。

昔别春草绿，今还墀雪盈。谁知相思老，玄鬓白发生！

寒云浮天凝，积雪冰川波。连山结玉岩，修庭振琼柯。

炭炉却[1]夜寒，重抱坐叠褥。与郎对华榻，弦歌秉[2]兰烛。

〔1〕却，退也。

〔2〕秉，持也。

天寒岁欲暮，朔风舞飞雪。怀人重衾寝，故有三夏热。

冬林叶落尽，逢春已复曜。葵藿[1]生谷底，倾心不蒙照。

〔1〕葵藿，皆植物之贱者，下对上之词，恒用之以自比。曹植上疏求存问亲戚，因致其意曰："若葵藿之倾叶，太阳虽不为之回光，然向之者诚也。"见《三国志》。按藿无向阳之性，特连类而及之耳。

朔风洒霰雨，绿池莲水结。愿欢攘皓腕，共弄初落雪。

严霜白草木，寒风昼夜起。感时为欢叹，霜鬓不可视。

何处结同心？西陵[1]柏树下。晃荡[2]无四壁，严霜冻杀我。

〔1〕西陵，地名，汉郡，三国时属吴，属今湖北省。

〔2〕晃荡，宽廓也。

白雪停阴冈，丹华耀阳林。何必丝与竹，山水有清音。

未尝经辛苦，无故强自矜。[1]欲知千里寒，但看井中冰。

〔1〕强，勉强。矜，矜持。

果欲结金兰，但看松柏林。经霜不堕地，岁寒无异心。

适见三阳日，寒蝉已复鸣。感时为欢叹，白发绿鬓生。

大子夜歌　二曲录一

《乐府解题》曰："又有《大子夜歌》《子夜警歌》《子夜变歌》，皆曲之变也。"

歌谣数百种，子夜最可怜。慷慨吐清音，明转出天然。

子夜警歌　二曲录一

镂碗传绿酒，雕炉薰紫烟。谁知苦寒[1]调，共作白雪[2]弦？

〔1〕魏武帝有《苦寒行》。

〔2〕《阳春白雪》，古琴曲名。

子夜变歌　三曲

人传欢负情，我自未常[1]见。三更开门去，始知子夜变。

〔1〕常，疑尝之误。

岁月如流迈，[1]春尽秋已至。荧荧条[2]上花，零落何乃驶。[3]

〔1〕如流迈，如水之逝也。

〔2〕条，枝也。

〔3〕驶，疾也。

岁月如流迈，行已及素秋。蟋蟀吟堂前，惆怅使侬愁。

上声歌　八曲录七

《古今乐录》曰："《上声歌》者，此因上声促柱得名。或用一调，或用无调名。如古歌辞所言，谓哀思之音，不及中和。"

侬本是萧草，持作兰桂[1]名。芬芳顿交盛，感郎为上声。

〔1〕萧草，蒿也，下贱之草，而蒙兰桂之名，用是衔感。

郎作上声曲，柱促使弦[1]哀。譬如秋风急，触遇伤侬怀。

〔1〕琴瑟之所以系弦者曰柱。促，短也，急也。所谓繁弦促柱，其声哀切是也。

初歌子夜曲，改调促鸣筝。四座暂寂静，听我歌上声。

三月寒暖适，杨柳可藏雀。未言涕交零，如何见君隔！

新衫绣两端，迮着罗裙里。行步动征尘，罗裙随风起。

裲裆与郎着，反绣持贮里。汗污莫濺浣，持许[1]相存在。

〔1〕许，即此，谓保留此汗污也。

春月暝何太，[1]生裙迮罗袜。暖暖日欲冥，从侬门前过。

〔1〕暝何太，即何太暝也。暝，同暖。

欢闻歌

《古今乐录》曰："《欢闻歌》者，昔穆帝升平初，歌毕，辄呼'欢闻不'以为送声，后因此为曲名。"

遥遥天无柱，流漂萍无根。单身如萤火，[1]持底报郎恩？

〔1〕言萤火只能自照也。

欢闻变歌　六曲录五

《古今乐录》曰："《欢闻变歌》者，晋穆帝升平初，童子辈忽歌于道曰‘阿子闻’，曲终辄云：‘阿子，汝闻不？’无几而穆帝崩。褚太后哭‘阿子汝闻不’，声既凄苦，因以名之。”

金瓦九重墙，玉壁珊瑚柱。中夜来相寻，唤欢闻不顾。

张罾[1]不得鱼，胡不橹罾归。[2]君非鸬鹚鸟，[3]底为守空池？

〔1〕罾，鱼网也。

〔2〕此句言鱼既不得，则收网而归耳。

〔3〕鸬鹚鸟，善潜水取鱼。

刻木作班鵻，有翅不能飞。摇着帆樯上，望见千里矶。

锲[1]臂饮清血，牛羊持祭天。没命成灰土，终不罢相怜。

〔1〕锲，音契，刻也。

驶风何曜曜，帆上牛渚[1]矶。帆作繖[2]子张，船如侣[3]马驰。

〔1〕牛渚，山名，在今安徽当涂县西北二十里。其山下突入江处，谓之采石矶。

〔2〕繖，俗作伞。

〔3〕侣，并也。

前溪歌　七曲录六

《宋书·乐志》曰："《前溪歌》者，晋车骑将军沈玩所制。"

忧思出门倚，逢郎前溪度。莫作流水心，引新都舍故。

前溪沧浪映，通波澄渌清。声弦传不绝，千载寄汝名，永与天地并。

逍遥独桑头，北望东武亭。黄瓜被〔1〕山侧，春风感郎情。

〔1〕被，满也。

逍遥独桑头，东北无广亲。黄瓜是小草，春风何足叹，忆汝涕交零。

黄葛结蒙茏，〔1〕生在洛溪边。花落逐水去，何当顺流还，还亦不复鲜。

〔1〕蒙茏，覆蔽之貌。《汉书》："草木蒙茏。"

黄葛生烂熳，谁能断葛根？宁断娇儿乳，不断郎殷勤。

阿子歌　三曲录一

《宋书·乐志》曰："《阿子歌》者，亦因升平初歌云'阿子汝闻否'，后人演其声为《阿子》《欢闻》二曲。"《乐苑》曰："嘉兴人养鸭儿，鸭儿既死，因有此歌。"《乐府诗集》曰："未知孰是。"

野田草欲尽，东流水又暴。念我双飞凫，饥渴常不饱。

团扇郎　六曲

《古今乐录》曰："《团扇郎歌》者，晋中书令王珉捉白团扇，与嫂婢谢芳姿有爱，情好甚笃。嫂捶挞婢过苦，王东亭闻而止之。芳姿素善歌，嫂令歌一曲，当赦之。应声歌曰：'白团扇，辛苦五流连，是郎眼所见。'珉闻，更问之：'汝歌何遗？'芳姿即改云：'白团扇，憔悴非昔容，羞与郎相见。'后人因而歌之。"

七宝画团扇，灿烂明月光。饷郎却暄暑，[1]相忆莫相忘。

〔1〕饷，馈遗也。却暄暑，退避炎暑也。

青青林中竹，可作白团扇。动摇郎玉手，因风托方便。

团扇薄[1]不摇，窈窕摇蒲葵。相怜中道罢，定是阿谁非！

〔1〕薄，语词无义。下同。

御路薄不行，窈窕决横塘。团扇鄣白日，面作芙蓉光。

手中白团扇，净如秋团月。清风任动生，娇声任意发。

团扇复团扇，持许自遮面。憔悴无复理，羞与郎相见。

七日夜女歌　九曲录三

今人陆侃如曰："古辞九曲，均存，大都咏牛女之事。"

春离隔寒暑，明秋暂一会。两欢别日长，双情若饥渴。

婉娈[1]不终夕，一别周年期。桑蚕不作茧，昼夜长悬丝。

〔1〕婉娈，犹亲爱也。

灵匹[1]怨离处，索居[2]隔长河。玄云[3]不应雷，是侬啼叹歌。

〔1〕灵匹，仙偶也。

〔2〕索居，寂处也。

〔3〕玄，深黑也，层叠也。

黄鹄曲　四曲

《列女传》曰："鲁陶婴者，鲁陶明之女也。少寡，养幼孤，无强昆弟，纺绩为产。鲁人或闻其义将求焉。婴闻之，恐不得免，乃作歌，明己之不更二庭也。其歌曰：'悲夫黄鹄之早寡兮，七年不双。宛颈独宿兮，不与众同。夜半悲鸣兮，想其故雄。天命早寡兮，独宿何伤！寡妇念此兮，泣下数行。呜呼哀哉兮，死者不可忘。飞鸟尚然兮，况于贞良！虽有贤雄兮，终不重行。'鲁人闻之，不敢复求。"

黄鹄参天飞，半道郁徘徊。腹中车轮转，君知思忆谁？

黄鹄参天飞，半道还哀鸣。三年失群侣，生离伤人情。

黄鹄参天飞，疑翮争风回。高翔入玄阙，[1]时复乘云颓。

〔1〕玄阙，犹言苍穹。

黄鹄参天飞，半道还后渚。欲飞复不飞，悲鸣觅群侣。

碧玉歌　五曲

《乐苑》曰："《碧玉歌》者，宋汝南王所作也。碧玉，汝南王妾名，以宠爱之甚，所以歌之。"

碧玉破瓜[1]时，郎为情颠倒。芙蓉陵霜荣，秋容故尚好。

〔1〕破瓜，俗以瓜字可分为二八字，故以十六为破瓜之年。

碧玉小家女，不敢攀贵德。感郎千金意，惭无倾城[1]色。

〔1〕倾城，李延年歌："北方有佳人，遗世而独立。一顾倾人城，再顾倾城国。宁不知倾城与倾国，佳人难再得！"

碧玉小家女，不敢贵德攀。感郎意气重，遂得结金兰。[1]

〔1〕金兰，注见前。

碧玉破瓜时，相为情颠倒。感郎不羞郎，回身就郎抱。

杏梁日始照，蕙席欢未极。碧玉奉金杯，渌酒助花色。

桃叶歌　四曲

《古今乐录》曰："《桃叶歌》者，晋王子敬之所作也。桃叶，子敬妾名，缘于笃爱，所以歌之。"

桃叶映红花，无风自婀娜。春花映何限，感郎独采我。

桃叶歌

桃叶复桃叶，桃树连桃根。相怜两乐事，独使我殷勤。

桃叶复桃叶，渡江不用楫。但渡无所苦，我自来迎接。[1]

〔1〕此句一作“我自迎接汝”。

桃叶复桃叶，渡江不待橹。风波了无常，没命江南渡。

懊侬歌　十四曲录七

《古今乐录》曰：“《懊侬歌》者，晋石崇绿珠所作，唯‘丝布涩难逢’一曲而已。后皆隆安初民间讹谣之曲。”按隆安，晋安帝年号。

丝布涩难逢，令侬十指穿。黄牛细犊车，游戏出孟津。

江陵去扬州，三千三百里。已行一千三，所有二千在。

寡妇哭城颓，此情非虚假。相乐不相得，抱恨黄泉下。

我有一所欢，安在深閤[1]里。桐树不结花，何由得梧子？

〔1〕閤，同阁。

月落天欲曙，能得几时眠！凄凄下床去，侬病不能言。

山头草，欢少。四面风，趋使侬颠倒。

懊恼奈何许！夜闻家中论，不得侬与汝。

华山畿　二十五曲

《古今乐录》曰："《华山畿》者，宋少帝时《懊恼》一曲，亦变曲也。少帝时，南徐一士子，从华山畿往云阳，见客舍有女子，年十八九，悦之无因，遂感心疾。母问其故，具以启母。母为至华山寻访，见女，具说闻感之因。脱蔽膝，令母密置其席下，卧之当已。少日果差。忽举席，见蔽膝而抱持，遂吞食而死。气欲绝，谓母曰：'葬时，车载从华山度。'母从其意。比至女门，牛不肯前，打拍不动。女曰：'且待须臾。'妆点沐浴。既而出，歌曰：'华山畿。君既为侬死，独活为谁施？欢若见怜时，棺木为侬开。'棺应声开，女透入棺。家人叩打，无如之何，乃合葬，呼曰神女冢。"

华山畿。君既为侬死，独生为谁施！欢若见怜时，棺木为侬开。

闻欢大养蚕，定得几许丝。所得何足言，奈何黑瘦为！

夜相思。投壶[1]不停箭，忆欢作娇时。

〔1〕投壶，古宾主燕饮时相与娱乐之事。设壶一，使宾主以次投矢于其中，胜者酌酒饮不胜者。详见《礼记·投壶篇》。

开门枕水渚。三刀治一鱼，历乱伤杀汝。

未敢便相许。夜闻侬家论，不持侬与汝。

懊恼不堪止。上床解要[1]绳，自经屏风里。

〔1〕要，同腰。

啼着曙。泪落枕将浮，身沈被流去。

将懊恼，石阙昼夜题，[1]碑[2]泪常不燥。

〔1〕题，谐啼。

〔2〕碑，谐悲。

别后常相思。顿书千丈阙，题碑[1]无罢时。

〔1〕题碑，谐啼悲。

奈何许！ 所欢不在间，娇笑向谁绪！

隔津叹。 牵牛语织女，离泪溢河汉。

啼相忆。 泪如漏刻水，[1]昼夜流不息。

〔1〕漏刻水，古以漏壶为计时之器，壶有三，播以水，以次漏于受水壶，日夜不息。

着处多遇罗。 的的往年少，艳情何能多！

无故相然我。 路绝行人断，夜夜故望汝。

一坐复一起。 黄昏人定后，许时不来已。

摩可侬。[1]巷巷相罗截，[2]终当不置[3]汝。

〔1〕摩可侬，未详，疑系叹词。

〔2〕罗截，巡逻而截得也。

〔3〕置，放弃也。

不能久长离。 中夜忆欢时，抱被空中啼。

腹中如汤灌。 肝肠寸寸断，教侬底聊赖！

相送劳劳渚。 长江不应满，是侬泪成许！

众何许！ 天下人何限，慊慊[1]只为汝！

〔1〕慊慊，意不满也，犹恨恨也。

郎情难可道。欢行豆挟心，见荻多欲绕。

松上萝。愿君如行云，时时见经过。

夜相思。风吹窗帘动，言是所欢来。

长鸣鸡。谁知侬念汝，独向空中啼！

腹中如乱丝。愦愦[1]适得去，愁毒[2]已复来。

〔1〕愦愦，烦乱也。

〔2〕毒，恨也。

读曲歌　八十九曲录六十四

《宋书·乐志》曰："《读曲歌》者，民间为彭城王义康所作也。其歌云'死罪刘领军，误杀刘第四，是也。"《古今乐录》曰："《读曲歌》者，元嘉十七年，袁后崩，百官不敢作声歌，或因酒燕，止窃声读曲细吟而已。以此为名。"按二说互异，然时间则同。盖义康被徙，亦十七年事。

花钗芙蓉髻，双鬓如浮云。春风不知著，[1]好来动罗裙。

〔1〕著，入声，语助词。

念子情难有。已恶动罗裙，听侬入怀不？

红蓝[1]与芙蓉，我色与欢敌。莫案[2]石榴花，历乱听侬摘。

〔1〕蓝，一年生草，其叶如蓼，开小红花。

〔2〕案，抚也。《史记·孟尝君传》："案剑以前。"

千叶红芙蓉，照灼绿水边。余花任郎摘，慎莫罢侬莲。[1]

〔1〕莲，谐怜。

思欢久。不爱独枝莲，只惜同心藕。

打坏木栖床，谁能坐相思。三更书石阙，忆子夜啼碑[1]。

〔1〕碑，谐悲。

奈何不可言！朝看暮牛迹，知是宿蹄[1]痕。

〔1〕蹄，谐啼。

娑拖何处归？道逢播掿郎。口朱脱去尽，花钗复低昂。[1]

〔1〕娑拖、播掿，未详何解。口朱，花钗，两句极妙。

揽裳踱。跣[1]把丝织履，故交[2]白足露。

〔1〕跣，不着屐以足亲地也。

〔2〕交，疑是教字之谐音。

思难忍。络罂[1]语酒壶，倒写[2]侬顿尽。

〔1〕罂，瓦器，以盛酒者。络，谓系以丝也。

〔2〕写，通作泻。

桐花特可怜。愿天无霜雪，梧子解千年。[1]

〔1〕此曲与《子夜秋歌》第十五曲同，只去首句耳。

柳树得春风，一低复一昂。谁能空相忆，独眠度三阳？

折杨柳。百鸟园林啼，道欢不离口。

縠衫两袖裂，花钗鬓边低。何处分别归？西上古余啼。[1]

〔1〕此句未详何解。縠衫，花钗，两句极妙。

所欢子。不与他人别，啼是忆郎耳。

披被树[1]明灯，独思谁能忍！欲知长寒衣，兰灯倾壶尽。

〔1〕树，立也。

坐起叹汝好，愿他甘丛香，倾筐入怀抱。

逋[1]发不可料，憔悴为谁睹？欲知相忆时，但看裙带缓[2]几许！

〔1〕逋，亡也，引申为脱落之意。

〔2〕缓，宽也。

忆欢不能食。徘徊三路间，因风觅消息。

所欢子。问春花可怜，摘插裲裆里。

芳萱初生时，知是无忧[1]草。双眉画未成，那能就郎抱！

〔1〕萱，古作谖，一名忘忧。《诗传》："谖草可以忘忧。"

百花鲜。谁能怀春日，独入罗帐眠？

闻欢得新侬，四支懊如垂[1]。鸟散放行路，井中百翅不能飞。

〔1〕懊如垂，犹言丧气而无力也。

怜欢敢唤名，念欢不呼字。连唤欢复欢，两誓不相弃。

奈何许！石阙生口中，衔碑[1]不得语。

〔1〕碑，谐悲。

白门前，乌帽白帽来。白帽郎，是侬良。[1]不知乌帽郎是谁？

〔1〕良，良人也。

初阳正二月，草木郁青青。蹑履步前园，时物感人情。

青幡起御路，绿柳荫驰道。欢赠玉树筝，侬送千金宝。

桃花落已尽，愁思犹未央。[1]春风难期信，托情明月光。

〔1〕未央，未尽也。

计约黄昏后，人断犹未来。闻欢开方局，已复将谁期！

自从别郎后，卧宿头不举。飞龙落药店，骨出[1]只为汝！

〔1〕骨出，谓消瘦露骨也。飞龙之骨，隐思妇之骨。

日光没已尽，宿鸟纵横飞。徙倚[1]望行云，蹀躞待郎归。

〔1〕徙倚，低徊也。

百度不一回，千书信不归。春风吹杨柳，华艳空徘徊。

音信阔弦朔，[1]方悟千里遥。朝霜语白日，知我为欢消。

〔1〕阔，疏阔也。弦朔，谓经月也。

合冥过藩来，向晓开门去。欢取身上好，不为侬作虑。

五鼓起开门，正见欢子度。何处宿行还？衣被有霜露。

自我别欢后，叹音不绝响。茱萸持捻泥，[1]龛有杀子像。[2]

〔1〕茱萸，九月九日，佩茱萸囊，登高饮酒，可以避祸。见《续齐谐记》。持捻泥，谓握持捻作泥尘也。

〔2〕龛，神龛。句意未详。

戲歈暗中啼，斜日照帐里。无油[1]何所苦，但使天明尔。

〔1〕油，隐因由之由。

黄丝咡[1]素琴，泛弹弦不断。百弄[2]任郎作，唯莫广陵散！[3]

〔1〕咡，倾头与语也。

〔2〕弄，乐曲曰弄。

〔3〕广陵散，琴曲名。《晋书》："嵇康将刑东市，索琴弹之，曰：昔阮孝尼尝从我学《广陵散》，吾每靳固之，于今绝矣！"

思欢不得来，抱被空中语。月没星不亮，持底明侬绪？

诈我不出门，冥就他侬宿。鹿转方相[1]头，丁倒[2]欺人目。

〔1〕方相，古之像神以逐疫者。见《周礼》。鹿转，疑即辘转。

〔2〕丁倒，即颠倒。颠丁双声。

语我不游行，常常走巷路。败桥语方相，欺侬那得度！[1]

〔1〕上两曲，谓欺我不出行，而就他人宿；语我不出游，而常走小径；疾之已甚，盖比之方相云。

君行负怜事，那得厚相于？[1]麻纸语三葛，我薄汝粗疏。[2]

〔1〕相于，疑即相与，交游往来也。

〔2〕纸薄葛疏，意谓情薄迹疏也。

黄天不灭解，[1]甲夜[2]曙星[3]出。漏刻无心肠，复令五更毕。

〔1〕灭解，未详。

〔2〕甲夜，初更时也。

〔3〕曙星，晓星也。

打杀长鸣鸡，弹去乌臼鸟。愿得连冥不复曙，一年都一晓！

空中人住在，高墙深閤里。书信了不通，故使风往尔。

侬心常慊慊，欢行由预[1]情。雾露隐芙蓉，见莲讵分明？

〔1〕由预，即犹豫。

非欢独慊慊，侬意亦驱驱。[1]双灯俱时尽，奈许两无由！[2]

〔1〕驱驱，疑即区区。

〔2〕两句，谓双灯同时俱尽，如何两无油也。

执手与欢别，合会在何时？明灯照空局，悠然未有期。[1]

〔1〕此曲与《子夜歌》第九曲同，只第一句作“今夕已欢别”。

百忆却欲噫，两眼常不燥。蕃师[1]五鼓行，离侬何太早！

〔1〕蕃师，即番兵。或疑征番之兵也。

娇笑来向侬，一抱不能已。湖燥芙蓉萎，莲汝藕[1]欲死。

〔1〕莲、藕，谐怜、偶。

欢心不相怜，慊苦竟何已。芙蓉腹里萎，莲[1]

汝从心起。

〔1〕莲，谐怜。

下帷掩灯烛，明月照帐中。无油何所苦，但使天明侬。〔1〕

〔1〕此曲语语双关，措辞妙极。

执手与欢别，欲去情不忍。余光照己藩，〔1〕坐见离日尽。

〔1〕藩，藩篱也。又车之有障蔽者也。

种莲长江边，藕生黄蘗浦。必得莲子时，流离经辛苦。〔1〕

〔1〕此曲与《下帷》一曲，同具双关之妙。

坐倚无精魂，使我生百虑。方局十七道，期会是何处？

暂出白门前，杨柳可藏乌。欢作沉水香，〔1〕侬作博山炉。[2]

〔1〕沉水香，即沉香，爇之香气甚烈，为香料中著名之品。

〔2〕博山炉，香炉名。象海中博山，下盘贮汤，使润气蒸香。以象海之四环。见《考古图》。

十期九不果，常抱怀恨生。然灯不下炷，有油那得明！

下帷灯火尽，朗月照怀里。无油何所苦，但令天明尔。[1]

〔1〕此曲与前“下帷”一曲意同。

一夕就郎宿，通夜语不息。黄蘗万里路，道[1]苦真无极！

〔1〕道路之道，隐道说之道。

闺阁断信使，的的两相忆。譬如水上影，分明不可得。

逍遥待晓分，转侧听更鼓。明月不应停，特为相思苦。

罢去四五年，相见论故情。杀荷不断藕，莲心已复生。

辛苦一朝欢，须臾情易厌。行膝点芙蓉，深莲非骨念。〔1〕

〔1〕莲谐怜，谓深怜犹未及刻骨之思也。

神弦歌

《古今乐录》曰："神弦歌十一曲：一曰《宿阿》，二曰《道君》，三曰《圣郎》，四曰《娇女》，五曰《白石郎》，六曰《青溪小姑》，七曰《湖就姑》，八曰《姑恩》，九曰《采菱童》，十曰《明下童》，十一曰《同生》。"今人陆侃如曰："《神弦歌》，盖南朝民间的祭歌，与吴声歌及西曲歌不类。"兹选《娇女诗》二曲，《白石郎》二曲，《青溪小姑》一曲，《明下童》一曲。又按《同生》二曲。其一与相和大曲《西门行》第四解同，其二与《子夜变歌》第三曲同，故不复选。

娇女诗　二曲

北游临河海，遥望中菰菱。芙蓉发盛华，渌水清且澄。弦歌奏声节，仿佛有余音。

蹀躞越桥上，河水东西流。上有神山，下有西流。鱼行不独自，三三两两俱。

白石郎　二曲

白石郎，临江居。前导江伯[1]后从鱼。

〔1〕江伯，水神也。

积石如玉，列松如翠。郎艳独绝，世无其二。

青溪小姑曲

吴均《续齐谐记》曰："会稽赵文韶，宋元嘉中为东扶侍，廨在青溪中桥。秋夜步月，怅然思归，乃倚门唱《乌飞曲》。忽有青衣，年可十五六许，诣门曰：'女郎闻歌声有悦人者，逐月游戏，故遣相问。'文韶都不之疑，遂邀暂过。须臾，女郎至，年可十八九许，容色绝妙，谓文韶曰：'闻君善歌，能为作一曲否？'文韶即为歌'草生盘石下'，声甚清美。女郎顾青衣取箜篌鼓之，泠泠似楚曲。又令侍婢歌《繁霜》，自脱金簪扣箜篌和之。婢乃歌曰：'歌繁霜，繁霜侵晓幕。何意空相守，坐待繁霜落。'留连宴寝，将旦别去，以金簪遗文韶，文韶亦赠以银碗及琉璃匕。明日于青溪庙中得之，乃知所见青溪神女也。"干宝《搜神记》曰："广陵蒋子文尝为秣陵尉，因击贼伤而死。吴孙权时，封中都侯，立庙钟山。”《异苑》曰：“青溪小姑，蒋侯第三妹也。”今人陆侃如曰：“《三国志·吴志》有《蒋钦传》，事实与干宝所记蒋子文事相类，惟封侯系其子壹之事，未审‘子文’是否蒋壹之字。大概小姑之事系江左民间的传说，然亦未必如吴均所记那样的灵异。至其来源，阙疑可也。”

开门白水，侧近桥梁。小姑所居，独处无郎。

明下童　二曲录一

走马上前阪，石子弹马蹄。不惜弹马蹄，但惜马上儿。

西曲歌

《乐府诗集》曰：“西曲歌，出于荆、郢、樊、邓之间，而其声节送和，与吴歌亦异，故今方俗谓之西曲云。”《古今乐录》曰：“西曲歌有《石城乐》……等三十四曲。《石城乐》……（等十六曲），并舞曲。《青阳度》《女儿子》《来罗》《夜黄》《夜度娘》《长松标》《双行缠》《黄督》《黄缨》《平西乐》《攀杨枝》《寻阳乐》《白附鸠》《拔蒲》《作蚕丝》并倚歌；《孟珠》《翳乐》亦倚歌。”按《石城乐》等十六曲，别列舞曲。兹选《青阳度》三曲，《女儿子》一曲，《来罗》一曲，

《孟珠》一曲，《翳乐》一曲，《夜度娘》一曲，《长松标》一曲，《双行缠》二曲，《黄督》一曲，《平西乐》一曲，《寻阳乐》一曲，《拔蒲》二曲，《作蚕丝》一曲，《西乌夜飞》三曲，《杨叛儿》四曲，《攀杨枝》一曲，《月节折杨柳歌》十三曲。

青阳度　倚歌　三曲

隐〔1〕机倚不织，寻得烂漫丝。成匹郎莫断，忆侬经绞〔2〕时。

〔1〕隐，倚也。

〔2〕绞，两丝两交而捩之也。

碧玉捣衣砧，七宝金莲杵。高举徐徐下，轻捣只为汝。

青荷盖绿水，芙蓉披红鲜。下有并根藕，上生并目莲。

女儿子　倚歌　二曲录一

巴东三峡〔1〕猿鸣悲，夜鸣三声泪沾衣。

〔1〕巴东三峡，在川楚间大江中，一为瞿塘峡，二为巫峡，三为西陵峡。

来罗　倚歌　四曲录一

郁金黄花标，[1]下有同心草。草生日已[2]长，人生日就老。

〔1〕郁金，草名，开黄花。标者，言草顶开花如标也。

〔2〕已，同以。

孟珠　十曲
（舞曲八曲倚歌二曲）录一

阳春二三月，草与水同色。攀条摘香花，言是欢气息。

翳乐　倚歌

人生欢爱时，少年新得意。一旦不相见，辄作烦冤思。

夜度娘　倚歌　一曲

夜来冒霜雪，晨去履风波。虽得叙微情，奈侬身苦何！

长松标　倚歌　一曲

落落千丈松，昼夜对长风。岁暮霜雪时，寒苦与谁双？

双行缠　倚歌　二曲

朱丝系腕绳，真如白雪凝。非但我言好，众情共所称。

新罗绣行缠，[1]足趺[2]如春妍。他人不言好，独我知可怜。

〔1〕行缠，妇人用帛逼束其足者。见《名义考》。

〔2〕趺，同跗，足趾也。

黄督　倚歌　二曲录一

乔客他乡人，三春不得归。愿看杨柳树，已复藏班雏。[1]

〔1〕雏，视鸠也。班，杂色也。

平西乐　倚歌　一曲

我情与欢情，二情感苍天。形虽胡越隔，〔1〕神交中夜间。

〔1〕言其相隔之远也。

寻阳乐　倚歌　一曲

鸡亭故侬去，九里新侬还。送一却迎两，无有暂时闲。

拔蒲　倚歌　二曲

青蒲衔紫茸，长叶复从风。与君同舟去，拔蒲五湖中。

朝发桂兰渚，昼息桑榆下。与君同拔蒲，竟日不成把。

作蚕丝　倚歌　四曲录一

春蚕不应老，昼夜常怀丝。何惜微躯尽！缠绵自有时。

西乌夜飞　五曲录三

《古今乐录》曰："《西乌夜飞》者，宋元徽五年，荆州刺史沈攸之所作也。攸之举兵，发荆州东下；未败之前，思归京师。故其和云：'白日落西山，还去来。'送声云：'折翅乌，飞何处，被弹归。'"

日从东方出，团团鸡子黄。夫归恩情重，怜欢故在傍。

阳春二三月，诸花尽芳盛。持底唤欢来？花笑莺歌咏。

感郎崎岖情，不复自愿虑。臂绳双人结，遂成同心去。

杨叛儿　八曲录四

《唐书·乐志》曰："《杨叛儿》，本童谣歌也。齐隆昌时，女巫之子曰杨旻，旻随母入内；及长，为何后宠。童谣云：'杨婆儿，共戏来！'间歌语讹遂成'杨叛儿'。……疑是投壶乐也。"《古今乐录》曰："杨叛儿送声云：'叛儿教侬，不复相思。'"按第二曲"暂出白门前"，与《读曲歌》第七十六同。

送郎乘艇子，不作遭风虑。横篙掷去桨，愿倒逐流去。

七宝珠络鼓，教郎拍复拍。黄牛细犊儿，杨柳映松柏。

欢欲见莲时，移湖安屋里。芙蓉绕床生，眠卧抱莲子。

杨叛西随曲，柳花经东阴。风流随远近，飘扬闷侬心。

攀杨枝　倚歌　一曲

《乐苑》曰："《攀杨枝》，梁时作。"

自从别君来，不复着绫罗。画眉不注口，施朱当奈何？

月节折杨柳歌　十三曲

正月歌

春风尚萧条，去故来人新，苦心非一朝。——折杨柳。愁思满腹中，历乱不可数。

二月歌

翩翩乌入乡，道逢双燕飞，劳君看三阳。——折杨柳。寄言语侬欢，寻还不复久。

三月歌

泛舟临曲池，仰头看春花，杜鹃纬林啼。——折杨柳。双下俱徘徊，我与欢共取。

四月歌

芙蓉始怀莲，何处觅同心，俱生世尊[1]前。——折杨柳。捻香散名花，志得长相取。

〔1〕世尊，佛之尊号。天上人间所共尊，故称曰世尊。《十六国春秋》：佛号世尊，国家所奉。

五月歌

菰[1]生四五尺，素身为谁珍？盛年将可惜。——折杨柳。作得九子粽，思想劳欢手。

〔1〕菰，俗名茭白。生于陂泽，高五六尺。

六月歌

三伏热如火，笼窗开北牖，与郎对榻坐。——折杨柳。铜坻[1]贮蜜浆，不用水洗溴。[2]

〔1〕坻，音欧，原义沙堆也，此盖指瓶罐之属。

〔2〕溴，音臭，水汽也。

七月歌

织女游河边。牵牛顾自叹，一会复周年。[1]——折杨柳。揽结长命草，同心不相负。

〔1〕织女、牵牛，皆星名。《荆楚岁时记》："天河之东有织女，天帝之子也。年年织杼劳役，织成云锦大衣。天帝怜其独处，许嫁河西牵牛郎；嫁后遂废织纴。天帝怒，责令归河东，使其一年一度相会。"

八月歌

迎欢裁衣裳。日月流如水，白露凝庭霜。——折杨柳。夜闻捣衣声，窈窕谁家妇？

九月歌

甘菊吐黄花。非无杯觞用，当奈许寒何！——

折杨柳。授欢罗衣裳，含笑言不取。

十月歌

大树转萧索。天阴不作雨，严霜半夜落。——折杨柳。林中与松柏，岁寒不相负。

十一月歌

素雪任风流。树木转枯悴，松柏无所忧。——折杨柳。寒衣履薄冰，欢讵知侬否？

十二月歌

天寒岁欲暮。春秋及冬夏，苦心停欲度。——折杨柳。沉乱枕席间，缠绵不觉久。

闰月歌

成闰暑与寒。春秋补小月，念子无时闲。——折杨柳。阴阳推我去，那得有定主！

上编五　舞曲歌辞

晋拂舞歌诗　五篇

《晋书·乐志》曰："拂舞出自江左，旧云吴舞，检其歌，非吴词也，亦陈于殿庭。"《乐府诗集》曰："晋曲五篇：一曰《白鸠》，二曰《济济》，三曰《独禄》，四曰《碣石》，五曰《淮南王》。"《乐府解题》曰："读其辞，除《白鸠》一曲，余并非吴歌，未知所起也。"

白鸠篇　七解

《南齐书·乐志》曰："《白符鸠舞》，出江南吴人所造。其歌本云：'平平白符，思我君惠，集我金堂。'言白者金行，符，合也，鸠亦合也，符鸠虽异，其义是同。"《宋书·乐志》曰："晋杨泓《舞序》曰：'自到江南，见《白符舞》，或言《白凫鸠舞》，云有此来数十年，察其辞旨，乃是吴人患孙皓虐政，思属晋也。'"《乐府诗集》曰："晋辞曰：'翩翩白鸠，载飞载鸣，怀我君德，来集君庭。'盖晋人改其本歌云。"

翩翩白鸠，载[1]飞载鸣。怀我君德，来集君庭。

白雀呈瑞，素羽明鲜。翔庭舞翼，以应仁乾。[2]

交交[3]鸣鸠，或丹或黄。乐我君惠，振羽来翔。

东壁余光，[4]鱼在江湖。惠而不费，[5]敬我微躯。

策我良驶，习我驱驰。与君周旋，乐道亡余。

我心虚静，我志沾濡。[6]弹琴鼓瑟，聊以自娱。

凌云登台，浮逝太清。[7]扳[8]龙附凤，目望身轻。

〔1〕载，语词无义。

〔2〕乾，天也。句谓应天命也。

〔3〕交交，鸟飞往来貌。《诗》："交交黄鸟。"

〔4〕余光，《史记》："贫人女与富人女会绩，贫人女曰：'我无以买烛，而子之烛光幸有余，子可分我余光。'"

〔5〕惠而不费，《论语》："因民之所利而利之，斯不亦惠而不费乎？"

〔6〕沾濡，润泽也。

〔7〕太清，天空也。《鹖冠子》："圣人之德，上及太清。"

〔8〕扳，同攀，援也。

济济篇　六解

畅飞畅舞气流芳，追念三五大绮黄。[1]

去失有，时可行。去来同时此未央。

时冉冉，近桑榆。[2]但当饮酒为欢娱。

衰老逝，有何期！多忧耿耿内怀思。

渊池广，鱼独希。愿得黄浦众所依。

恩感人，世无比。悲歌具舞无极已。

〔1〕三五，谓十五夜也。大绮黄，未详，疑指明月。

〔2〕冉冉，行貌。《楚辞》："老冉冉其将至兮。"桑榆，日落之时，其光尚留于桑榆之上，故借为西方之称，亦以喻晚年。

独漉篇　六解

《乐府诗集》曰："《独漉》，一作《独禄》。"《南齐书·乐志》曰："古辞《明君曲》后云：'勇安乐无慈，不问清与浊。清与无时浊，邪交与独禄。'"《伎录》云："'求禄！求禄！清白不浊。清白尚可，贪污杀我。'晋歌为'鹿'字，古通用也。疑是风刺之辞。"

独漉，独漉！水深泥浊。泥浊尚可，水深杀我。

雍雍[1]双雁，游戏田畔。我欲射雁，念子孤散。

翩翩浮萍，得风摇轻。我心何合？与之同并。
空床低帷，谁知无人！夜衣锦绣，谁别伪真！
刀鸣削中，倚床无[2]施。父冤不报，欲活何为！
猛虎班班，[3]游戏山间。虎欲啮人，不避豪贤。

〔1〕雍雍，和乐也。

〔2〕削，与鞘通，刀剑室也。《汉书》："质氏以洒削而鼎食。"施，作为也。

〔3〕班班，群列也。

碣石篇　四章

《南齐书·乐志》曰："《碣石》，魏武帝辞，晋以为《碣石舞》。其歌四章：一曰《观沧海》，二曰《冬十月》，三曰《土不同》，四曰《龟虽寿》。"《乐府解题》曰："《碣石篇》，晋乐，奏魏武帝辞。首章言东临碣石，见沧海之广，日月出其中；二章言农功毕而商贾往来；三章言乡土不同，人心各异；四章言老骥伏枥，志在千里，烈士暮年，壮心不已也。"

观沧海

东临碣石[1]，以观沧海。水何澹澹，山岛竦峙。树木丛生，百草丰茂。秋风萧瑟，洪波涌起。

观沧海

日月之行，若出其中。星汉粲烂，若出其里。幸甚至哉！歌以咏志。

〔1〕《书·禹贡》："夹右碣石入于河。"《传》："碣石，海畔山。"

冬十月

孟冬十月，北风徘徊。天气肃清，繁霜霏霏。鹍鸡晨鸣，雁过南飞。鸷鸟潜藏，熊罴窟栖。钱镈[1]停置，农收积场。逆旅整设，以通贾商。幸甚至哉！歌以咏志。

〔1〕钱，即铁铲，以划地除草者。镈，亦迫地去草之具。钱镈，皆农器。《诗》："庤乃钱镈。"

土不同

乡土不同，河朔隆寒。[1]流澌浮漂，[2]舟船行难。锥不入地，蘴藾[3]深奥。水竭不流，冰坚可蹈。士隐者穷，勇侠轻非。心常叹怨，戚戚多悲。幸甚至哉！歌以咏志。

〔1〕河朔，谓黄河以北之地。隆寒，严寒也。

〔2〕《风俗通》："冰流曰澌，冰解曰泮。"浮漂，谓流冰浮漂也。

〔3〕豐，音丰，即荛，草薪也。籁，肃也。

龟虽寿

神龟虽寿，犹有竟时。腾蛇[1]成雾，终为土灰。老骥伏枥，志在千里。烈士暮年，壮心不已。盈缩[2]之期，不但在天。养怡之福，可得永年。幸甚至哉！歌以咏志。

〔1〕腾蛇，本作螣蛇。《尔雅》："螣，螣蛇。"注："龙类也，能与云雾而游其中。"

〔2〕盈缩，同赢缩。《史记·天官书》："其趋舍而前曰赢，退舍曰缩。"

淮南王篇　六解

崔豹《古今注》曰："《淮南王》，淮南小山之所作也。淮南王服食求仙，遍礼方士，遂与八公相携俱去。莫知所往。小山之徒，思恋不已，乃作《淮南王曲》焉。"班固《汉武帝故事》曰："淮南王安好神仙，招方术之士，能为云雨。百姓传云：'淮南王，得天子，寿无极。'帝心恶之，使觇王，云：'能致仙人与共游处，变化无常。又能隐形飞行，服气不食。’帝闻而喜，欲受其道，王不肯传，帝怒，将诛焉。王知之，出令与群臣，因不知所之。”《乐府解题》曰：“古辞云：‘淮南王，自言尊。’实言安仙去。”

淮南王，自言尊，百尺高楼与天连。

后园凿井银作床，〔1〕金瓶素绠汲寒浆。

汲寒浆，饮少年。少年窈窕何能贤？扬声悲歌音绝天。

我欲渡河河无梁，愿化双黄鹄还故乡。

还故乡，入故里，徘徊故乡，苦身不已。

繁舞寄声无不泰，徘徊桑梓游天外。

〔1〕床，井干也，谓设架井上以支桔槔者也。

晋白纻舞歌诗　三篇

《宋书·乐志》曰：“《白纻舞》，按舞辞有巾袍之言。纻本吴地所出，宜是吴舞也。晋俳歌云：‘皎皎白绪，节节为双。’吴音呼绪为纻，疑白纻即白绪。”《南齐书·乐志》曰：“周处《风土记》云：吴黄龙中童谣云：‘行白者，君追汝，句骊马。’后孙权征公孙渊，浮海乘舶。舶白也，今歌和声，犹云‘行白纻’焉。”《乐府解题》曰：“古辞盛称舞者之美，宜及芳时为乐。其誉白纻曰：‘质如轻云色如银，……制以为袍余作巾，袍以光躯巾拂尘。’”

轻躯徐起何洋洋，高举两手白鹄翔。宛若龙转乍低昂，凝停善睐容仪光。如推若引留且行，随世而变诚无方。舞以尽神安可忘，晋世方昌乐未央。质如轻云色如银，爱之遗谁赠佳人。制以为袍余作巾，袍以光躯巾拂尘。丽服在御会佳宾，醪醴盈樽美且淳。清歌徐舞降祇神，四座欢乐胡可陈！

双袂齐举鸾凤翔，罗裾飘飖昭仪光。趋步生姿进流芳，鸣弦清歌及三阳。人生世间如电过，乐时每少苦日多。幸及良辰耀春华，齐倡献舞赵女歌。羲和[1]驰景逝不停，春露未晞严霜零。百草凋索花落英，蟋蟀吟牖寒蝉鸣。百年之命忽若倾，早知迅速秉烛行。东造扶桑游紫庭，[2]西至昆仑戏曾城。[3]

〔1〕羲和，日御也。《楚辞》："吾令羲和弭节矣。"

〔2〕扶桑，古国名，《南史》："扶桑在大汉国东二万余里。其上多扶桑木，故以为名。"紫庭，即紫宫。《神异经》："青丘山上有紫宫天真仙女，多游于此。"

〔3〕昆仑，山名。曾城，即层城，谓昆仑之最高处也。《淮南子》："昆仑山有层城九重。"《水经注》："昆仑之山三级。下曰樊桐，一名板松；二曰玄圃，一名阆风；上曰层城，一名天庭，是谓太帝之居。"

阳春白日风花香，趋步明玉舞瑶珰。声发金石媚笙簧，罗袿徐转红袖扬。清歌流响绕凤梁，[1]如矜若思凝且翔。转盼遗精艳辉光，将流将引双雁行。欢来何晚意何长，明君御世永歌昌。

〔1〕绕梁，《列子》："韩娥过雍门，鬻歌假食。既去，而余音绕梁欐，三日不绝。"

西曲歌舞曲

《古今乐录》曰："西曲歌三十四曲，《石城乐》《乌夜啼》《莫愁乐》《估客乐》《襄阳乐》《三洲》《襄阳踏铜蹄》《采桑度》《江陵乐》《青骢白马》《共戏乐》《安东平》《那呵滩》《孟珠》《翳乐》《寿阳乐》，并舞曲。"《乐府诗集》列于清商曲，今改次。兹选《石城乐》二曲，《乌夜啼》二曲，《莫愁乐》二曲，《估客乐》三曲，《襄阳乐》四曲，《三洲歌》二曲，《襄阳踏铜蹄》六曲，《采桑度》五曲，《江陵乐》二曲，《共戏乐》一曲，《安东平》五曲，《孟珠》二曲，《翳乐》二曲，《寿阳乐》五曲。

石城乐　五曲录二

《唐书·乐志》曰："《石城乐》者，宋臧质所作也。石城在竟陵，质尝为竟陵郡，于城上眺瞩，见群少年歌谣通畅，因作此曲。"

生长石城下，开窗对城楼。城中诸少年。出入见依投。

闻欢远行去，相送方山亭。风吹黄蘖藩，恶闻苦离声。

乌夜啼　八曲录二

《唐书·乐志》曰："《乌夜啼》者，宋临川王义庆所作也。元嘉十七年，徒彭城王义康于豫章；义庆时为江州，至镇相见而哭。文帝闻而怪之，征还宅；大惧，伎妾闻乌夜啼声，扣斋阁云：'明日应有赦。'其年更为南兖州刺史，因此作歌。故其和云：'夜夜望郎来，笼窗窗不开。'今所传歌辞，似非义庆本旨。"《教坊记》曰："《乌夜啼》者，元嘉二十八年，彭城王义康有罪放逐，行次浔阳，江州刺史衡阳王义季留连饮宴，历旬不去。帝闻而怒，皆囚之。会稽公主，姊也，尝与帝宴洽，中席起拜。帝未达其旨，躬止之。主流涕曰：'车子岁暮，恐不为陛下所容。'车子，义康小字也。帝指蒋山曰：'必无此！不尔，便负初宁陵。'武帝葬于蒋山，故指先帝陵为誓。因封余酒寄义康。旦日，曰：'昨与会稽姊饮，乐，忆弟，故附所饮酒往。'遂宥之。使未达浔阳，衡阳家人扣二王所囚院，曰：'昨夜乌夜啼，官当有赦。'少顷，使至，二王得释，故有此曲。"《乐府诗集》曰："史书称临川王义康为江州，而云衡阳王义季，传之误也。"

辞家远行去，侬欢独离居。此日无啼音，裂帛作还书。

可怜乌臼鸟，强言知天曙。无故三更啼，欢子冒暗去。

莫愁乐　二曲

《唐书·乐志》曰："《莫愁乐》者，出于石城乐。石城有女子名莫愁，善歌谣，石城乐和中复有忘愁声，因有此歌。"

莫愁在何处？莫愁石城西。艇子打两桨，催送莫愁来。

闻欢下扬州，相逢楚山头。探手抱腰看，江水断不流。

估客乐　三曲

《古今乐录》曰："《估客乐》者，齐武帝之所制也。帝布衣时，尝游樊邓；登祚以后，追忆往事而作歌。使乐府令刘瑶管弦被之，教习卒，遂无成。有人启，释宝月善解音律，帝使奏之，旬日之中，便就谐合。敕歌者常重为感忆之声，犹行于世。宝月又上两曲。帝数乘龙舟，游五城，江中放观。以红越布为帆，绿丝为帆纤，鍮石为篙足，篙榜者悉着郁林布，作淡黄袴，列开使江中衣出。五城殿犹在。"《唐书·乐志》曰："梁改其名为《商旅行》。"

昔经樊邓役，阻潮梅根渚。感忆追往事，意满辞不叙。

郎作十里行，侬作九里送。拔侬头上钗，与郎资路用。

有信数寄书，无信心相忆。莫作瓶落井，一去无消息！

襄阳乐　九曲录四

《古今乐录》曰："《襄阳乐》者，宋随王诞之所作也。诞始为襄阳郡，元嘉二十六年仍为雍州刺史。夜闻诸女歌谣，因此作之。所以歌和中有'襄阳来夜乐'之语也。"

朝发襄阳城，暮至大堤宿。大堤诸女儿，花艳[1]惊郎目。

〔1〕花艳，即华艳，妖冶艳丽也。

江陵三千三，西塞陌[1]中央。但问相随否？何计道里长！

〔1〕陌，分界也。《楚辞》：“率彼分畛陌。”

黄鹄参天飞，中道郁徘徊。腹中车轮转，欢今定怜谁？

女萝[1]自微薄，寄托长松表。何惜负霜死！贵得相缠绕。

〔1〕女萝，亦名松萝。《诗》：“茑与女萝，施于松柏。”

三洲歌　三曲录二

《唐书·乐志》曰：“《三洲》，商人歌也。”《古今乐录》曰：“《三洲歌》者，商客数游巴陵三江口，往还，因共作此歌。”

送欢板桥湾，相待三山头。遥见千幅帆，知是逐风流。

风流不暂停，三山隐行舟。愿作比目鱼，[1]随欢千里游。

〔1〕比目鱼，鲽与王余鱼等之总称。其目皆比连于上面，故名。

襄阳踏铜蹄　六曲

《隋书·乐志》曰："初武帝之在雍镇，有童谣云：'襄阳白铜蹄，反缚扬州儿。'识者言：白铜，谓马也。白，金色也。及义师之兴，实以铁骑，扬州之士皆面缚，果如谣言。故即位之后，更造新声，帝自为之词三曲，又令沈约为三曲，以被管弦。"《古今乐录》曰："《襄阳踏铜蹄》者，梁武西下所制也。沈约又作，其和云：'襄阳白铜蹄，圣德应乾来。'"

陌头征人去，闺中女下机。含情不能言，送别沾罗衣。

草树非一香，花叶百种色。寄语故情人，知我心相忆。

龙门紫金鞍，翠毦[1]白玉羁。照耀双阙[2]下，知是襄阳儿。

〔1〕毦，毛饰曰毦，稍上垂毛亦曰毦，见《一切经音义》引《通俗文》。
〔2〕阙，门观也，谓为二台于门外，作楼观于上，中央阙而为道，故谓之阙。后世以为天子所居之通称。

分手桃林岸，望别岘山头。若欲寄音信，汉水向东流。

生长宛水上，从事襄阳城。一朝遇神武，[1]奋翼起先鸣。

〔1〕遇神武，指梁武帝之受命也。

蹀空飞尘起，左右自生光。男儿得富贵，何必在归乡！

采桑度　七曲录五

《乐府诗集》曰："《采桑度》，一曰《采桑》。"《唐书·乐志》曰："《采桑》，因《三洲曲》而生，此声苑也。"《水经注》曰："河水过屈县西南，为采桑津。《春秋》僖公八年，晋里克败狄于采桑是也。"梁简文帝《乌栖曲》曰："采桑渡头碍黄河，郎今欲渡畏风波。"

蚕生春三月，春桑正含绿。女儿采春桑，歌吹当春曲。

冶游采桑女，尽有芳春色。姿容应春媚，粉黛[1]不加饰。

〔1〕黛，画眉黑色也。《楚辞》："粉白黛黑。"

系条采春桑，采叶何纷纷！采桑不装钩，牵坏紫罗裙。

春月采桑时，林下与观俱。养蚕不满百，那得绣罗襦？

伪蚕化作茧，烂熳不成丝。徒劳无所获，养蚕持底为？

江陵乐　四曲录二

阳春二三月，相将踏百草。逢人驻步看，扬声皆言好。

暂出后园看，见花多忆子。乌乌双双飞，侬欢今何在？

共戏乐　四曲录一

长袖翩翩若鸿惊，[1]纤腰袅袅会[2]人情。

〔1〕鸿惊，即曹植赋："翩若惊鸿。"喻美人体态之轻盈也。

〔2〕会，合也。

安东平　五曲

凄凄烈烈，北风为雪。船道不通，步道断绝。

吴中细布，阔幅长度。我有一端，与郎作袴。

微物虽轻，拙手所作。余有三丈，为郎别厝。

制为轻巾，以奉故人。不持作好，与郎拭尘。

东平刘生，复感人情。与郎相知，当解千龄。

孟珠　十曲录二

阳春二三月，草与水同色。道逢游冶郎，恨不早相识。

望欢四五年，实情将懊恼。愿得无人处，回身与郎抱。

翳乐　舞曲

阳春二三月，相将舞翳乐。曲曲随时变，持许艳郎目。

人言扬州乐，扬州信自乐。总角[1]诸少年。歌舞自相逐。

〔1〕总角，男女未冠笄者之称，谓总聚其发而结束之也。《诗》："总角丱兮。"

寿阳乐　九曲录五

《古今乐录》曰："《寿阳乐》者，宋南平穆王为豫州所作也。"《乐府诗集》曰："按其歌辞，盖叙伤别望归之思。"

可怜八公山，在寿阳，别后莫相忘！
东台百余尺，凌风云，别后不忘君。
笼窗取凉风，弹素琴，一叹复一吟。
长淮河烂漫，路悠悠，得当乐忘忧。
上我长濑桥，望归路，秋风停欲度。

上编六　杂曲歌辞

杂曲，《乐府诗集》列入汉代者，凡十五篇。详序言。兹选《武溪深行》《冉冉孤生竹》《驱车上东门》《枣下何纂纂》《枯鱼过河泣》《悲歌》《羽林郎》《董娇饶》《孔雀东南飞》九篇。惟《孔雀东南飞》或以为南朝之作云。

武溪深行

崔豹《古今注》曰："《武溪深》，马援南征之所作也。援门生爰寄生善吹笛，援作歌，令寄生吹笛以和之，名曰《武溪深》。"按援，字文渊，东汉茂陵人。光武建武中，拜伏波将军。武陵五溪蛮反，援将兵讨之。武溪，源出湖南乾城县武山，东流经沪溪县，合沅水。

滔滔武溪一何深！　鸟飞不度，兽不敢临。　嗟哉武溪多毒淫！

冉冉孤生竹

《冉冉孤生竹》，《文选》列于《古诗十九首》之一。《文心雕龙》作傅毅辞。

冉冉孤生竹，结根泰山阿。与君为新婚，菟丝附女萝。[1]菟丝生有时，夫妇会有宜。千里远结婚，悠悠隔山陂。思君令人老，轩车来何迟！伤彼蕙兰花，含英扬光辉。过时而不采，将随秋草萎。君亮执高节，贱妾亦何为！

〔1〕菟丝，寄生之蔓草，常缠络于他植物上。古名唐蒙，亦名女萝，实与女萝为二物。

驱车上东门行

驱车上东门，遥望郭北墓。白杨何萧萧！松柏夹广路。下有陈死人，杳杳即长暮。潜寐黄泉下，千载永不寤。浩浩阴阳移，年命如朝露。人生忽如寄，寿无金石固。万岁更相送，贤圣莫能度。服食求神仙，多为药所误。不如饮美酒，被服纨与素。

枣下何纂纂

《枣下何纂纂》，《乐府诗集》不正载，入梁简文帝拟作附注。

枣下何纂纂，[1]荣华各有时。枣欲初赤时，人从四边来。枣适今日赐，谁当仰视之！

〔1〕纂纂，或作攒攒，枣花盛貌。

枯鱼过河泣

枯鱼过鱼泣，何时悔复及？作书与鲂鱮，相教慎出入！

悲　歌

悲歌可以当泣，远望可以当归。思念故乡，郁郁累累。欲归家无人，欲渡河无船。心思不能言，肠中车轮转。

羽林郎

《乐府诗集》曰："辛延年辞。"《汉书》曰："武帝太初元年，初置建章营骑，后更名羽林骑，属光禄勋。又取从军死事之子孙，养羽林官，教以五兵，号羽林孤儿。"颜师古曰："羽林，宿卫之官，言其如羽之疾，如林之多。一说，羽所以为主者羽翼也。"《后汉书·百官志》曰："羽林郎掌宿卫侍从，常选汉阳、陇西、安定、北地、上郡、西河六郡良家补之。”《乐府正义》:“后汉和帝永元元年,以窦宪为大将军,窦氏兄弟骄纵,而执金吾景尤甚。奴客缇骑,强夺财货,篡取罪人妻,略妇女,商贾闭塞,如避寇仇,此诗疑为窦景而作,盖托往事以讽今也。”

昔有霍家奴,姓冯名子都。〔1〕依倚将军势,调笑酒家胡。〔2〕胡姬年十五,春日独当垆。〔3〕长裾连理带,广袖合欢襦。头上蓝田玉,耳后大秦珠。〔4〕两鬟何窈窕,〔5〕一世良所无。一鬟五百万,两鬟千万余。“不意金吾子,〔6〕娉婷〔7〕过我庐。银鞍何煜爚,〔8〕翠盖〔9〕空踟蹰。就我求清酒,丝绳提玉壶。就我求珍肴,〔10〕金盘脍〔11〕鲤鱼。贻我青铜镜,结我红罗裾。不惜红罗裂,何论轻贱躯!〔12〕男儿爱后妇,女子重前夫。人生有新故,贵贱不相逾。〔13〕多谢金吾子,私爱徒区区。”

〔1〕霍,谓霍光。汉昭帝时,光以大司马大将军受遗诏辅政。出入禁闼二十余年,未尝有过。然族党满朝,权倾内外。卒后,宣帝收其兵权,遂以谋反至夷族。又,光初爱幸监奴冯子都,尝与计事。光薨,子都数犯法,卒弃市,诗中不过借指其人而已。

〔2〕酒家胡,酒家胡女也。

〔3〕垆，酒区也，累土为之，以居酒瓮者也。《史记·司马相如传》：令文君当垆。

〔4〕蓝田，山名，在陕西蓝田县东。山出美玉，故亦曰玉山。大秦，古时西域国名，即罗马帝国也。

〔5〕窈窕，妖冶貌。

〔6〕金吾，官名，即执金吾，掌徼循京师。

〔7〕娉婷，婉容曰娉，和色曰婷。见《山堂肆考》。

〔8〕煜，音育；爚，与耀通。煜爚，光耀也。

〔9〕翠盖，饰以翠羽之车盖也。

〔10〕肴，与殽同，或作饰。鱼肉之类，熟而食之曰肴。

〔11〕脍，细切鱼肉也。

〔12〕张玉谷曰："言其势可畏，若不惜此红罗之裂者，轻贱之躯几难保矣。"

〔13〕逾，越也。

董娇饶

《乐府诗集》曰："宋子侯辞。"《乐府正义》："董娇饶，人名。"《汉诗音注》："借春花好女，言欢无多，劝之取乐及时也。"

洛阳城东路，桃李生路傍。花花自相对，叶叶自相当。春风东北起，花叶正低昂。不知谁家子，提笼行采桑。纤手折其枝，花落何飘飏！

请谢彼姝子：〔1〕"何为见损伤？"

"高秋八九月，白露变为霜。终年会飘堕，安得久馨香？"

"秋时自零落，春月复芬芳。何时盛年去，欢爱永相忘？"

吾欲竟此曲，此曲愁人肠。归来酌美酒，挟瑟上高堂。

〔1〕姝，女之美者。《诗·鄘风》："彼姝有子。"

孔雀东南飞

《乐府诗集》曰："不知谁氏之作也。"题作《焦仲卿妻》。按此诗始见于《玉台新咏》，题为《古诗为焦仲卿妻作》。序曰："汉末建安中，庐江府小吏焦仲卿妻刘氏，为仲卿母所遣，自誓不嫁。其家迫之，乃投水而死。仲卿闻之，亦自缢于庭树。时人伤之，为诗云尔。"全诗凡353句，1765字，为空前第一长诗。至此诗作者之时代，或主汉人，或主六朝。陆侃如据诗中有"新妇入青庐"句——段成式《酉阳杂俎》："北朝婚礼，青布幔为屋，在门内外，谓之'青庐'，于此交拜迎妇。"——以为不作于建安之铁证。而胡适之以为此诗如果作于六朝，则何以于佛教流行之日，而诗中竟无些微之佛教色彩？故仍主作于建安之旧说。大约乐府之作，取快歌者，不免有随时增附润饰之事。本篇作于汉末，六朝歌者略参时语，亦未可知。

孔雀东南飞，五里一徘徊。[1]

“十三能织素，十四学裁衣。十五弹箜篌，[2]十六诵诗书。十七为君妇，心中常苦悲。君既为府吏，守节情不移。贱妾留空房，相见常日稀。鸡鸣入机织，夜夜不得息。三日断五匹，大人[3]故嫌迟。非为织作迟，君家妇难为。妾不堪驱使，徒留无所施。便可白公姥，[4]及时相遣归。”

府吏得闻之，堂上启阿母：“儿已薄禄相，[5]幸复得此妇。结发同枕席，黄泉共为友。共事三二年，[6]始尔未为久。女行无偏斜，何意致不厚？”

阿母谓府吏：“何乃太区区？[7]此妇无礼节，举动自专由。吾意久怀忿，汝岂得自由！东家有贤女，自名秦罗敷。[8]可怜体无比，阿母为汝求。便可速遣之，遣之慎莫留！”

府吏长跪告：“伏惟启阿母，今若遣此妇，终老不复取。”[9]

阿母得闻之，槌床便大怒："小子无所畏，何敢助妇语！吾已失恩义，会不相从许。"

府吏默无声，再拜还入户。举言谓新妇，哽咽不能语："我自不驱卿，逼迫有阿母。卿但暂还家，吾今且报府。不久当归还，还必相迎取。以此下心意，慎勿违我语！"

新妇谓府吏："勿复重纷纭。往昔初阳岁，[10]谢家来贵门。奉事循公姥，进止敢自专？昼夜勤作息，伶俜[11]萦苦辛。谓言无罪过，供养卒大恩。仍更被驱遣，何言复来还？妾有绣腰襦，葳蕤[12]自生光。红罗复斗帐，[13]四角垂香囊。箱帘[14]六七十，绿碧青丝绳。物物各自异，种种在其中。人贱物亦鄙，不足迎后人。留待作遣施，[15]于今无会因。时时为安慰，久久莫相忘！"

鸡鸣外欲曙，新妇起严妆。[16]着我绣夹裙，事事四五通。足下蹑丝履，头上玳瑁光。腰若流纨素，耳着明月珰。指如削葱根，口如含朱丹。纤纤作细步，精妙世无双。

上堂拜阿母，母听去不止。"昔作女儿时，生小出野里。本自无教训，兼愧贵家子。受母钱帛多，不堪母驱使。今日还家去，念母劳家里。”

却与小姑别，泪落连珠子。新妇初来时，小姑始扶床。今日被驱遣，小姑如我长。勤心养公姥，好自相扶将。初七及下九，[17]嬉戏莫相忘！

出门登车去，涕落百余行。府吏马在前，新妇车在后。隐隐何甸甸，[18]俱会大道口。

下马入车中，低头共耳语：“誓不相隔卿，且暂还家去。吾今且赴府，不久当还归，誓天不相负！”

新妇谓府吏：“感君区区怀，君既若见录，不久望君来。君当作磐石，妾当作蒲苇。蒲苇纫如丝，磐石无转移。我有亲父兄，性行暴如雷。恐不任我意，逆以煎我怀。”举手长劳劳，二情同依依。

入门上家堂，进退无颜仪。阿母大拊掌：“不图子自归？十三教汝织，十四能裁衣。十五弹箜篌，十六知礼仪。十七遣汝嫁，谓言无誓违。[19]汝今无罪过，不迎而自归？”

兰芝惭阿母：“儿实无罪过。”阿母大悲摧。

还家十余日，县令遣媒来。云有第三郎，窈窕世无双。年始十八九，便言[20]多令才。

阿母谓阿女：“汝可去应之。”

阿女含泪答：“兰芝初还时，府吏见丁宁，[21]结誓不别离。今日违情义，恐此事非奇。自可断来信，徐徐更谓之。”

阿母白媒人：“贫贱有此女，始适还家门。不堪吏人妇，岂合令郎君？幸可广问讯，不得便相许。”

媒人去数日，寻遣丞[22]请还。说有兰家女，承籍有宦官。云[23]有第五郎，娇逸未有婚。遣丞为媒人，主簿[24]通语言。直说太守家，有此令郎君。既欲结大义，故遣来贵门。

阿母谢媒人：“女子先有誓，老姥岂敢言？”

阿兄得闻之，怅然心中烦。举言谓阿妹：“作计何不量？先嫁得府吏，后嫁得郎君。否泰如天地，[25]足以荣汝身。不嫁义郎体，其往欲何云？”

兰芝仰头答：“理实如兄言。谢家事夫婿，中道还兄门。处分适兄意，那得自任专？虽与府吏要，[26]渠[27]会永无缘。登即相许和，便可作婚姻。”

媒人下床去，诺诺复尔尔。还部白府君[28]：

“下官奉使命，言谈大有缘。”

府君得闻之，心中大欢喜，视历复开书。“便利此月内，六合[29]正相应，良吉三十日。今已二十七，卿可去成婚。”

交语速装束，络绎如浮云。青雀白鹄舫，四角龙子幡，婀娜随风转。金车玉作轮，踯躅青骢马，流苏金缕鞍。[30]赍钱三百万，皆用青丝穿。杂彩三百匹，交广市鲑珍。[31]从人四五百，郁郁登郡门。

阿母谓阿女：“适得府君书，明日来迎汝。何不作衣裳？莫令事不举。”

阿女默无声，手巾掩口啼，泪落便如泻。移我琉璃榻，出置前窗下。左手持刀尺，右手执绫罗。朝成绣夹裙，晚成单罗衫。晻晻[32]日欲暝，愁思出门啼。

府吏闻此变，因求假暂归。未至二三里，摧藏[33]马悲哀。新妇识马声，蹑履相逢迎。怅然遥相望，知是故人来。

举手拍马鞍，嗟叹使心伤：“自君别我后，人事不可量。果不如先愿，又非君所详。我有亲父母，逼迫兼弟兄。以我应他人，君还何所望？”

府吏谓新妇：“贺卿得高迁！磐石方且厚，可以卒千年。蒲苇一时纫，便作旦夕间。卿当日胜贵，吾独向黄泉。”

新妇谓府吏：“何意出此言！同是被逼迫，君尔妾亦然。黄泉下相见，勿违今日言。”

执手分道去，各各还家门。生人作死别，恨恨那可论！念与世间辞，千万不复全。

府吏还家去，上堂拜阿母：“今日大风寒，寒风摧树木，严霜结庭兰。儿今日冥冥，令母在后单。故作不良计，勿复怨鬼神。命如南山石，四体康且直。”

阿母得闻之，零泪应声落：“汝是大家子，仕宦于台阁。〔34〕慎勿为妇死，贵贱情何薄？〔35〕东家有贤女，窈窕艳城郭。阿母为汝求，便复在旦夕。”

府吏再拜还，长叹空房中，作计乃尔立。转头向户里，渐见愁煎迫。

其日牛马嘶，新妇入青庐。〔36〕奄奄黄昏后，寂寂人定初。“我命绝今日，魂去尸长留。”揽裙脱丝履，举身赴清池。

府吏闻此事，心知长别离。徘徊庭树下，自挂东南枝。

两家求合葬，合葬华山〔37〕傍。东西植松柏，左右种梧桐。枝枝相覆盖，叶叶相交通。中有双飞鸟，自名为鸳鸯。仰头相向鸣，夜夜达五更。行人驻足听，寡妇起彷徨。多谢后世人，戒之慎勿忘！

〔1〕孔雀东南飞，五里一徘徊。《玉台新咏》卷一古乐府《双白鹄》："飞来双白鹄，乃从西北来。十十将五五，罗列行不济。忽然卒疲病，不能飞相随。五里一反顾，六里一徘徊。吾欲衔汝去，口噤不能开。吾欲负汝去，羽毛日摧颓。乐哉新相知，忧来生别离。踟蹰顾群侣，泪落纵横垂。今日乐相乐，延年万岁期。"（即本书相和曲大曲《艳歌何尝行》，字句略异。）胡适《白话文学史》谓"孔雀东南飞，五里一徘徊"二句，即从此《双白鹄》转变而来，歌辞流传民间，字句讹误，势所不免，故"双白鹄"讹成"孔雀"耳；惟"东南飞"云云，则犹保持"从西北来"之原意，为可证也；且其"母题"，始终不变，编《孔雀东南飞》者，以其情节与仲卿夫妇遭遇相合，遂取此歌以作引子，初不必止此十字，当云："孔雀东南飞，五里一徘徊。吾欲衔汝去，口噤不能开。吾欲负汝去，毛羽何摧颓！……"而流传日久，此开篇之若干句，既为当日人人所习知之曲，因又省成首二句矣。

〔2〕箜篌，古乐器，汉武帝时始造。《事物纪原》曰："体曲而长，二十三弦。

抱于怀中，两手齐奏之，谓之擘。”

〔3〕大人，或言系丈人之误。按《东轩笔录》：“谓范滂白母大人云云。大人之名，盖父母通称，不独父也。”此诗则妇亦以称舅姑，盖大人云者，极尊称耳，凡尊敬者俱可称也。

〔4〕公姥，谓舅姑。姥，同姆。

〔5〕薄禄相，谓禄命苦薄也。

〔6〕共事三二年，此言共事之日无多耳。二三是虚数，如曰“二三子”也。其实际年数，当从下“新妇初来时，小姑始扶床。今日被驱遣，小姑如我长”推之。

〔7〕区区，小意。此谓心意狭小也。

〔8〕秦罗敷，见本书相和曲大曲《陌上桑》。此但托名以况东家女之色美，非实指也。

〔9〕取，同娶。

〔10〕初阳，旧说谓冬至一阳始生。初阳即一阳初动之时，旧历岁十一月也。

〔11〕伶俜，行不正貌。通作零丁。

〔12〕葳蕤，盛貌，状刺绣之美。

〔13〕斗帐，小帐形如覆斗也。

〔14〕帘，为收储丝绳之具，可以卷而藏之也。

〔15〕遣施，谓遣送施舍也。

〔16〕严妆，妆束整齐也。

〔17〕初七及下九，初七未详，或指巧日。下九，伊士珍《瑯嬛记》云：“九为阳数。古人以二十九为上九，初九为中九，十九日为下九。每月十九，置酒为妇女之欢，名曰阳会。盖女子，阴也，待阳以成。故女子于是夜为藏钩诸戏以待月明，有忌寝而达曙者。”

〔18〕甸甸，同輷輷，众车声。

〔19〕 誓违，丁福保曰："誓违"疑是諐违之误。諐，古愆字，《诗》"不愆于仪"，《礼·缁衣篇》引作"諐"。

〔20〕 便言，有口辩也。

〔21〕 丁宁，即叮咛，再三告语也。

〔22〕 丞，佐贰之官。

〔23〕 闻人倓曰："承籍有宦官，言继承先人户籍，世有宦学莅官之人也。"

〔24〕 主簿，管理文书簿籍之吏，掾史之领袖。

〔25〕 否泰如天地，否泰，《易经》二卦名。天地交谓之泰，天地不交谓之否，故以言运数之穷通。否泰如天地者，谓其命运前穷而后通，相去如天地也。

〔26〕 要，约也。

〔27〕 渠，与讵通。

〔28〕 府君，《日知录》曰："府君者，汉时太守之称。"

〔29〕 六合，旧时术数家以月建与月将为相合也。

〔30〕 流苏金缕鞍，用五彩毛结流苏以为马饰也。

〔31〕 交广市鲑珍，交谓交互，言其繁；广谓广泛，言其远。市，购也。鲑珍，异味之物。

〔32〕 晻晻，日无光也。

〔33〕 摧藏，摧，挫也；藏，同脏。犹言摧挫肝肠也。

〔34〕 台阁，《日知录》曰："凡官府皆有阁，然西京未以为官府之称，至后汉始谓之台阁。"

〔35〕 何薄，一作可薄，谓贵贱既不相等，则情自可薄也。

〔36〕 青庐，犹今之彩棚，见前题解。

〔37〕 华山，当是假托之名。或谓西岳，或谓南徐之华山畿，盖不必实指也。

下编一　魏晋至隋

魏

武　帝

姓曹氏，讳操，字孟德，沛国谯人。

短歌行　本辞

《短歌行》，为清商平调，古辞亡。此为魏武帝拟作本辞，乐曲与此略异。

对酒当歌，人生几何！譬如朝露，去日苦多。慨当以慷，忧思难忘。何以解忧？惟有杜康。[1]青青子衿，悠悠我心。[2]但为君故，沉吟至今。呦呦鹿鸣，食野之苹。我有嘉宾，鼓瑟吹笙。[3]明明如月，何时可掇？忧从中来，不可断绝。越陌度阡，枉用相存。契阔谈讌，心念旧恩。月明星稀，乌鹊南飞。绕树三匝，何枝可依？山不厌高，水不厌深。周公吐哺，天下归心。[4]

〔1〕杜康，人名。《博物志》曰："杜康作酒。"

〔2〕二句见《诗·郑风·子衿》。注曰："青衿，青领也，学子之所服。学子俱在学校之中，己留彼去，故随而思之耳。"

〔3〕四句见《诗·小雅·鹿鸣》。注曰："苹，萍也。鹿得苹草，呦呦然而鸣，相呼而食，以与喜乐，宾客相招以成礼也。"

〔4〕四句见上编相和平调《君子行》注。

苦寒行　本辞

《苦寒行》，为清商清调，古辞亡。此为魏武帝所作本辞，乐曲与此略异。

北上太行山，[1]艰哉何巍巍！羊肠坂诘屈，[2]车轮为之摧。树木何萧瑟，北风声正悲。熊罴对我蹲，虎豹夹路啼。溪谷少人民，雪落何霏霏！延颈长叹息，远行多所怀。我心何怫郁，思欲一东归。水深桥梁绝，中路正徘徊。迷惑失故路，薄暮无宿栖。行行日已远，人马同时饥。担囊行取薪，斧冰持作糜。悲彼东山诗，[3]悠悠令我哀。

〔1〕案此太行山，系指河内之太行山，在今河南沁阳县境。说见黄节《曹孟德诗注》。

〔2〕诘屈，屈曲也。

〔3〕《东山》，《诗·豳风》篇名。序曰："《东山》，周公东征也。周公东征三年而归，劳归，士大夫美之，故作是诗也。"按《苦寒行》为武帝征高幹时作（见《文选》李善注引《歌录》），故以相引。

却东西门行

《却东西门行》，为清商瑟调，古辞亡。此为魏武帝拟作。

鸿雁出塞北，乃在无人乡。举翅万余里，行止自成行。冬节食南稻，春日复北翔。田中有转蓬，随风远飘扬。长与故根绝，万岁不相当。奈何此征夫，安得去四方？戎马不解鞍，铠甲不离傍。冉冉老将至，何时返故乡？神龙藏深泉，猛兽步高冈。狐死归首丘，〔1〕故乡安可忘？

〔1〕首丘，《礼记·檀弓》曰："古之人有言曰：狐死正丘首，仁也。"注曰："丘是狐窟穴根本之处，虽狼狈而死，意欲向此丘。"

文　帝

姓曹氏，讳丕，字子桓，武帝子。

却东西门行

短歌行　六解

仰瞻帷幕，俯察几筵。其物如故，其人不存。神灵倏忽，弃我遐迁。靡瞻靡恃，泣涕涟涟。呦呦游鹿，衔草鸣麑。[1]翩翩飞鸟，挟子巢栖。我独孤茕，怀此百离。[2]忧心孔疚，莫我能知。人亦有言，忧令人老。嗟我白发，生一何早！长吟永叹，怀我圣考。曰仁者寿，胡不是保？[3]

〔1〕麑，鹿子。鸣麑，谓呼其子也。

〔2〕百离，谓百忧也。

〔3〕圣考，谓武帝。《论语》："智者乐，仁者寿。"谓仁者宜寿，而乃不得永年也。

燕歌行　七解

《燕歌行》，为清商平调，古辞亡。此为魏文帝拟作。《乐府解题》曰："晋乐奏魏文帝《秋风》《别日》二曲，言时序迁换，行役不归，妇人怨旷，无所诉也。"《乐府广题》曰："燕，地名也，言良人从役于燕，而为此曲。"

秋风萧瑟天气凉，草木摇落露为霜。群燕辞归雁南翔，念君客游思断肠。慊慊思归恋故乡，君何淹留寄他方？贱妾茕茕守空房，忧来思君不敢忘。不觉泪下沾衣裳，援琴鸣弦发清商，短歌微吟不能长。明月皎皎照我床，星汉西流夜未央。牵牛织女遥相望，尔独何辜限河梁！

善哉行　六解

《善哉行》，为清商瑟调，古辞存，见上编。

上山采薇，薄暮苦饥。溪谷多风，霜露沾衣。

野雉群雊，〔1〕猿猴相追。还望故乡，郁何垒垒！〔2〕

高山有崖，林木有枝。忧来无方，人莫之知。

人生如寄，多忧何为！今我不乐，岁月其驰。

汤汤〔3〕川流，中有行舟。随波转薄，有似客游。

策我良马，被我轻裘。载〔4〕驰载驱，聊以忘忧。

〔1〕雊，音购，雉鸣也。

〔2〕垒垒，层叠相次之意。刘履以为垒垒指高山林木而言。

〔3〕汤汤，音商，流貌。《诗》："江汉汤汤。"

〔4〕载，语词，无义。

同　前

有美一人，婉如清扬。[1]妍姿巧笑，和媚心肠。知音识曲，善为乐方。哀弦微妙，清气含芳。流郑激楚，[2]度宫中商。[3]感心动耳，绮丽难忘。离鸟夕宿，在彼中洲。延颈鼓翼，悲鸣相求。眷然顾之，使我心愁。嗟尔昔人，何以忘忧？

〔1〕《诗》："清扬婉兮。"注："清，目之美也；扬，眉之美也。"

〔2〕郑楚，谓郑声、楚声。

〔3〕宫商，五音之二。五音：宫，商，角，徵，羽。

文帝甄皇后

塘上行　本辞

《塘上行》为清商清调。《歌录》曰："《塘上行》古辞，或云甄皇后造。"乐曲与此略异。《乐府解题》曰："前志云，晋乐奏魏武帝《蒲生篇》。而诸集录皆言其词文帝甄后所作，叹以谗诉见弃，犹幸得新好，不遗故恶也。"按《乐府正义》谓《蒲生篇》并无"塘上"二字，知非塘上本辞(古辞)。盖《古塘上行》而甄后拟之为《蒲生》

也。《歌录》云,《塘上行》古辞,必别有诗而不可得矣。《邺都故事》曰:"魏文帝甄皇后,中山无极人。袁绍据邺,与中子熙娶后为妻。后太祖破绍,文帝时为太子,遂以后为夫人。后为郭皇后所谮,文帝赐死后宫,临终为诗曰:'蒲生我池中,绿叶何离离!岂无蒹葭艾,与君生别离。莫以贤豪故,弃捐素所爱。莫以麻枲贱,弃捐菅与蒯。莫以鱼肉贱,君捐葱与薤。'"

蒲生我池中,其叶何离离!〔1〕傍能行仁义,莫若妾自知。众口铄黄金,〔2〕使君生别离。念君去我时,独愁常苦悲。想见君颜色,感结伤心脾。念君常苦悲,夜夜不能寐。莫以贤豪故,弃捐素所爱。莫以鱼肉贱,弃捐葱与薤。莫以麻枲贱,〔3〕弃捐菅与蒯。〔4〕出亦复苦愁,入亦复苦愁。边地多悲风,树木何翛翛!〔5〕从君致独乐,延年寿千秋。

〔1〕离离,纷披繁盛貌。《诗》:"彼黍离离。"

〔2〕众口铄金,句见《国语》,谓讹言变乱是非,易为其所摇动也。

〔3〕枲,思矣切,牡麻也,大麻之不结实者。

〔4〕菅,音奸,多年生草,一名菅茅。蒯,音快,菅类。

〔5〕翛翛,凋敝貌。

明　帝

姓曹氏，讳睿，字元仲，文帝子。

短歌行

翩翩春鸾，端集余堂。阴匿阳显，节运自常。厥貌淑美，玄衣素裳。归仁服德，雌雄颉颃。〔1〕执志精专，絜〔2〕行驯良。衔土缮巢，有式官房。不规自圜，无矩而方。〔3〕

〔1〕颉颃，鸟飞上下也。《诗》："燕燕于飞，颉之颃之。"

〔2〕絜，同洁。

〔3〕规矩，所以为方圆之器也。圜，同圆。不规自圜，无矩而方，言其纯任自然，喻德化也。

曹　植

字子建，文帝之弟，武帝第三子。封陈王，谥曰思，故亦称陈思王。有《曹子建集》，凡十卷。

吁嗟篇

《乐府解题》曰："曹植拟《苦寒行》为《吁嗟》。"

吁嗟此转蓬，居世何独然？〔1〕长去本根逝，夙夜无休闲。东西经七陌，南北越九阡。卒遇回风起，吹我入云间。自谓终天路，忽然下流泉。惊飙接我出，故归彼中田。当南而更北，谓东而反西。宕宕当何依，忽亡而复存。飘飖周八泽，[2]连翩历五山。[3]流转无恒处，谁知我苦艰？愿为中林草，秋随野火燔。糜灭岂不痛？愿与根荄连。[4]

〔1〕何独然，何独不然也。

〔2〕八泽，《淮南子》："以八泽之志为八索，九州之志为九丘。"

〔3〕五山，《汉书·郊祀志》："天下名山八，而三在蛮夷，五在中国。中国华山、首山、太室山、泰山、东莱山，此五山黄帝之所常游与神会。"

〔4〕根荄，木根曰根，草根曰荄。《汉书》："青阳开动，根荄以遂。"

野田黄雀行

《野田黄雀行》，古辞亡。此为曹植拟作。《宋书·乐志》列于大曲，《乐府诗集》入瑟调。

高树多悲风，海水扬其波。利剑不在掌，结交何须多！不见篱间雀，见鹞[1]自投罗？罗家得雀喜，少年见雀悲。拔剑捎[2]罗网，黄雀得飞飞。飞飞摩苍天，来下谢少年。

〔1〕鹞，鸟名，似鹰而小。人畜养之，以捕小鸟。

〔2〕捎，音梢，芟也，除也。《史记》："以夜捎兔丝去之。"

怨诗行　本辞

《怨诗行》为清商楚调。古辞今存《天德悠且长》一篇，本书未选。此为曹植拟作，本辞乐曲与此略异。按本集、《文选》并作《七哀诗》，《玉台新咏》作《杂诗》。

明月照高楼，流光正徘徊。上有愁思妇，悲叹有余哀。借问叹者谁？言是客子妻。君行逾十年，孤妾常独栖。君若清路尘，妾若浊水泥。浮沉各异势，会合何时谐？愿为西南风，长游入君怀。君怀良不开，妾心当何依？

当墙欲高行

《乐府诗集》列于杂曲。

龙欲升天须浮云，人之仕进在中人。众口可以铄金；〔1〕谗言三至，慈母不亲。〔2〕愦愦〔3〕俗间，不辨伪真。愿欲披心自说陈；君门以九重，道远河无津。

〔1〕铄金，注见《塘上行》。

〔2〕《史记·甘茂传》："昔鲁人有与曾参同姓名者杀人。人告其母曰：'曾参杀人。'其母织自若也。顷之，一人又告之，其母尚织自若也。顷又一人告之，其母投抒下机，逾墙而走。"

〔3〕愦愦，糊涂也。

当来日大难

《乐府解题》曰："曹植拟《善哉行》为《日苦短》。"

日苦短，乐有余。乃置玉樽，办东厕。广情故，心相于。〔1〕阖门置酒，和乐欣欣。游马后来，辕车解轮。今日同堂，出门异乡。别易会难，各尽杯觞。

〔1〕相于，相依以居也。孔融书："不得与足下岸帻广坐，举杯相于，以为邑邑。"

陈　琳

字孔璋，东汉广陵人。与孔融、徐幹、刘桢、王粲、阮瑀、应玚，号建安七子。

饮马长城窟行

《饮马长城窟行》为清商瑟调，古辞存，见上编。

饮马长城窟，水寒伤马骨。往谓长安吏：慎莫稽留太原卒。官作自有程，举筑谐汝声。〔1〕男儿宁当格斗死，何能怫郁筑长城？长城何连连，连连三千里。边城多健少，内舍多寡妇。作书与内舍："便嫁莫留住。善侍新姑嫜，时时念我故夫子。"〔2〕报书往边地："君今出语一何鄙！"〔3〕"身在祸难中，何为稽留他家子？生男慎莫举，生女哺用脯。君独不见长城下，死人骸骨相撑拄？"〔4〕"结发行事君，慊慊心意间。明知边地苦，贱妾何能久自全。"〔5〕

〔1〕举筑谐汝声，言同声用力也。

〔2〕三句健少作书与内舍之词。

〔3〕一句内舍答书。

〔4〕六句又健少之词。

〔5〕四句又内舍之词。沈德潜曰："无问答之痕，而神理井然，可与汉乐府竞爽矣。"（《古诗源》）

左延年

善音律。余未详。

秦女休行

《秦女休行》，《乐府诗集》列于杂曲。大略言女休为燕王妇，为宗报仇，杀人都市，虽被囚系，终以赦宥，得免刑戮也。

步出上西门，遥望秦氏庐。秦氏有好女，自名为女休。休年十四五，〔1〕为宗行报仇。左执白杨刃，右据宛鲁〔2〕矛。仇家便东南，仆僵秦女休。女休西山上，上山四五里，关吏呵问女休，女休前置词：平生为燕王妇，于今为诏狱囚。平生衣参差，〔3〕当今无领襦。明知杀人当死，兄言怏怏，弟言无道忧。女休坚词：为宗报仇死不疑。杀人都市中，〔4〕徼我都巷西。丞卿罗列东向坐，女休凄凄曳梏前。两徒夹我持，刀刃五尺余。刀未下，朣胧〔5〕击鼓赦书下。

〔1〕宗，谓宗族。

〔2〕宛鲁，矛名。《太平御览》作宛景。

〔3〕参差，不整齐也，意谓复叠。

〔4〕徼，循也。《汉书》："中尉，掌徼循京师。"

〔5〕朣胧，击鼓之声。

晋

嵇 康

字叔夜，三国魏铚人。与魏宗室婚，拜中散大夫。与山涛、阮籍、阮咸、王戎、向秀、刘伶为竹林之游，世号竹林七贤。后以吕安事被晋所害。有《嵇中散集》。

秋胡行　七曲

《秋胡行》为清商清调，古辞亡。此为嵇康拟作，与本事无关。本事见下傅玄辞注。

富贵尊荣，忧患谅独多。富贵尊荣，忧患谅独多。古人所惧，丰屋蔀家。[1]人害其上，兽恶网罗。惟有贫贱，可以无他。歌以言之，富贵忧患多。

〔1〕蔀，《易》："丰其蔀。"注："蔀，覆暧、障光明之物也。"丰屋蔀家，言丰其屋，蔀其家，易于覆亡也。

贫贱易居，贵盛难为工。贫贱易居，贵盛难为工。耻佞直言，与祸相逢。变故万端，俾吉作凶。

思牵黄犬，[1]其莫之从。歌以言之，贵盛难为工。

〔1〕牵黄犬，秦相李斯为赵高所构，腰斩咸阳市。临刑，斯顾谓中子曰："吾欲与若复牵黄犬，俱出上蔡东门逐狡兔，岂可得乎！"遂父子相哭而夷三族。

劳谦[1]寡悔，忠信可久安。劳谦寡悔，忠信可久安。天道害盈，好胜者残。强梁[2]致灾，多事招祸患。欲得安乐，独有无愆。[3]歌以言之，忠信可久安。

〔1〕劳谦，《易》："劳谦，君子终吉。"

〔2〕强梁，犹强横也。《老子》："强梁者，不得其死。"

〔3〕愆，音骞，过也，罪也。

役神者弊，极欲疾枯。役神者弊，极欲疾枯。颜回短折，[1]不及童乌。[2]纵体淫恣，莫不早殂。酒色何物，今自不辜。[3]歌以言之，酒色令人枯。

〔1〕颜回，孔子弟子，年二十九，发尽白，或云三十二而卒。

〔2〕童乌，《法言》："育而不苗者，吾家之童乌乎？九岁而与我玄文。"乌，扬雄子。《抱朴子》"扬乌有夙折之哀"，谓童乌也。

〔3〕辜，罪也。句谓今不以酒色为罪。

绝智弃学，游心于玄默。绝智弃学，游心于玄默。遇过而悔，当不自得。垂钓一壑，所乐一国。被发行歌，和者四塞。歌以言之，游心于玄默。〔1〕

〔1〕此即老子“绝圣弃智”，反于自然之意。玄默，虚静也。

思与王乔，〔1〕乘云游八极。〔2〕思与王乔，乘云游八极。凌厉五岳，〔3〕忽行万亿。援我神药，自生羽翼。呼吸太和，〔4〕炼形易色。歌以言之，思行游八极。

〔1〕王乔，见上编相和瑟调《善哉行》注。

〔2〕八极，言八方极远之地也。《淮南子》：“八弦之外，乃有八极。”

〔3〕凌厉，超越也。五岳，谓中岳嵩山、东岳泰山、西岳华山、南岳衡山、北岳恒山也。

〔4〕太和，阴阳会合，冲和之气也。《易》：“保合太和。”

徘徊钟山，〔1〕息驾于层城。〔2〕徘徊钟山，息驾于层城。上荫华盖，〔3〕下采若英。〔4〕受道王母，〔5〕遂升紫庭。〔6〕逍遥天衢，〔7〕千载长生。歌以言之，徘徊于层城。

〔1〕钟山，昆仑也。《淮南子》“譬若钟山之玉”，注谓昆仑。

〔2〕层城，谓昆仑之最高处也。《淮南子》："昆仑山有层城九重。"

〔3〕华盖，树名。《西京杂记》："终南山有树，直上百丈，上结重条如车盖，叶一青一赤，斑驳如锦绣，长安谓之丹青树，亦云华盖树。"

〔4〕若英，《楚辞·九歌》："浴兰汤兮沐芳，华采衣兮若英。"王逸注："若，杜若也。"英，华也。

〔5〕王母，西王母也。《穆天子传》："周穆王好神仙，临西王母于瑶池之上。"《搜神记》："羿请不死之药于西王母，嫦娥窃以奔月。"

〔6〕紫庭，即紫宫。《神异经》："青丘山上有紫宫，天真仙女，多游于此。"

〔7〕天衢，言天空云行及飞鸟之路。《易》："何天之衢，道大行也。"

傅 玄

字休奕，晋北地人。州举秀才，累迁至司隶校尉。性刚劲亮直，不能容人。每有劾奏，贵游慑服。卒谥刚。著有《傅子》。

短歌行

长安高城，层楼亭亭。〔1〕干云四起，〔2〕上贯天庭。〔3〕蜉蝣〔4〕何整，行如军征。蟋蟀何感？中夜哀鸣。蚍蜉〔5〕愉乐，粲粲〔6〕其荣。寤寐念之，谁知我情？

昔君视我，如掌中珠。何意一朝，弃我沟渠！昔君与我，如影如形。何意一去，心如流星！昔君与我，两心相结。何意今日，忽然两绝！

〔1〕〔2〕张衡《西京赋》:“干云雾而上建,状亭亭以苕苕。”注:“亭亭,苕苕,高貌;干,犯也。”

〔3〕天庭,星垣之名。《礼疏》:“太微为天庭。”

〔4〕蜉蝣,虫名。夏秋之交,多近水而飞。往往数小时即死,故有朝生暮死之说。

〔5〕蚍蜉,大蚁也。

〔6〕粲粲,鲜明貌。

秋胡行

《列女传》曰:“鲁秋洁妇者,鲁秋胡之妻也。既纳之五日,去而官于陈,五年乃归。未至其家,见路旁有美妇人方采桑而悦之,下车谓曰:‘力田不如逢丰年,力桑不如见国卿。今吾有金,愿以与夫人。’妇曰:‘采桑力作,纺绩织纴,以供衣食,奉二亲,养夫子已矣。不愿人之金!’秋胡遂去。归至家,奉金遗母。使人呼其妇,妇至,乃向采桑者也。妇污其行,去而东走,自投于河而死。”《乐府解题》曰:“后人哀而赋之,为《秋胡行》。”

秋胡纳令室，三日官他乡。皎皎洁妇姿，泠泠[1]守空房。燕婉[2]不终夕，别如参与商。[3]忧来犹四海，易感难可防。人言生日短，愁者苦夜长。

百草扬春华，攘腕采柔桑。素手寻繁枝，落叶不盈筐。罗衣翳玉体，回目流来车。

君子倦仕归，车马如龙骧。精诚驰万里，既至两相忘。行人悦令颜，借息此树傍。诱以逢卿[4]喻，遂下黄金装。

烈烈贞女忿，言辞厉秋霜。

长驱及居室，奉金升北堂。母立呼妇来，欢情乐未央。秋胡见此妇，惕然怀探汤。负心岂不惭？永誓非所望。

清浊必异源，凫凤不并翔。引身赴长流，果[5]哉洁妇肠！彼夫既不淑，此妇亦太刚。

〔1〕泠泠，风声也。

〔2〕燕婉，燕安婉顺也。

〔3〕参商，见上编清商吴声《子夜歌》注。

〔4〕逢卿，即题解"力田不如逢丰年，力桑不如见国卿"意。

〔5〕果，决也。

秦女休行

本篇亦言杀人报怨，以烈义称，与古辞义同而事异。

庞氏有烈妇，义声驰雍凉。[1]父母家有重怨，仇人暴且强。虽有男兄弟，志弱不能当。烈女念此痛，丹心为寸伤。外若无意者，内潜思无方。

白日入都市，怨家如平常。匿剑藏白刃，一奋寻身僵。身首为之异处，伏尸列肆旁。肉与土合成泥，洒血溅飞梁。猛气上干云霓，仇党失守为披攘。[2]

一市称烈义，观者收泪并慨忼。百男何当益，不如一女良。

烈女直造县门，云父不幸遭祸殃。今仇身已分裂，虽死情益扬。杀人当伏法，义不苟活隳旧章。[3]

县令解印绶，“令我伤心不忍听。”

刑部垂头塞耳，“令我吏举不能成。”

烈著希代之绩，义立无穷之名。夫家同受其祚，子子孙孙咸享其荣。令我作歌咏高风，激扬壮怀悲且清。

〔1〕雍凉：雍州，古九州之一，今陕西、甘肃之地；凉州，汉置，今甘肃省。

〔2〕披攘，披靡也。

〔3〕隳，音灰，毁坏也。旧章，谓刑律也。

西长安行

《乐府解题》曰:“《西长安行》,晋傅休奕云:‘所思兮何在?乃在西长安。’其下因叙别离之意也。”《乐府诗集》列于杂曲。按本篇风格,似拟汉铙歌《有所思》。

所思兮何在? 乃在西长安。 何用存问妾? 香橙[1]双珠环。 何用重存问? 羽爵[2]翠琅玕。 今我兮闻君,更有兮异心。 香亦不可烧,环亦不可沉。香烧日有歇,环沉日自深。

〔1〕橙,毛带也。

〔2〕爵,同雀。琅玕,《书》:“厥贡惟球琳琅玕。”注云“石而似玉”,疏云“石而似珠”。

昔思君

《乐府诗集》列于杂曲。按本篇风格,与前《短歌行》下半曲同。

昔君与我兮,形影潜结;今君与我兮,云飞雨绝。 昔君与我兮,音响相和;今君与我兮,落叶去柯。 昔君与我兮,金石无亏;今君与我兮,星灭光离。

明月篇

《乐府诗集》列于杂曲。

皎皎明月光，灼灼朝日晖。昔为春蚕丝，今为秋女衣。丹唇列素齿，翠彩发蛾眉。娇子多好言，欢合易为姿。玉颜盛有时，秀色随年衰。常恐新间旧，变故兴细微。浮萍本无根，非水将何依？忧喜更相接，乐极还自悲。

吴楚歌

《乐府诗集》列于杂歌谣辞。

燕人美兮赵女佳，其室则迩兮限层崖。云为车兮风为马，玉在山兮兰在野。云无期兮风有止，思多端兮谁能理？

陆　机

字士衡，晋吴郡人。少有异才，文章冠世。事成都王颖，颖起兵，假机后将军河北大都督，以谮被诛。

短歌行

置酒高堂，悲歌临觞。人寿几何，逝如朝霜。时无重至，华不再扬。蘋以春晖，兰以秋芳。来日苦短，去日苦长。今我不乐，蟋蟀在房。〔1〕乐以会兴，悲以别章。〔2〕岂曰无感？忧为子忘。我酒既旨，我肴既臧。短歌有咏，长夜无荒。〔3〕

〔1〕《诗·唐风》："蟋蟀在堂，岁聿其暮。"

〔2〕言悲以别而章著也。

〔3〕无荒，犹言无虚度。《书》："无怠无荒。"

猛虎行

《猛虎行》，为清商平调，古辞存，见上编。

渴不饮盗泉水，〔1〕热不息恶木阴。〔2〕恶木岂无枝，志士多苦心。整驾肃时命，〔3〕杖策将远寻。饥食猛虎窟，寒栖野雀林。〔4〕日归功未建，时往岁载阴。崇云临岸骇，鸣条〔5〕随风吟。静言幽谷底，长啸高山岑。急弦无懦响，亮节难为音。人生诚未易，曷云开此襟？[6]眷我耿介怀，[7]俯仰愧古今。

〔1〕盗泉，《家语》："孔子忍渴于盗泉。"又《尸子》："孔子过于盗泉，渴矣而不饮，恶其名也。"按泉在山东泗水县东北。县境之泉凡八十七，惟盗泉不流，余皆汇为泗河。

〔2〕恶木，江邃《文释》引《管子》曰："士怀耿介之心，不荫恶木之枝。"

〔3〕时命，君命也。

〔4〕《猛虎行》古辞："饥不从猛虎食，暮不从野雀栖。"

〔5〕鸣条，谓枝条受风而鸣也。

〔6〕开襟，犹言开怀也。

〔7〕耿介，有志节而不苟合也。

谢　尚

字仁祖，晋阳夏人。善音乐，博综众艺。官至豫州刺史，进号镇西将军，卒谥简。

大道曲

《乐府诗集》列于杂曲。《乐府广题》曰："谢尚为镇西将军，尝着紫罗襦，据胡床，在市中佛国门楼上弹琵琶，作《大道曲》，市人不知是三公也。"

青阳二三月，柳青桃复红。车马不相识，音落黄埃中。

无名氏

西洲曲

《乐府诗集》列于杂曲，作古辞。

忆梅下西洲，折梅寄江北。单衫杏子红，双鬓鸦雏[1]色。西洲在何处？两桨桥头渡。日暮伯劳飞，[2]风吹乌臼树。树下即门前，门中露翠钿。[3]开门郎不至，出门采红莲。采莲南塘秋，莲花过人头。低头弄莲子，莲子清如水。置莲怀袖中，莲心彻底红。忆郎郎不至，仰首望飞鸿。鸿飞满西洲，望郎上青楼。[4]楼高望不见，尽日阑干头。阑干十二曲，垂手明如玉。卷帘天自高，海水摇空绿。海水梦悠悠，君愁我亦愁。南风知我意，吹梦到西洲。

〔1〕鸦雏，鸦同鸦。乌之子曰雏。鸦雏，稚鸦也。

〔2〕伯劳，鸣禽。

〔3〕钿，金华也，可为饰物。

〔4〕青楼，本指显贵之家，后以为伎馆之称。

长干曲

《乐府诗集》列为杂曲，作古辞。长干，地名，在今江苏江宁县。《乐府遗声》都邑三十四曲中有《长干行》，疑即本此。

逆浪故相邀，菱舟不怕摇。妾家扬子住，[1]便弄广陵潮。[2]

〔1〕扬子，即扬子江，今江都、丹徒间之大江也。

〔2〕广陵潮，广陵即今江都，古以观潮著称，枚乘《七发》所写，即广陵潮也。

宋

武　帝

姓刘氏，讳裕，彭城人。

自君之出矣

《乐府诗集》列于杂曲。《乐府诗集》曰："汉徐幹有《室思诗》五章，其第三章曰：'自君之出矣，明镜暗不治。思君如水流，无有穷已时。'《自君之出矣》盖起于此。"

自君之出矣，金翠闇无精。[1]思君如日月，回还昼夜生。

〔1〕闇，同暗。精，光也，华也。

鲍　照

字明远，南朝宋东海人。文帝时为中书舍人。临海王子顼为荆州，照为前军参军，子顼败，照为乱军所杀。有《鲍参军集》。沈德潜谓："明远乐府，如五丁凿山，开人世所未有。"洵为的评。

行路难　十九首录八

《行路难》,《乐府诗集》列于杂曲。《乐府解题》曰:"《行路难》备言世路艰难,及离别悲伤之意。多以'君不见'为首。"

《乐府诗集》曰:"按《陈武别传》曰:'武常牧羊,诸家牧竖有知歌谣者,武遂学《行路难》。'则所起亦远矣。"

奉君金卮之美酒,玳瑁玉匣之雕琴。七彩芙蓉之羽帐,九华葡萄之锦衾。红颜零落岁将暮,寒光宛转时欲沉。顾君裁悲且减思,听我抵节行路吟。不见柏梁铜雀[1]上,宁闻古时清吹音?

〔1〕柏梁、铜雀,台名。柏梁台,汉武帝筑。铜雀台,魏武帝筑。

洛阳名王铸为金博山,[1]千斫万镂,上刻秦女携手仙。承君清夜之欢娱,列置帏里明烛前。外发龙鳞之丹彩,内含兰芬之紫烟。如今君心一朝异,对此长欢终百年。

〔1〕博山，香炉也，注见上编。

璇闺玉墀上椒阁，文窗绣户垂绮幕。中有一人字金兰，被服纤罗蕴芳藿。春燕差池[1]风散梅，开帏对影弄春爵。[2]含歌揽涕恒抱愁，人生几时得为乐！宁作野中之双凫，不顾云间之别鹤。

〔1〕差池，不齐貌。《诗》："燕燕于飞，差池其羽。"

〔2〕爵，同雀。

泻水置平地，各自东西南北流。人生亦有命，安能行叹复坐愁！酌酒以自宽，举杯断绝歌路难。心非木石岂无感，吞声踯躅不敢言！

对案不能食，拔剑击柱长叹息。丈夫生世会几时，安能蹀躞垂羽翼？弃檄罢官去，还家自休息。朝出与亲辞，暮还在亲侧。弄儿床前戏，看妇机中织。自古圣贤尽贫贱，何况我辈孤且直！

愁思忽而至，跨马出北门。举头四顾望，但见松柏园。荆棘郁蹲蹲，中有一鸟名杜鹃，言是古时蜀帝魂。声音哀苦鸣不息，羽毛憔悴似人髡。[1]飞走树间啄虫蚁，岂忆往日天子尊？念此死生变化非常理，中心恻怆不能言。

〔1〕髡，音坤，去发也，秃也。

中庭五株桃，一株先作花。阳春沃若[1]二三月，从风簸荡落西家。西家思妇见悲惋，零泪沾衣抚心叹：初我送君出户时，何言淹留节回换？床席生尘明镜垢，纤腰瘦削发蓬乱。人生不得恒称意，惆怅徙倚至夜半。

〔1〕沃若，一作妖冶，沃若，柔美也。

刬蘖染黄丝，黄丝历乱不可治。我昔与君始相值，尔时自谓可君意。结带与君言，死生好恶不相置。[1]今朝见我颜色衰，意中索寞与先异。还君金钗玳瑁簪，不忍见之益愁思。

〔1〕置，弃也。此句为女子述对方之辞。

齐

谢　朓

字玄晖，南齐阳夏人，曾为宣城太守，故世称谢宣城。

玉阶怨

《玉阶怨》为清商楚调。

夕殿下珠帘，流萤飞复息。长夜逢罗衣，思君此何极！

王　融

字元长，南齐琅琊人。文藻富艳，称于当世。后坐事死于狱。

秋夜长

《乐府诗集》列于杂曲。《乐府诗集》曰："魏文帝诗曰'漫漫秋夜长，烈烈北风凉'，《秋夜长》其取诸此。"

秋夜长，夜长乐未央。舞袖拂花烛，歌声绕凤梁。

玉阶怨

陆　厥

字韩卿，南齐吴郡人。闲子。闲被诛，厥坐系，感痛而卒。

蒲坂行

《蒲坂行》，为清商瑟调，古辞亡。此为拟作。

江南风已春，河间柳已把。雁返无南书，寸心何由写？流泊祁连山，[1]飘摇高阁下。

〔1〕祁连山，即天山，匈奴呼天曰“祁连”。山在今甘肃张掖县西南。

无名氏

苏小小歌

《乐府诗集》列于杂歌谣辞。《乐府广题》曰：“苏小小，钱塘名倡也，盖南齐时人。西陵，在钱塘江之西，歌云‘西陵松柏下’是也。”

我乘油壁车，[1]郎乘青骢马。何处结同心？西陵松柏下。

〔1〕油壁车，谓以油漆饰车壁也。

梁

武 帝

姓萧氏，讳衍，南兰陵人。

河中之水歌

《乐府诗集》，列于杂歌谣辞。

河中之水向东流，洛阳女儿名莫愁。莫愁十三能织素，十四采桑南陌头。十五嫁为卢郎妇，十六生儿似阿侯。〔1〕卢家兰室桂为梁，中有郁金苏合香。〔2〕头上金钗十二行，足下丝履五文章。珊瑚挂镜烂生光，平头奴子擎履箱。人生富贵何所望，恨不早嫁东家王。

〔1〕阿侯，古乐府有云："欲知菡萏色，但请看芙蓉。欲知莫愁美，但看阿侯容。"不知究系何人。

〔2〕郁金香，草名，生大秦国，其香十二叶，为百草之英。见《魏略》。苏合香，落叶乔木，产于波斯等国。又《南史》曰：大秦人采苏合，榨其汁以为香膏。

东飞伯劳歌

《乐府诗集》列于杂曲，作古辞。

东飞伯劳西飞燕，黄姑织女[1]时相见。谁家儿女对门居？开颜发艳照里间。南窗北牖桂月光，罗帷绮帐脂粉香。女儿年纪十五六，窈窕无双颜如玉。三春已暮花从风，空留可怜谁与同！

〔1〕黄姑、织女，皆星名。黄姑，即牵牛星也。

元帝

姓萧氏，讳释，武帝衍子。

折杨柳

《折杨柳》为乐府横吹，李延年新声二十八解之一，古辞亡。惟《唐书·乐志》则曰："梁乐府有胡吹歌云：'上马不捉鞭，反拗杨柳枝。下马吹横笛，愁杀行客儿。'此歌辞原出北国，即鼓角横吹曲《折杨柳》是也。"又《宋书·五行志》曰："晋太康末京洛为《折杨柳》之歌，其曲有兵革苦辛之辞。"

山高巫峡长，垂柳复垂杨。同心且同折，故人怀故乡。山似连花艳，流如明月光。寒夜猿声彻，游子泪沾裳。〔1〕

〔1〕《荆州记》：渔歌者歌曰："巴东三峡巫峡长，猿鸣三声泪沾裳。"

关山月

《关山月》为乐府横吹。《乐府解题》曰："《关山月》，伤离别也。"《乐府诗集》曰："按古《木兰诗》曰：'万里赴戎机，关山度若飞。朔气传金柝，寒光照铁衣。'《关山月》盖出于此。"

朝望清波道，夜上白登台。〔1〕月中含桂树，流影自徘徊。寒沙逐风起，春花犯雪开。夜长无与晤，衣单谁为裁？

〔1〕白登，山名，在山西大同县东，匈奴尝围汉高帝于此，七日乃解。

沈　约

字休文，梁武康人。仕于武帝，官至侍中。

夜夜曲

《乐府诗集》列于杂曲。《乐府解题》曰:“《夜夜曲》,伤独处也。”

河汉纵复横,北斗横复直。星汉空如此,宁知心有忆?孤灯暖不明,寒机晓犹织。零泪向谁道,鸡鸣徒叹息。

宗　夬

字明扬,世居江陵。初仕齐,累迁尚书都官郎。入梁,历太子右卫率、五兵尚书,参掌大选。

遥夜吟

《乐府诗集》列于杂曲。

遥夜复遥夜,遥夜忧未歇。坐对风动帷,卧见云间月。

范　云

字彦龙,梁南阳顺陵人。仕齐,历除尚书殿中郎。入梁,为吏部尚书,卒谥文。

自君之出矣

自君之出矣，罗帐咽秋风。思君如蔓草，连延不可穷。

柳　恽

字文畅,梁解人。武帝时累迁吴兴太守。

折杨柳

杨柳乱成丝，攀折上春时。叶密鸟飞碍，风轻花落迟。城高短箫发，林空画角悲。曲中无别意，并是为相思。

陶弘景

字通明,秣陵人。齐高帝时,尝为诸王侍读。后隐于句容句曲山,自号华阳隐居,晚号华阳真逸,又曰华阳真人。好神仙之术,年八十五,无疾而逝,或传仙去。

寒夜怨

《乐府诗集》列于杂曲。《乐府解题》曰:"晋陆机《独寒吟》云:'雪夜还思君,寒窗独不寐。'但叙旧思之意耳。陶弘景有《寒夜怨》,梁简文帝有《独处愁》,亦皆类此。"

夜云生,夜鸿惊,悽切嘹唳伤夜情。空山霜满高烟平,铅华沉照帐孤明。寒月微,寒风紧。愁心绝,愁泪尽。情人不胜怨,思来谁能忍?

车　毂

字里未详,《乐府诗集》作梁时人。

车遥遥

《乐府诗集》列于杂曲。《古诗源》作傅玄辞。

车遥遥兮马洋洋,追思君兮不可忘。君安游兮西入秦,愿为影兮随君身。君在阳兮影不见,君依光兮妾所愿。

陈

江　总

字总持,济阳人。仕梁为太子中舍人。陈授中书令。入隋为上开府。为陈后主所爱幸,时称狎客。

梅花落

《梅花落》为乐府横吹。《乐府解题》曰:"汉横吹二十八解,李延年造。魏晋以来,惟传十曲。后又有《梅花落》等,合十八曲。"《乐府诗集》曰:"《梅花落》,本笛中曲也。按唐大角曲,亦有《大单于》《小单于》《大梅花》《小梅花》等曲,今其声犹有存者。"按《乐府诗集》列鲍照辞于首,此为拟作。

腊月正月早惊春,众花未发梅花新。可怜芬芳临玉台,朝攀晚折还复开。长安少年多轻薄,两两常唱梅花落。满酌金卮催玉柱,〔1〕落梅树下宜歌舞。金谷万株连绮甍,〔2〕梅花密处藏娇莺。桃李佳人欲相照,摘叶牵花来并笑。杨柳条青楼上轻,梅花色白云中明。横笛短箫凄复切，谁知柏梁[3]声不绝？

〔1〕玉柱，谓琴瑟系弦之柱。此泛指乐器。

〔2〕金谷，晋石崇园名，此泛指。甍，音萌，屋栋也。

〔3〕柏梁，见《行路难》注，此泛指。

北魏

胡太后

杨白花

《乐府诗集》列于杂曲。《梁书》曰："梁华，武都仇池人也。少有勇力，容貌雄伟。魏胡太后逼通之，华惧及祸，及率其部曲来降（于梁）。胡太后追思之不能已，为作《杨白花》歌辞，使宫人昼夜连臂踏足歌之，声甚凄惋。"《南史》曰："杨华，本名白花，奔梁后名华，魏名将杨大眼之子也。"

阳春二三月，杨柳齐作花。春风一夜入闺闼，杨花飘荡落南家。〔1〕含情出户脚无力，拾得杨花泪沾臆。秋去春还双燕子，愿衔杨花入窠里。

〔1〕南家，一作"谁家"。

北齐

无名氏

敕勒歌

《乐府诗集》列于杂歌谣辞。《乐府广题》曰:"北齐神武攻周玉壁,士卒死者十四五。神武恚愤疾发。周王下令曰:'高欢鼠子,亲犯玉壁。剑弩一发,元凶自毙。'神武闻之,勉坐以安士众,悉引诸贵,使斛律金唱《敕勒》,神武自和之。其歌本鲜卑语,易为齐言,故其句长短不齐。"按《通鉴》胡注:"洪迈曰:'此后妄为之耳。敕勒与鲜卑殊种,斛律金出《敕勒》,故使歌之。'"

敕勒川,阴山下。天似穹庐,笼盖四野。天苍苍,野茫茫,风吹草低见牛羊。

隋

炀　帝

姓杨氏，讳广，帝坚之子。

春江花月夜　二曲

《春江花月夜》，为清商吴声，古辞亡。此为炀帝拟作。《晋书·乐志》曰："《春江花月夜》《玉树后庭花》《堂堂》，并陈后主所作。后主常与宫中女学士及朝臣相和为诗，太常令何胥又善于文咏，采其尤艳丽者以为此曲。"

暮江平不动，春花满正开。流波将月去，潮水带星来。

夜露含花气，春潭瀁[1]月晖。汉水逢游女，湘川值两妃。[2]

〔1〕瀁，古漾字，荡漾也。

〔2〕两妃，指湘妃，即湘君，为湘水之神。屈原《九歌》有《湘君》篇。洪兴祖《楚辞补注》曰："秦博士对始皇云：湘君者，尧之二女舜妃者也。"

下编二　唐

刘希夷

一名庭芝，汝州人，善为从军闺情之诗，为时所重。

白头吟

《白头吟》为清商楚调，古辞存。按《宋志》列入大曲，见上编。

洛阳城东桃李花，飞来飞去落谁家。洛阳女儿惜颜色，行逢落花长叹息。今年花落颜色改，明年花开复谁在！已见松柏摧为薪，更闻桑田变成海。古人无复洛城东，今人还对落花风。年年岁岁花相似，岁岁年年人不同。寄言全盛红颜子，须怜半死白头翁。此翁白头真可怜，伊昔红颜美少年。公子王孙芳树下，清歌妙舞落花前。光禄[1]池台文锦绣，将军楼阁画神仙。一朝卧病无人识，三春行乐在谁边！宛转蛾眉能几时？须臾白发乱如丝。但看旧来歌舞地，唯有黄昏鸟雀悲。

〔1〕光禄，官名。有光禄卿、光禄大夫之别，秦汉至清，并有此制。

张若虚

开元初人，与贺知章、张旭齐名。

春江花月夜

春江潮水连海平，海上明月共潮生。滟随波千万里，何处春江无月明。江流宛转绕芳甸，月照花林皆似霰。空里流霜不觉飞，汀上白沙看不见。江天一色无纤尘，皎皎空中孤月轮。江畔何人初见月？江月何年初照人？人生代代无穷已，江月年年望相似。不知江月待何人，但见长江送流水。白云一片去悠悠，青枫浦上不胜愁。谁家今夜扁舟子，何处相思明月楼？可怜楼上月徘徊，应照离人妆镜台。玉户帘中卷不去，捣衣砧上拂还来。此时相望不相闻，愿逐月华流照君。鸿雁长飞光不度，鱼龙潜跃水成文。昨夜闲潭梦落花，可怜春半不还家。

江水流春去欲尽，江潭落月复西斜。斜月沉沉藏海雾，碣石潇湘[1]无限路。不知乘月几人归，落月摇情满江树。

〔1〕碣石，山名，见《禹贡》。潇湘，水名，见《山海经》。

高　适

字达夫，沧州人。举有道科，哥舒翰表为书记。翰兵败，奔赴行在，迁侍御史，历迁西川节度使。代宗时，封渤海县侯，卒谥曰忠。

燕歌行

汉家烟尘在东北，汉将辞家破残贼。男儿本自重横行，天子非常赐颜色。摐金伐鼓下榆关，[1]旌旗逶迤碣石间。校尉羽书飞瀚海，[2]单于猎火照狼山。[3]山川萧条极边土，胡骑凭陵杂风雨。战士军前半死生，美人帐下犹歌舞。大漠穷秋塞草衰，孤城落日斗兵稀。身当恩遇常轻敌，力尽关山未解围。铁衣远戍辛勤久，玉箸应啼别离后。少妇城南欲断肠，征人蓟北[4]空回首。边风飘飘那可度，绝城苍茫更何有！杀气三日作阵云，寒声一夜传刁斗。[5]相看白刃血纷纷，死节从来岂愿勋！君不见沙场征战苦，至今犹忆李将军？[6]

〔1〕抝，音窗，撞也，司马相如赋："抝金鼓，吹鸣籁。"榆关，即今山海关。

〔2〕瀚海，沙漠也。唐时置瀚海都督府。

〔3〕狼山，外蒙古狼居胥山，亦曰狼山。唐置狼山州，属燕然都护府。

〔4〕蓟北，蓟州以北。唐置蓟州，为渔阳郡治。

〔5〕刁斗，古行军用具，夜鸣之以警众报时者，尽犹更鼓也。

〔6〕李将军，谓李广，广爱惜士卒，故云。

李　颀

东川人，开元中进士，官新乡尉。

从军行

《从军行》，为清商平调。《古今乐录》曰："《从军行》，王僧虔云，荀录所载左延年《苦哉》一篇，今不传。"《乐府解题》曰："《从军行》，皆军旅苦辛之辞。"

白日登山望烽火，昏黄饮马傍交河。[1]行人刁斗风砂暗，公主琵琶幽怨多。野营万里无人郭，雨雪纷纷连大漠。胡雁哀鸣夜夜飞，胡儿眼泪双双落。

闻道玉门[2]犹被遮，应将性命逐轻车。[3]年年战骨埋荒外，空见蒲萄入汉家。[4]

〔1〕交河，城名，故城在今新疆吐鲁番县治西二十里。唐置交河郡，属西州，尝建安西都护府于此。

〔2〕玉门，关名。《元和志》：“玉门故关，在龙勒县西，为西域门户。”按在今甘肃敦煌县西一百五十里阳关之西北。

〔3〕轻车，汉有轻车将军，李广曾拜斯职。

〔4〕此言以人命换塞外之物，失策甚矣。

王　维

字摩诘，河东人。开元九年，擢进士第一，官给事中，陷两都，为贼所得，服药佯瘖。贼平，官至尚书右丞。

洛阳女儿行

《乐府诗集》列于新乐府辞。

洛阳女儿对门居，才可容颜十五余。良人玉勒乘骢马，侍女金盘脍鲤鱼。画阁朱楼尽相望，桃红绿柳垂檐向。罗帷送上七香车，[1]宝扇迎归九华帐。[2]狂夫富贵在青春，意气骄奢剧季伦。[3]自怜碧玉[4]亲教舞，不惜珊瑚持与人。春窗曙灭九微火，[5]九微片片飞花琐。[6]戏罢曾无理曲时，妆成只是熏香坐。城中相识尽繁华，日夜经过赵李家。谁怜越女颜如玉，贫贱江头自浣纱？[7]

〔1〕七香车，言车之华贵也。魏武帝与杨彪书："今赠足下画轮四望通幰七香车二乘。"

〔2〕九华，古人以华彩为宫室及器物之饰，谓之九华，九言其繁多也。

〔3〕季伦，石崇字。崇，晋南皮人，以航海致富，与王恺、羊琇之徒奢靡相尚。

〔4〕碧玉，谓美色也。乐府有《碧玉歌》，则系人名。

〔5〕九微，灯名。周弘让诗："灯色九微清。"

〔6〕琐，同琐。句谓灯花飞翻也。

〔7〕越女浣纱，谓西施，喻君子之不遇也。

桃源行

《乐府诗集》列于新乐府辞。陶潜《桃花源记》曰："晋太元中，武陵人，沿溪捕鱼，忽逢桃花林，夹岸数百步，中无杂树，芳草鲜美，落英缤纷，渔人甚异之。复前行，林尽水源，得一山，山有小口，仿佛若有光。乃舍船而入，初才通人，行数十步，豁然开朗，土地平旷，屋舍俨然，有良田美池桑竹之属。阡陌交通，鸡犬相闻。其中往来种作，男女衣着，悉如外人。黄发垂髫，怡然自乐。见渔人，乃大惊，问所从来，便邀还家，为设酒杀鸡作食，自云：‘先世避秦乱。率妻子邑人来此，不复出，遂与外人隔绝。’问今何世，以不知有汉，无论魏晋。渔人为具言，皆惋叹。停数日，辞去。此中人语：‘不足为外人道也。’既出，得船，复由向路，处处志之。其后欲往，迷不复得路云。”

渔舟逐水爱山春，两岸桃花夹古津。坐看红树不知远，行尽清溪忽值人。[1]山口潜行始隈隩，山开旷望旋平陆。遥看一处攒云树，近入千家散花竹。樵客初传汉姓名，居人未改秦衣服。居人共住武陵源，还从物外起田园。月明松下房栊静，日出云中鸡犬喧。惊闻俗客争来集，竞引还家问都邑。平明闾巷扫花开，薄暮渔樵乘水入。初因避地去人间，更问神仙[2]遂不还。峡里谁知有人事，世中遥望空云山。不疑灵境难闻见，尘心未尽思乡县。出洞无论隔山水，辞家终拟长游衍。自谓经过旧不迷，安知峰壑今来变。当时只记入山深，清溪几度到云林。春来遍是桃花水，不辨仙源何处寻。

〔1〕忽值人，一作“不见人”。

〔2〕更问神仙，一作“及至成仙”。

渭城曲

《乐府诗集》列于近代曲辞。《乐府诗集》曰:“《渭城》,一曰《阳关》,王维之所作也。本送人使安西诗,后遂被于歌。刘禹锡与歌者诗云‘旧人唯有何戡在,更与殷勤唱谓城’,白居易对酒诗云‘相逢且莫推辞醉,听唱阳关第四声’。阳关第四声,即‘劝君更尽一杯酒,西出阳关无故人’也。《渭城》《阳关》之名盖因辞云。”

渭城[1]朝雨浥轻尘,客舍青青柳色新。劝君更尽一杯酒,西出阳关[2]无故人!

〔1〕渭城,地名。故城在陕西长安县西。

〔2〕阳关,古关名。在今甘肃敦煌县西南一百三十里党河之西。《元和志》:“以居玉门关之南,故曰阳关。”此为出塞必经之地。

崔 颢

汴州人,开元进士,官司勋外郎。

长干曲 四首录二

《长干曲》,为乐府杂曲,古辞存,见前。

君家定何处?妾住在横塘。[1]停舟暂借问,或

渭城曲

恐是同乡。

家临九江水，[2]去来九江侧。同是长干[3]人，生小不相识。[4]

〔1〕横塘，在今江苏江宁县西南。吴时自江口缘淮筑堤，谓之横塘。

〔2〕九江，谓大江于荆州界分而为九，故曰九江。秦汉置九江郡，唐改为浔阳，即今江西九江县治。

〔3〕长干，在今江宁县境，与横塘相近。

〔4〕第二首系答前问。

王昌龄

字少伯，江宁人，第进士，又中宏词科，官汜水尉；以不矜细行，贬龙标尉。

出　塞

《出塞》为乐府横吹，古辞亡。《晋书·乐志》曰："《出塞》《入塞》曲，李延年造。"曹嘉之晋书曰："刘畴尝避乱坞壁，贾胡百数欲害之，畴无惧色，援笳而吹之，为《出塞》《入塞》之声，以动其游客之思，于是群胡皆垂泣而去。"《乐府诗集》曰："按《西京杂记》曰：'戚夫人善歌《出塞》《入塞》《望归》之曲。'则高帝时已有之，疑不起于延年也。唐又有《塞上》《塞下》曲，盖出于此。"

秦时明月汉时关，万里长征人未还。但使龙城飞将[1]在，不教胡马度阴山。[2]

〔1〕龙城，匈奴诸长大会祭天之处。飞将，谓李广，匈奴畏之，号曰飞将军。

〔2〕阴山在今绥远，横障漠北，古与匈奴以此为界。

王之涣

并州人，与王昌龄、高适唱和，名重于时。

出　塞

一作《凉州词》。《集异记》曰："之涣与王昌龄、高适饮，三人拥炉以观。俄有妙妓四辈奏乐，皆当时名部。三人私相语曰：'我辈各擅诗名，不定甲乙；今诸伶所讴，以诗多者为优。'初讴昌龄诗，次讴适诗，又次复讴昌龄诗；之涣指诸妓中最佳者曰：'待此子所唱，如非我诗，终身避席矣。'次至双鬟发声，果讴'黄河远上'云云，因大谐笑。诸令诣问，因语之；乃竞拜，乞就筵席。"

黄河远上白云间，一片孤城万仞山。羌笛何须怨杨柳，春风不度玉门关。

李　白

字太白，蜀人，或谓陇西成纪人，亦云山东人，天才奇特。游长安，贺知章见其文曰："谪仙人也。"言于明皇，召对金銮殿，诏供奉翰林。帝在沉香亭赏名花，召赋清平调三章，帝爱其才。因醉命高力士脱靴。力士耻之，摘诗中语激杨贵妃，妃谮于帝，赐金放还。安禄山反，永王璘辟为府僚，佐璘起兵。白逃回，璘败当诛。先是，尝救郭子仪；至是，子仪请解官以赎，诏长流夜郎。赦还，客当涂令李阳冰所。代宗立，以左拾遗召，而白已卒矣。沈德潜曰："太白七言古想落天外，局自变生。大江无风，波浪自涌；白云从空，随风变灭。此殆天授，非人可及。"以下所选，略以作品先后为次。

蜀道难

《蜀道难》为清商瑟调。《古今乐录》曰："王僧虔《技录》有《蜀道难行》，今不歌。"《乐府解题》曰："《蜀道难》备言铜梁、玉垒之阻。与《蜀国弦》颇同。"《尚书谈录》曰："李白作《蜀道难》以罪严武。后陆畅谒韦南康皋于蜀郡，感韦之遇，遂反其词作《蜀道易》云：'蜀道易，易于履平地。'"《乐府诗集》曰："按铜梁、玉垒，在蜀郡西南，今永康是也，非入蜀道，失之远矣。"

噫吁嚱！[1]危乎高哉！蜀道之难难于上青天！

蚕丛及鱼凫，开国何茫然！[2]尔来四万八千岁，不与秦塞通人烟。[3]

西当太白有鸟道，[4]可以横绝峨眉[5]颠。地崩山摧壮士死，[6]然后天梯石栈相钩连。[7]上有六龙回日之高标，[8]下有行波逆折[9]之回川。黄鹤[10]之飞尚不得过，猿猱欲度愁攀缘。

青泥何盘盘，[11]百步九折萦岩峦。扪参历井仰胁息，[12]以手抚膺坐长叹。

问君西游何时还？畏途巉岩不可攀。但见悲鸟号古木，雄飞雌从绕林间。又闻子规[13]啼夜月，愁空山。蜀道之难难于上青天，使人听此凋朱颜。

连峰去天不盈尺，枯松倒挂倚绝壁。飞湍瀑流争喧豗，[14]砯[15]崖转石万壑雷。其险也若此，嗟尔远道之人胡为乎来哉！

剑阁[16]峥嵘而崔嵬，一夫当关万夫莫开。[17]所守或匪亲，化为狼与豺。[18]朝避猛虎，夕避长蛇，磨牙吮血，杀人如麻。锦城[19]虽云乐，不如早还家。蜀道之难难于上青天，侧身西望长咨嗟！

〔1〕噫吁嚱，皆叹声。蜀人见物惊异，辄曰："噫吁嚱。"

〔2〕传说蜀地古初有蚕丛、鱼凫二王，蚕丛纵目，鱼凫得仙。扬雄《蜀王本纪》："蜀王之先，名蚕丛、析灌、鱼凫、蒲泽、开明……从开明上至蚕丛，积三万四千岁。"

〔3〕秦惠王二十七年，使张仪筑都城，后置蜀郡，以李冰为守，蜀人始通中国。

〔4〕大白，山名，在今陕西郿县东南。鸟道，谓其险绝兽犹无蹊，特上有飞鸟之道耳。

〔5〕峨眉，山名，在四川峨眉县西南。两山相对如峨眉，故又名蛾眉。

〔6〕《华阳国志》："秦惠王知蜀王好色，许嫁五女于蜀。蜀王遣五丁迎之。还到梓潼，见一大蛇入穴中。一人揽其尾制之，不禁，至五人相助，大呼拽蛇。山崩，压杀五人及秦五女并将从。"

〔7〕天梯，谓崎岖之山路。石栈，即栈道。谓险绝之处，傍山架木，以通道路者。

〔8〕《淮南子注》："日乘车，驾以六龙。羲和御之。日至此（悬车）而薄于虞泉。羲和至此而回六螭。"高标，谓蜀山之最高而为一方之标识者。

〔9〕逆折，旋回也。《上林赋》："横流逆折。"

〔10〕黄鹤，飞之至高者，猿猱，最便捷者，尚不得度，其险绝可知矣。

〔11〕青泥岭，在沔州长举县（今峡西沔县）西北五十里，悬崖万仞，上多云雨（《舆地广记》）。盘盘，屈曲貌。

〔12〕参、井，皆宿名，参为蜀之分野，井为秦之分野。青泥岭乃自秦人之路故，举二方分野之星相聊者言之。扪参历井者，谓仰视天星，去人不远，若可以手扪及之，极言其岭之高也。胁息，谓屏气鼻不敢息也。

〔13〕子规，即杜鹃，蜀中最多，春暮即鸣，夜啼达旦，声甚哀切，闻者凄恻。

〔14〕豗，音灰，哄声也。

〔15〕砯，音烹，水击岩之声也。

〔16〕剑阁，即大小剑山。大剑山在四川剑阁县北，小剑山与之相连。《水经注》："小剑戍北西去大剑山三十里，连山绝崄，飞阁通衢，故谓之剑阁也。"

〔17〕张载《剑阁铭》："一人险，万夫趦趄。"

〔18〕谓守阁者任非其人，如豺狼之反噬也，《剑阁铭》："形胜之地，匪亲勿居。"

〔19〕锦城，即锦官城，在今四川成都县南，后人泛称成都城为锦城。

战城南

《战城南》为鼓吹铙歌十八曲之一，古辞存，见上编。

去年战，桑乾源；〔1〕今年战，葱河道。〔2〕洗兵条支〔3〕海上波，放马天山〔4〕雪中草。万里长征战，三军尽衰老。

匈奴以杀戮为耕作，〔5〕古来惟见白骨黄沙田。秦家筑城避胡处，〔6〕汉家还有烽火燃。〔7〕

烽火燃不息，征战无已时。野战格〔8〕斗死，败马号鸣向天悲。乌鸢〔9〕啄人肠，衔飞上挂枯树枝。士卒涂草莽，将军空尔为。乃知兵者是凶器，圣人不得已而用之。[10]

〔1〕桑乾河，源出山西马邑县，今名永定河。《唐书·王忠嗣传》："天宝元年，北讨奚契丹，战桑乾河，三遇三克。"乾音干。

〔2〕葱河，即葱岭河，有南北二河，南曰叶尔羌，北曰喀什噶尔。《唐书·李嗣业传》："初讨勃律，通道葱岭。"

〔3〕条支，西域国名。《汉书》："条支国临西海。"在今亚洲西部底格里斯与幼发拉底两河之间。

〔4〕天山，一名雪山，在新疆境内。

〔5〕王褒《四子讲德论》："匈奴，百蛮之最强者也，其耒耜则弓矢鞍马，播种则捍颜掌拊，秋收则奔狐驰兔，获刈则颠倒殪仆。"此谓"以杀戮为耕作"，盖本于此。

〔6〕句谓秦始皇筑长城以拒匈奴。

〔7〕汉文帝时，匈奴犯边，烽火通甘泉宫。

〔8〕相拒而杀之曰格。

〔9〕鸢，鸷鸟也，嗜食腐败之肉。

〔10〕《六韬》："圣人号兵为凶器，不得已而用之。"

将进酒

《将进酒》为鼓吹铙歌十八曲之一，古辞存，本书未选。古辞曰"将进酒，乘大白"，大略以饮酒放歌为言。

君不见？ 黄河之水天上来，奔流到海不复回。君不见？ 高堂明镜悲白发，朝如青丝暮成雪。 人生得意须尽欢，莫使金樽空对月。

天生我材必有用，千金散尽还复来。烹羊宰牛且为乐，会须一饮三百杯。〔1〕

岑夫子，丹丘生，〔2〕将进酒，君莫停。与君歌一曲，请君为我倾耳听。

钟鼓馔玉不足贵，但愿长醉不用醒。古来圣贤皆寂寞，惟有饮者留其名。

陈王昔时宴平乐，斗酒十千恣欢谑。〔3〕主人何为言少钱？径须沽取对君酌。

五花马，千金裘，〔4〕呼儿将出换美酒，与尔同销万古愁。

〔1〕陈暄与兄子秀书："郑康成一饮三百杯，吾不以为多。"

〔2〕岑夫子，即集中所称岑徵君是；丹丘生，即集中所称元丹丘是；皆太白好友也。

〔3〕陈王，曹植也。植以太和六年封为陈王。其所作《名都篇》有曰："归来宴平乐，美酒斗十千。"李善注："平乐，酒名。"

〔4〕五花马，谓马之毛色作五花文者。《史记》："孟尝君有一狐白裘，值千金，天下无双。"

行路难　三首

金樽清酒斗十千，〔1〕玉盘珍羞直万钱。〔2〕停杯投箸不能食，拔剑四顾心茫然。欲渡黄河冰塞川，将登太行[3]雪满山。[4]闲来垂钓碧溪上，忽复乘舟梦日边。[5]

行路难，行路难！多歧路，[6]今安在？长风破浪[7]会有时，直挂云帆济沧海。

〔1〕曹植诗："美酒斗十千。"

〔2〕《北史》："韩晋明……一席之费，动至万钱。"

〔3〕太行，今地学家以汾河以东，碣石以西，长城黄河之间诸山为太行山脉。

〔4〕鲍照《舞鹤赋》："冰塞长川，雪满群山。"

〔5〕日边，喻君侧。《宋书》："伊挚将应汤命，梦乘船过日月之旁。"

〔6〕《列子》："杨子之邻人亡羊，既率其党，又请杨子之竖追之。杨子曰：亡一羊，何追者之众？邻人曰：多歧路。"

〔7〕《宋书》："宗悫……愿乘长风，破万里浪。"

大道如青天，我独不得出。羞逐长安社[1]中儿，赤鸡白狗赌梨栗。弹剑作歌奏苦声，[2]曳裾王门不称情。[3]淮阴市井笑韩信，[4]汉朝公卿忌贾生。[5]

君不见？昔时燕家重郭隗，[6]拥篲折节无嫌猜。[7]剧辛乐毅感恩分，输肝剖胆效英才。[8]昭王白

骨萦蔓草，谁人更扫黄金台？〔9〕

行路难，归去来！

〔1〕长安，唐之京都，今陕西省治。二十五家为一社。

〔2〕《国策》："冯煖弹其剑而歌曰：'长铗归来乎！食无鱼！'"

〔3〕《汉书》："邹阳曰：饰固陋之心，则何王之门不可曳长裾乎？"

〔4〕《史记》："韩信，淮阴人，屠中少年有侮信者。……信俯出跨下蒲伏。市人皆笑信以为怯。"

〔5〕贾生，贾谊也。《史记》："天子议以贾生任公卿之位。绛、灌、东阳侯、冯敬之属尽害之，乃短贾生。"

〔6〕《史记》："燕明王即位，卑身厚币以招贤者。……郭隗曰：'王必欲致士，先从隗始。'……于是昭王为隗改筑宫而师事之。乐毅自魏往，……剧辛自赵往。"

〔7〕《史记》："邹衍如燕，燕昭王拥篲先驱。"篲，帚也。为之扫地，以衣袂拥帚而却行，恐尘埃之及其长者，所以为敬也。折节，屈折肢节也。亦敬之意。

〔8〕见注〔6〕。

〔9〕黄金台，在易水（出今河北易县）东南十八里。燕昭王置千金于台上，以延天下之士。

有耳莫洗颍川水，〔1〕有口莫食首阳蕨。〔2〕含光混世贵无名，何用孤高比云月？

吾观自古贤达人，功成不退皆殒身。子胥既弃吴江上，〔3〕屈原终投湘水滨。〔4〕陆机雄才岂自保？〔5〕李斯税驾苦不早。〔6〕华亭鹤唳讵可闻？〔7〕上蔡苍鹰何足道？〔8〕

君不见？吴中张翰称达生，秋风忽忆江东行。且乐生前一杯酒，何须身后千载名！〔9〕

〔1〕《高士传》："许由耕于中岳颖水之阳，箕山之下，尧召为九州长，由不欲，闻之，洗耳于颍水滨。"

〔2〕《史记》："伯夷叔齐不食周粟，隐于首阳山，采薇而食之。"索隐："薇，蕨也。"

〔3〕《吴越春秋》："吴王闻子胥之怨恨也，乃使人赐属镂之剑。子胥伏剑而死。吴王取子胥之尸……投之江中。"

〔4〕屈原以忠见斥，于五月五日自投汨罗而死。汨罗西流入湘水。

〔5〕《晋书》："陆机，字士衡，有异才。……成都王颖起兵讨长沙王乂，假陆机后将军河北大都督中郎将。……战于鹿苑，机军大败。宦人孟玖谮机于颖，言有异志。颖怒，……密收机。机叹曰：'华亭鹤唳，岂可复闻乎？'遂遇害。"

〔6〕秦二世听赵高之谮，论李斯腰斩，斯临刑谓其中子曰："吾欲与若复牵黄犬出上蔡东门逐狡兔，岂可得乎？"遂父子相哭而夷三族。税驾，犹解驾，言休息也。

〔7〕华亭，即今江苏松江县西之平原村，陆机故宅在其侧。《语林》："机为河北都督，闻警角之声，谓孙丞曰：'闻此不如华亭鹤唳。'故临刑有此叹。"参看注〔5〕。

〔8〕《太平御览》引《史记》曰："李斯临刑，思牵黄犬臂苍鹰出上蔡（今河南

上蔡县)东门,不可得矣。”考今本《史记·李斯传》中无“臂苍鹰”字,而太白诗中属用其事,当另有所本。

〔9〕《晋书》:“张翰,字季鹰,吴郡吴人也。……齐王冏辟为大司马东曹掾。……翰因见秋风起,乃思吴中菰菜、莼羹、鲈鱼脍,曰:‘人生贵得适志,何能羁宦数千里以要名爵乎!’遂命驾而归。……翰任心自适,不求当世。或谓之曰:‘卿乃可纵适一时,独不为身后名耶?’答曰:‘使我有身后名,不如即时一杯酒。’时人贵其旷达。”

长相思　三首录一

《乐府诗集》列于杂曲。《乐府诗集》曰:古诗曰:“客从远方来,遗我一书札。上言长相思,下言久离别。”李陵诗曰:“行人难久留,各言长相思。”苏武诗曰:“生当复来归,死当长相思。”长者,久远之辞,言行人久戍,寄书以遗所思也。古诗又曰:“客从远方来,遗我一端绮。文彩双鸳鸯,裁为合欢被。着以长相思,缘以结不解。”谓被中着绵,以致相思绵绵之意,故曰“长相思”也。按《乐府》首录梁昭明太子辞,本编未选。

长相思,在长安。络纬秋啼金井阑,〔1〕微霜凄凄簟色寒。孤灯不明思欲绝,卷帷望月空长叹,美人如花隔云端。上有青冥之高天,下有渌水之波澜。天长路远魂飞苦,梦魂不到关山难。长相思,摧心肝！

〔1〕络纬，虫名，俗谓之纺织娘。金井阑，井上阑干也。古乐府多有玉床金井之辞，盖言其木石美丽，价值金玉云耳。

长干行

妾发初覆额，折花门前剧。〔1〕郎骑竹马来，绕床弄青梅。同居长干里，两小无嫌猜。

十四为君妇，羞颜未尝开。低头向暗壁，千唤不一回。

十五始展眉，愿同尘与灰。〔2〕常存抱柱信，〔3〕岂上望夫台？〔4〕

十六君远行，瞿塘滟滪堆。〔5〕五月不可触，〔6〕猿声天上哀。〔7〕门前旧行迹，一一生绿苔。

苔深不能扫，落叶秋风早。八月蝴蝶飞，双飞西园草。感此伤妾心，坐愁红颜老。

早晚下三巴，〔8〕预将书报家。相迎不道远，直至长风沙。〔9〕

〔1〕剧，戏也。

〔2〕尘与灰，喻和合不分也。

〔3〕《庄子·盗跖篇》："尾生与女子期于梁下，女子不来，水至不去，抱柱而死。"

〔4〕望夫台，在今四川忠县南十里。

〔5〕瞿塘，峡名，在夔州（今四川奉节县）东十三里，滟滪堆正当其口。

〔6〕言五月水涨时不可行船也。古乐府："滟滪大如服，瞿塘不可触。"

〔7〕《荆州记》："渔者歌曰：'巴东三峡巫峡长，猿鸣三声泪沾裳。'"

〔8〕三巴，谓巴郡（今巴县）、巴东（今奉节）、巴西（今合川）也。

〔9〕长风沙，在今安徽怀宁县东一百九十里。自江宁至长风沙七百里，而往迎其夫，其言其远也。

清平调　三首

《乐府诗集》列于近代曲。《松窗录》曰："开元中，禁中重木芍药会。花方繁开，帝乘照夜，白太真妃以步辇从。李龟年以歌擅一时之名。帝曰：'赏名花，对妃子，焉用旧乐辞为！'遂命李白作《清平调》辞三章，令梨园弟子略抚丝竹以促歌，帝自调玉笛以倚曲。"

云想衣裳花想容，春风拂槛露华浓。若非群玉山头见，会向瑶台月下逢。〔1〕

〔1〕《山海经》："玉山是西王母所居也。"《穆天子传》谓之群玉之山。《楚辞》："望瑶台之偃蹇兮，见有娀之佚女。"王逸注："有娀国名；佚，姜

也，谓帝喾之妃契母简狄也。”按此盖以西王母帝喾妃此太真也。

一枝红艳露凝香，云雨巫山[1]枉断肠。借问汉宫谁得似？可怜飞燕[2]倚新妆！

〔1〕宋玉《高唐赋》：“昔者先王尝游高唐，怠而昼寝，梦见一妇人，曰：‘妾巫山之女也，为高唐之客，闻君游高唐，愿荐枕席。’王因幸之。去而辞曰：‘妾在巫山之阳，高丘之阻；朝为行云，暮为行雨。’”

〔2〕飞燕，赵氏，汉成帝宫人，以体轻号曰飞燕，后立为后。

名花倾国[1]两相欢，长得君王带笑看。解释春风无限恨，沉香亭[2]北倚阑干。

〔1〕名花，指木芍药，即今牡丹。倾国，指太真妃。

〔2〕沉香亭，以沉香为之，如柏梁台以香柏为之也。

子夜四时歌　四首

《子夜四时歌》为清商吴声，古辞存，见上编。

秦地罗敷女，[1]采桑绿水边。素手青条上，红妆白日鲜。蚕饥妾欲去，五马莫留连。

〔1〕罗敷，注见上编相和大曲《陌上桑》。

镜湖[1]三百里，菡萏[2]发荷花。五月西施采，人看隘若耶。[3]回舟不待月，归去越王家。

〔1〕镜湖，在今浙江绍兴县南，一名鉴湖。绍兴，古越地也。

〔2〕菡萏，荷花未发也。

〔3〕若耶，溪名，在今绍兴县东南，北流与镜湖合，相传西施采莲之所也。

长安一片月，万户捣衣声。秋风吹不尽，总是玉关[1]情。何日平胡虏，良人[2]罢远征？

〔1〕玉关，见本编李颀《从军行》注。

〔2〕良人，妻谓夫曰良人。

明朝驿使[1]发，一夜絮[2]征袍。素手抽针冷，那堪把剪刀？裁缝寄远道，几日到临洮？[3]

〔1〕古以驿马通信，故谓寄信之人曰驿使。

〔2〕絮，以棉絮入衣也。

〔3〕临洮，今甘肃临潭县，唐时为郡，置“莫军门”“神策军”。

横江词　六首

《乐府诗集》列于新乐府词。横江在安徽和县东南，对江南之采石，为津渡处。

人言横江好，侬道横江恶。一风三日吹倒山，白浪高于瓦官阁。[1]

〔1〕瓦官阁，即瓦官寺，在江宁之西南，乃梁时所建，高二百四十尺，南唐时犹存。

海潮南去过寻阳，[1]牛渚由来险马当。[2]横江欲渡风波恶，一水牵愁万里长。

〔1〕寻阳，在今江西九江县。长江至此向东北行，故言海潮南去。

〔2〕牛渚山，在今安徽当涂县西北二十里，与横江相对。马当山在江西彭泽县东北四十里，险马当，谓险于马当也。

横江西望阻西秦，汉水东连扬子津。[1]白浪如山那可渡？狂风愁杀峭帆[2]人。

〔1〕汉水源出陕西嶓冢山，东南流至汉口与岷江合流，东至旧扬州为扬子江入海，扬子津在今江苏江都县南，是往来横渡处。

〔2〕峭帆，急帆也。

海神来过恶风回，浪打天门[1]石壁开。浙江八月何如此？涛似连山喷雪来。[2]

〔1〕天门山，在安徽当涂县西南三十里，夹大江对峙，东曰博望，西曰

梁山。

〔2〕浙江至旧钱塘县境曰钱塘江，两岸有龛赭二山，南北对峙如门。潮汐为两山所束，其势如山，八月望日，午潮尤甚。

横江馆[1]前津吏[2]迎，向余东指海云生。郎今欲度缘何事？如此风波不可行！

〔1〕横江馆，采石津之官舍也。

〔2〕津吏，掌舟梁之事者。

月晕天风[1]雾不开，海鲸东蹙百川回。惊波一起三山[2]动，公无渡河[3]归去来！

〔1〕古语："月晕而风，础润而雨。"

〔2〕三山，在江苏江宁县东南。山有三峰，南北相接，故名三山。

〔3〕古乐府："公无渡河，公竟渡河！"

杜　甫

字子美，襄阳人。举进士不第。天宝末，献三大礼赋，授京兆府兵曹参军。禄山乱，肃宗即位灵武，甫自京师西谒行在，拜右拾遗。房琯兵败贬官，甫救之，拜为华州司功参军。客秦州，流落剑南，严武表为参谋工部员外郎。武卒，游东蜀，往依高适。适旅卒，自是数遭寇乱，以舟为居，耒阳聂令迎归署中，一夕而卒，年五十九。以下所选，略以作品先后为次。

兵车行

《乐府诗集》列于新乐府辞。

车辚辚，马萧萧，行人弓箭各在腰。爷娘妻子走相送，尘埃不见咸阳桥。[1]牵衣顿足拦道哭，哭声直上干云霄。

道傍过者问行人，行人但云点行频。或从十五北防河，[2]便至四十西营田。[3]去时里正与裹头，归来头白还戍边。边亭流血成海水，武皇[4]开边意未已。君不闻？——汉家山东二百州，[5]千村万落生荆杞。纵有健妇把锄犁，禾生陇亩无东西。况复秦兵耐苦战，被驱不异犬与鸡。

长者虽有问，役夫敢申恨？且如今年冬，未休关西[6]卒。县官急索租，租税从何出？信知生男恶，反是生女好。生女犹得嫁比邻，生男埋没随百草。

君不见——青海[7]头，古来白骨无人收。新鬼烦冤旧鬼哭，天阴雨湿声啾啾。

〔1〕咸阳桥，即中渭桥。《长安志》："中渭桥在咸阳东南二十里，贯渭水上。"

〔2〕开元中，吐蕃侵扰河右，以陇右、河西、关中等处兵十余万防之，故曰防河。

〔3〕唐开军府以捍要冲，因隙地以置营田，有警则以军若夫千人助役。见《旧唐书·食货志》。

〔4〕唐人诗称明皇多云武皇。王昌龄诗："白马金鞍从武皇。"

〔5〕山东，谓太行山以东之地。《十道四蕃志》："关以东七道，凡二百一十一州。"

〔6〕《通鉴》："天宝九载十二月，关西游奕使王难得击吐蕃，克五桥，拔树敦城。"此云"今年冬"，或即指此。

〔7〕《旧唐书》："吐谷浑有青海，周国八九百里。"按此青海，系指今青海境内之大湖而言。

前出塞　九首

天宝末，哥舒翰贪功于吐蕃，乃征秦陇之兵赴交河。此诗即为此而作。

戚戚去故里，悠悠赴交河。〔1〕公家有程期，〔2〕亡命婴祸罗。〔3〕君已富土境，开边一何多。弃绝父母恩，吞声行负戈。

〔1〕交河，见本编李颀《从军行》注。

〔2〕程期，谓程限期会也。

〔3〕婴，触也。祸罗，灾祸网罗也。

出门日已远，不受徒为旅欺。骨肉恩岂断？男儿死无时。走马脱辔头，手中挑青丝。捷下万仞冈，俯身试搴旗。

磨刀呜咽水，〔1〕水赤刃伤手。欲轻肠断声，心绪乱已久。丈夫誓许国，愤惋复何有？功名图麒麟，〔2〕战骨当速朽。

〔1〕呜咽水，谓陇水也。《三秦纪》引俗歌："陇头流水，鸣声幽咽。遥望秦川，肝肠断绝。"

〔2〕麒麟，阁名，汉时图画功臣者也。《汉书》："甘露三年，图画霍光等一十八人于麒麟阁。"

送徒既有长，〔1〕远戍亦有身。生死向前去，不劳吏怒嗔。路逢相识人，附书与六亲。〔2〕哀哉两决绝，不复同苦辛！

〔1〕长，读上声，谓遣送徒役之吏也。

〔2〕六亲，谓父、母、兄、弟、妻、子也。

迢迢万余里，领我赴三军。军中异苦乐，主将宁尽闻？隔河见胡骑，倏忽数百群。我始为奴仆，几时树功勋？

挽弓当挽强，用箭当用长。射人先射马，擒贼先擒王。杀人亦有限，列国自有疆。苟能制侵陵，岂在多杀伤？

驱马天雨雪，军行入高山。径危抱寒石，指落曾[1]冰间。已去汉月远，何时筑城还？浮云暮南征，可望不可攀。

〔1〕曾，同层，重叠也，深厚也。

单于[1]寇我垒，百里风尘昏。雄剑[2]四五动，彼军为我奔。虏其名王[3]归，击颈授辕门。潜身备行列，一胜何足论！

〔1〕单于，音禅于，匈奴君长之称。

〔2〕《列士传》："楚王命莫邪铸双剑，邪留雄而以雌进。"

〔3〕《史记·匈奴列传》："虏名王、贵人以百数。"注："名王，谓有大名，以别于诸小王也。"

从军十年余，能无分寸功？众人贵苟得，[1]欲语羞雷同。[2]中原有斗争，况在狄与戎。丈夫四方，安可辞固穷？[3]

〔1〕《荀子》："名不贵苟得。"

〔2〕《礼》："毋剿说，毋雷同。"注："雷之发声，物无不同时应者。"

〔3〕《论语》："君子固穷，小人穷斯滥矣。"

丽人行

《乐府诗集》列于杂曲。本集朱注："此刺诸杨游宴曲江也。"

三月三日天气新，长安水边多丽人。[1]态浓意远淑且真，肌理细腻骨肉匀。绣罗衣裳照暮春，蹙金[2]孔雀银麒麟。头上何所有？翠为匐叶[3]垂鬓唇。背后何所见？珠压腰衱[4]稳称身。就中云幕椒房[5]亲，赐名大国虢与秦。[6]紫驼之峰出翠釜，[7]水精之盘行素鳞。犀箸[8]厌饫久未下，鸾刀缕切[9]空纷纶。黄门飞鞚[10]不动尘，御厨络绎送八珍。[11]箫鼓哀吟感鬼神，宾从杂遝实要津。[12]后来鞍马何逡巡，当轩下马入锦茵。杨花雪落覆白蘋，[13]青鸟飞去衔红巾。[14]炙手可热[15]势绝伦，

慎莫近前丞相嗔！〔16〕

〔1〕《旧唐书》："玄宗每年十月幸华清宫，国忠姊妹五家扈从。每家为一队，着一色衣；五家合队，照映如百花之焕发。遗钿坠舄，瑟瑟珠翠，灿烂芳馥于路。而国忠私于虢国，不避雄狐之刺。每入朝，或联镳方驾，不施帷幔。每三朝庆贺，五鼓待漏，靓装盈巷，蜡炬如昼。"幸华清事如此，度上巳修禊，亦必尔也。

〔2〕蹙金，谓以金线织衣，其纹绉缩者。

〔3〕《玉篇》："匐彩，妇人头花髻饰。"翠为匐叶者，言以翡翠为匐彩之叶也。匐，音盍。

〔4〕腰衱，裙腰也。以珠缀之，故曰珠压腰衱。衱，音劫。

〔5〕云幕、椒房，皆后宫之称。《西京杂记》："成帝设云幄、云帐、云幕于甘泉紫殿，世谓之三云殿。"《三辅黄图》："椒房殿在未央宫，以椒和泥涂壁。"

〔6〕《旧唐书》："太真有姊三人，并有才貌，并封国夫人之号。长曰大姨，封韩国，三姨封虢国，八姨封秦国。天宝七载，幸华清宫，同日拜命。"

〔7〕驼峰，食品也。《酉阳杂俎》："衣冠家名食，有将军曲良翰有驼峰羹。"

〔8〕犀箸，犀角之箸也。《酉阳杂俎》："明皇恩宠禄山，所赐之物，有……犀头匙箸。"

〔9〕鸾刀，刀环有铃者也。《西征赋》："飨人缕切，鸾刀若飞。"

〔10〕《明皇杂录》："虢国夫人出入禁中，常乘紫骢，使小黄门为御。"黄门，谓阉人在禁中给事者。鞚，马勒也。

〔11〕《新唐书》："帝所得奇珍及贡献分赐之，使者相衔于道，五家如一。"

〔12〕古诗："何不策高足，先据要路津。"

〔13〕《乐府诗集》："杨华有勇力，容貌雄伟，魏胡太后逼通之。华惧及祸，

乃率其部曲来降(于梁)。胡太后追思之不能已,为作《杨白花歌》。”其词曰:“杨白花,飘荡落南家。”又曰:“愿衔杨花入窠里。”此句杨花,盖用其事,隐寓刺意也。又《广雅》:“杨花入水化为蘋。”《尔雅翼》:“萍大者曰蘋。”

〔14〕此亦隐语。《山海经》:“三危之山,青鸟居之。”注:“主为西王母取食者。”沈约诗:“衔书必青鸟。”王勃《落花篇》:“罗袂红巾往复还。”

〔15〕炙手可热,喻势焰熏灼也。《唐语林》:“会昌中语曰:‘郑、杨、段、薛,炙水手热。’盖唐时长安市语如此。”

〔16〕丞相,谓杨国忠,国忠与虢国夫人乱,故有丞相嗔之语。

哀江头

《乐府诗集》列于新乐府辞。江头,谓曲江头。明皇与贵妃常游曲江。时长安已陷,作者身在贼中,睹江水江花哀思而作,故以《哀江头》名篇。

少陵野老[1]吞声哭,春日潜行曲江曲。江头宫殿[2]锁千门,细柳新蒲[3]为谁绿?

忆昔霓旌下南苑,[4]苑中万物生颜色。昭阳殿里第一人,[5]同辇随君侍君侧。辇前才人[6]带弓箭,白马嚼啮黄金勒。[7]翻身向天仰射云,一箭正坠双飞翼。

明眸皓齿今何在?血污游魂归不得。[8]清渭东流剑阁深，去往彼此无消息。[9]人生有情泪沾臆，江水江花岂终极？ 黄昏胡骑尘满城，欲往城南忘南北。[10]

〔1〕少陵野老，作者自称也。《雍录》："少陵原在长安县南四十里。"作者寓居于此。

〔2〕曲江南有紫楼，云芙蓉苑，西有杏园、慈恩寺。江头宫殿，指此。

〔3〕康骈《剧谈录》："曲江池入夏则菰蒲葱翠，柳阴四合，碧波红蕖，湛然可爱。"

〔4〕南苑，即芙蓉苑。

〔5〕昭阳殿，为汉时宫殿，飞燕所居。李白诗："汉宫谁第一？ 飞燕在昭阳。"指贵妃也。

〔6〕才人，宫内官名。《唐书·百官志》："内官才人七人，正四品。"

〔7〕《明皇杂录》："上幸华清池，贵妃姊妹各购名马，以黄金为衔勒。"

〔8〕《国史补》："玄宗幸蜀，至马嵬驿，缢贵妃于佛堂梨树之前。"

〔9〕清渭，为贵妃缢处。剑阁，为明皇入蜀所经之道。彼此无消息者，谓一死一生，更无见期也。

〔10〕言欲往城南（作者家在城南）而惶惑不记孰为南北也。

哀王孙

《乐府诗集》列于新乐府辞。此乱时见王孙颠沛而作也。《旧唐书》："天宝十五载六月九日，潼关不守。十二日凌晨，上自延秋门出，亲王、妃主、王孙以下，皆从之不及。"

长安城头头白乌，夜飞延秋门上呼。[1]又向人家啄大屋，屋底达官走避胡。[2]金鞭断折九马死，[3]骨肉不得同驰驱。

腰下宝玦青珊瑚，可怜王孙泣路隅。问之不肯道姓名，但道困苦乞为奴。已经百日窜荆棘，身上无有完肌肤。

“高帝子孙尽隆准，[4]龙种自与常人殊。豺狼在邑龙在野，王孙善保千金躯。不敢长语临交衢，且为王孙立斯须。

“昨夜东风吹血腥，东来橐驼满旧都。[5]朔方健儿好身手，昔何勇锐今何愚？[6]窃闻天子已传位，圣德北服南单于。[7]花门剺面[8]请雪耻，慎勿出口他人狙。[9]

“哀哉王孙慎勿疏！五陵佳气[10]无时无。”

〔1〕《长安志》：“苑中宫廷凡二十四所，西面二门，南曰延秋门。”

〔2〕言头白乌不祥之物；初号门上，故明皇出延秋门；又啄大屋，故朝官一时逃散。

〔3〕汉文帝自代来，有良马九匹（见《西京杂记》）。此谓明皇出奔之马。

〔4〕《汉书·高帝纪》：“帝隆准。”隆，高也。准，音拙，鼻也。

〔5〕《旧唐书·史思明传》：“禄山陷两京，以橐驼运御府珍宝于范阳。”旧都，谓长安。肃宗时在灵武，故号与长安为旧都。

〔6〕朔方健儿，指哥舒翰。时翰将河陇朔方兵及蕃兵共二十万守潼关拒贼，战败于灵宝，被执降贼。昔何勇锐者，言翰先曾立功于西域也。

〔7〕《旧唐书》："肃宗即位，九月，南幸彭原，遣使与回纥和亲。二载二月，其首领入朝。"南单于者，南匈奴首领之称也。

〔8〕花门即回纥。剺面，割面也。谓割面流血以示信。剺，音梨。

〔9〕狙，伺伏也。

〔10〕五陵佳气，谓中兴之象。《唐纪》："高祖葬献陵，太宗葬昭陵，高宗葬乾陵，中宗葬定陵，睿宗葬桥陵，是为五陵。"《汉书·光武纪》："苏伯阿至南阳，遥望舂陵，郭嗟曰：气佳哉！郁郁葱葱然。"

后出塞　五首

旧说《后出塞》为安禄山征东都之兵赴蓟门而作也。惟观第五首，则似作于禄山已反之后。

男儿生世间，及壮当封侯。战伐有功业，焉能守旧丘？召募赴蓟门，〔1〕军动不可留。千金买马鞍，百金装刀头。闾里送我行，亲戚拥道周。斑白居上列，酒酣进庶羞。〔2〕少年别有赠，含笑看吴钩。〔3〕

〔1〕古蓟门，唐时蓟州，今河北蓟县。

〔2〕庶羞，各种美味也。

〔3〕吴钩，刀名。含笑者，受而会意也。

朝进东门[1]营，暮上河阳[2]桥。落日照大旗，马鸣风萧萧。平沙列万幕，部伍各见招。中天悬明月，令严夜寂寥。悲笳数声动，壮士惨不骄。借问大将谁？恐是霍嫖姚。[3]

〔1〕东门，即上东门，洛阳东西门也。

〔2〕河阳，故城在今河南孟县。有浮桥，驾黄河为之，相传为晋时杜预所建。

〔3〕霍嫖姚，霍去病也。按此指安禄山。

古人重守边，今人重高勋。岂知英雄主，出师亘长云。六合已一家，四夷且孤军。遂使貔虎士，奋身勇所闻。拔剑击大荒，日收胡马群。[1]誓开玄冥北，[2]持以奉五君。

〔1〕《禄山事迹》："禄山包藏祸心，……蓄单于护真大马习战斗者数万匹。"

〔2〕玄冥，北方也，北方属水，故曰玄冥。

献凯日继踵，两蕃[1]静无虞。渔阳[2]豪侠地，击鼓吹笙竽。云帆转辽海，[3]粳稻来东吴。[4]越罗与楚练，照耀舆台躯。[5]主将位益崇，气骄凌上都。

边人不敢议，议者死路衢。[6]

〔1〕两蕃，谓奚与契丹。《新唐书·安禄山传》："天宝四载，奚、契丹叛，禄山起兵击之。八月，给契丹诸酋大置酒，毒焉。既酣，悉斩其首，献馘阙下。"《通鉴》："十三载四月，禄山奏击破奚、契丹，虏其王李日；越十四载四日，又奏破奚、契丹。"

〔2〕渔阳，唐郡，属幽州，今河北蓟县、平谷等地。

〔3〕辽海，即渤海。

〔4〕禄山镇范阳，江淮輓输，千里不绝。

〔5〕《新唐书》："十三载，禄山奏前后立功将士请超三资告身；于是超授将军五百人，中郎将三千余人。"

〔6〕主将，谓禄山。按《禄山事迹》："禄山……自归范阳，逆状渐露。使者至，称疾不见，严令士于前后，戒备而后见之，无复人臣之礼。……或言禄山反者，玄宗缚送禄山；道路相目，无敢言者。"

我本良家子，出师亦多门。将骄益愁思，身贵不足论。跃马二十年，恐辜明主恩。坐见幽州骑，长驱河洛昏。[1]中夜间道归，故里但空村。恶名幸脱免，穷老无儿孙。

〔1〕唐范阳属幽州，禄山反时，起兵于此，鼓行而西，河洛相继失陷。

顾　况

字逋翁，海盐人，与柳浑、李泌善。浑辅政，以校书征。泌为相，稍迁著作郎。坐诗语调谑，贬司户狱军。隐居茅山，以寿终。

短歌行　六首录五

城边路，今人犁田昔人墓。岸上沙，昔时江水今人家。今人昔人共长叹，四气相摧节回换。明月皎皎入华池，白云离离度清汉。

我欲升天天隔霄，我思渡水水无桥。我欲上山山路险，我欲汲井井泉遥。越人翠被今何夕？独立沙边江草碧。紫燕西飞欲寄书，白云何处逢来客？

新系青丝百尺绳，心在君家辘轳上。我心皎洁君不知，辘轳一转一惆怅。

何处春风吹晓暮，江南绿水通朱阁。美人二八面如花，泣向东风畏花落。

临春风，听春鸟。别时多，见时少。愁人夜永不得眠，瑶井玉绳相向晓。

孟　郊

字东野，武康人。年五十始成进士，为溧阳尉。韩愈极重之，荐于郑余庆，奏为参谋。未几卒。

游子吟

《乐府诗集》列于杂曲。汉苏武诗曰:“幸有弦歌曲,可以喻中怀。请为游子吟,泠泠一何悲!”即其所本。

慈母手中线,游子身上衣。临行密密缝,意恐迟迟归。谁言寸草心,报得三春晖![1]

〔1〕寸草春晖,言寸草以春晖而荣,喻父母子荫庇也。

出门行　二首

《乐府诗集》列于杂曲。

长河悠悠去无极,百龄同此可叹息。秋风白露沾人衣,壮心凋落夺颜色。少年出门将诉谁?川无梁兮路无歧。一闻陌上苦寒[1]奏,使我伫立惊且悲。君今得意厌粱肉,岂复念我贫贱时!

〔1〕魏武帝有《苦寒行》,见下编一。

海风萧萧天雨霜,穷愁独坐夜何长!驱车旧意

出门行（长河悠悠去无极）

太行[1]险，始知游子悲故乡。美人相思隔天阙，长望云端不可越。手持琅玕[2]欲有赠，爱而不见[3]心断绝。南山[4]峨峨白石烂，碧海之波浩漫漫。参辰出没不相待，[5]我欲横天无羽翰。[6]

〔1〕太行，山名。魏武帝《苦寒行》曰："北上太上山，艰哉何巍巍！"

〔2〕琅玕，石而似玉者也。

〔3〕《诗》："爱而不见，搔首踟蹰。"

〔4〕南山，即终南山，《诗》："节彼南山。"

〔5〕参辰，星名，谓流光易逝也。

〔6〕羽翰，羽翼也。

杂怨　三首录一

《杂怨》为清商楚调，原出古辞《怨诗行》。

夭桃[1]花清晨，游女红粉新。夭桃花薄暮，游女红粉故。树有百年花，人无一定颜。花送人老尽，人悲花自闲。

〔1〕夭桃，《诗》："桃之夭夭，灼灼其华。"

织妇词

《乐府诗集》列于新乐府辞。

夫是田中郎，妾是田中女。当年嫁得君，为君秉机杼。筋力日已疲，不息窗下机。如何织纨素，自着蓝缕[1]衣？官家榜村路，更索栽桑树。

〔1〕蓝缕，同褴褛。《方言》："布而无缘，敝而紩之，谓之褴褛。"

结爱曲

《乐府诗集》列于新乐府辞。

心心复心心，结爱务在深。一度欲离别，千回结衣襟。结妾独守志，结君早归意。始知结衣裳，不如结心肠。坐结行亦结，结尽百年月。

列女操

《乐府诗集》列于琴曲。《琴集》曰："楚樊姬作《列女引》。"亡。或其所本。

梧桐相待老，鸳鸯会双死。贞妇贵徇夫，舍生亦如此。波澜誓不起，妾心古井水。

张　籍

字文昌，和州人。贞元中，第进士，为太常太祝。昌黎荐之，官水部员外，以国子司业终。

北邙行

以下《乐府诗集》并列于新乐府辞。北邙，本山名，在河南洛阳县东北。后汉城阳王祉葬北邙，其后王侯公卿多葬此，故习用以为掩藏之地。

洛阳北门北邙道，丧车辚辚入秋草。车前齐唱薤露歌，〔1〕高坟新起白峨峨。朝朝暮暮长送葬，洛阳城中人更多。千金之碑高百尺，终作谁家柱下石。山头松柏半无主，地下白骨多于土。寒食家家送纸钱，〔2〕鸱鸢作窠衔上树。人居朝市未解愁，请看暂向北邙游。

〔1〕《薤露》，丧歌，见上编相和曲。

〔2〕寒食，《荆楚岁时记》："去冬节一百五日，即有疾风甚雨，谓之寒食。"按历，合在清明前二日后，以为扫墓之节，故曰"家家送纸钱"也。

节妇吟

君知妾有夫，赠妾双明珠。感君缠绵意，系在红罗襦。妾家高楼连苑起，良人执戟明光[1]里。知君用心如日月，事夫誓拟同生死。还君明珠双泪垂，何不相逢未嫁时！

〔1〕明光，汉宫殿名，在未央宫西。以金玉珠玑为帘箔，昼夜光明。见《三秦记》。执戟，谓殿前侍卫也。

山头鹿

山头鹿，角芟芟，尾促促。[1]贫儿多租输不足，夫死未葬儿在狱。旱日熬熬蒸野岗，禾黍不收无狱粮。县家唯忧少年食，谁能令尔无死伤！

〔1〕芟芟，音删删，未详何意，大约状角之凋败。促促，短貌。

各东西

游人别，一东复一西。出门相背两不返，唯信车轮与马蹄。道路悠悠不知处，山高海阔谁辛苦。远游不定难寄书，日日空寻别时语。浮云上天雨堕地，暂时会合终离异。我今与子非一身，安得死生不相弃？

湘江曲

湘水无潮秋水阔，湘中月落行人发。送人发，送人归，白蘋茫茫鹧鸪[1]飞。

〔1〕鹧鸪，鸟名。其鸣声如曰："行不得也哥哥！"

促促词

促促复促促，家贫夫妇欢不足。今年为人送租船，去年捕鱼在江边。家中姑老子复小，自执吴绢输税钱。家家桑麻满地黑，念君一身空努力！乍教牛蹄团团羊角直，君身长在应不得。[1]

〔1〕两句谓牛羊渐长，而夫身将老，无限悲慨也。

李　益

字君虞，姑臧人。成进士，官不达，刘济辟为从事，呈诗有"不上望京楼"句，宪宗召还，官集贤殿学士。后以礼部尚书终。

促促曲

促促何促促，黄河九回曲。嫁与棹船郎，空床将影宿。不道君心不如石，那教妾貌长如玉！

长干行

《乐府诗集》作李白辞。

忆昔深闺里，烟尘不曾识。嫁与长干人，沙头候风色。五月南风兴，思君下巴陵。〔1〕八月西风起，想君发扬子。〔2〕去来悲如何？见少别离多。湘潭〔3〕几日到？妾梦越风波。昨夜狂风度，吹折江头树。渺渺暗无边，行人在何处？好乘浮云骢，佳期兰渚〔4〕东。鸳鸯绿浦上，翡翠锦屏中。自怜十五余，颜色桃李红。那作商人妇，愁水复愁风！

〔1〕巴陵，县名，今湖南岳阳县。

〔2〕扬子，江名。唐代于扬子津渡江抵京口，后置扬子县于此，因称此处大江曰扬子江。即今江都、丹徒间之大江也。

〔3〕湘潭，县名，地当湘水之曲，利于泊舟。

〔4〕兰渚，未详何地。

李　端

赵州人，大历中进士，官杭州司马。

拜新月

《乐府诗集》列于近代曲辞。

开廉见新月，便即下阶拜。细语人不闻，北风吹裙带。

卢　仝

济源人，隐少室山，自号玉川子。博览工诗。征谏议不起。尝为《月蚀诗》，句多奇僻，韩愈称其工，后死甘露之变。

有所思

《有所思》，为鼓吹铙歌十八曲之一，古辞存，见上编。

当时我醉美人家，美人颜色娇如花。今日美人弃我去，青楼珠箔[1]天之涯。天涯娟娟常娥月，三五二八盈又缺。翠眉蝉鬓[2]生别离，一望不见心断绝。心断绝，几千里。梦中醉卧巫山[3]云，觉来泪滴湘江水。湘江两岸花木深，美人不见愁人心。含愁更奏绿绮琴，[4]调高弦绝无知音。美人兮美人，不知为暮雨兮为朝云。[5]相思一夜梅花发，忽到窗前疑是君。

〔1〕青楼，古乐府曰“大路起青楼”，曹植诗曰“青楼临大路”，皆指显贵之家。珠箔，即珠帘，《汉武故事》：“武帝起神室，以白珠织为箔。”

〔2〕蝉鬓，《古今注》：“魏文帝宫人莫琼树制蝉鬓，缥缈如蝉翼，故曰蝉鬓。”

〔3〕巫山，见李白《清平调》第二曲注〔1〕。

〔4〕绿绮琴，汉司马相如琴名。

〔5〕暮雨朝云，见上巫山注。

楼上女儿曲

《乐府诗集》列于新乐府辞。

谁家女儿楼上头，指麾婢子挂银钩。林花撩乱心之愁，卷却罗袖弹箜篌。[1]箜篌历乱五六弦，罗袖掩面啼向天。相思弦断情不断，落花纷纷心欲穿。

心欲穿，凭阑干，相忆柳条线，想思锦帐寒。直缘感君恩爱一回顾，使我双泪长珊珊。[2]我有娇靥待君笑，我有娇蛾[3]待君扫。莺花[4]烂漫君不来，及至君来花已老。心肠寸断谁得知，玉阶幂历[5]生青草。

〔1〕箜篌，见上编杂曲《孔雀东南飞》注。

〔2〕珊珊，玉佩声。此状泪之落，应作潸潸。

〔3〕蛾，谓蛾眉。诸刻作娥，误。

〔4〕鸾花，谓春时景物，可资玩赏者也。

〔5〕幂历，分布覆被之貌。左思赋：“幂历江海之流。”

刘禹锡

字梦得，彭城人。始附王叔文，擢度支员外郎。宪宗立，叔文败，梦得贬连州。后召还，出刺播州，易连州，易夔州、和州，入为主客郎，进集贤学士。又出刺苏州。会昌时检校礼部尚书。

视刀环歌

《乐府诗集》列于新乐府辞。

常恨言语浅，不如人意深。今朝两相视，脉脉万重心。

泰娘歌

《乐府诗集》列于新乐府辞。刘禹锡歌序曰:“泰娘,本韦尚书家主讴者,初尚书为吴郡,得之;命乐工教以琵琶歌舞,尽得其技。后携之归京师;京师多善工,又捐去故技,授以新声。而泰娘颇见称于贵游间。元和初,尚书薨于东都,泰娘出居民间,久之,为蕲州刺史张愻所得。其后。愻坐事谪武陵郡;愻卒,泰娘无所归,地远无有知其容与艺者,故日抱乐器而哭,其音甚悲。禹锡闻之,乃作《泰娘歌》云。”

泰娘家本阊门〔1〕西,门前渌水环金堤。有时妆成好天气,走上皋桥〔2〕折花戏。

风流太守韦尚书,〔3〕路旁忽见停隼旟。〔4〕斗量明珠鸟传意,〔5〕绀幰迎入专城居。〔6〕

长鬟如云衣似雾,锦茵罗荐承轻步。舞学惊鸿〔7〕水榭春,歌传上客兰堂暮。

从郎西入帝城中,贵游簪组〔8〕香帘栊。低鬟缓视抱明月,纤指破拨生胡风。〔9〕

繁华一旦有消歇,题剑无光履声绝。〔10〕洛阳旧宅生草莱，杜陵[11]萧萧松柏哀。妆奁虫网厚如茧，博山[12]炉侧倾寒灰。

蕲州刺史张公子，[13]白马新到铜驼里。[14]自言买笑掷黄金，月堕云中从此始。[15]

安知鵩鸟坐隅飞，寂寞旅魂招不归。[16]秦嘉镜有前时结，[17]韩寿香销故箧衣。[18]

山城少人江水碧，断雁哀猿风雨夕。朱弦已绝为知音，云鬓未秋[19]私自惜。

举目风烟非旧时，梦寻归路多参差。如何将此千行泪，更洒湘江斑竹枝！[20]

〔1〕阊门在苏州，今江苏吴县。

〔2〕皋桥，在苏州阊门内。汉皋伯通居其侧，故名。

〔3〕韦尚书，谓韦应物。应物，京兆人，贞元中，尝为苏州刺史。

〔4〕隼旟，《周礼》“鸟隼为旟”，行军所建之旗，以进士卒也。此谓车马。

〔5〕鸟，谓青鸟，使者也。《汉武故事》：“七月七日，忽有青鸟，飞集殿前。东方朔曰：‘此西王母欲来。’有顷，王母至，三青鸟夹侍王母旁。”

〔6〕绀幰，天青色之车幔也。专城居，谓刺史之署，《陌上桑》：“四十专城居。”

〔7〕惊鸿，状舞态之轻举也。曹植赋：“翩若惊鸿，宛若游龙。”

〔8〕簪组，谓贵游之冠饰与缨绶。

〔9〕明月，谓琵琶。生胡风者，以琵琶传自西域也。

〔10〕题剑，剑端有玉饰之谓也。句言尚书之薨。

〔11〕〔12〕注并见前。

〔13〕蕲州，属湖北，今蕲春县。张公子名慜，字里未详。

〔14〕铜驼里，《洛阳记》："洛阳有铜驼街。"尚书薨于东都，即洛阳；铜驼里当在洛阳。

〔15〕句谓从此生涯惨淡，如月之堕于云中。

〔16〕鵩鸟夜为恶声，古以为不祥之鸟。《西京杂记》："贾谊在长沙，鵩鸟集其承尘。长沙俗以鵩鸟至人家，主人死。谊作《鵩鸟赋》，以遣忧累也。"两句谓公子谪武陵，卒。

〔17〕秦嘉，字士会，汉陇西人。为上郡掾，其妻徐淑寝疾还家，不获面别，赠之以诗。后复遗以书，兼赠明镜、宝钗、妙香、素琴。

〔18〕韩寿，字德真，晋堵阳人，美姿容。贾充辟以为掾，充女见而悦之，盗御赐西域奇香遗寿。充卒以女妻之。两句谓公子与泰娘情好甚笃，弥增物在人亡之痛也。

〔19〕云鬟未秋，谓鬟发未衰，年华犹少也。

〔20〕斑竹，又名湘妃竹。旧传舜崩苍梧，二妃追至，哭帝极哀，泪染于竹，故斑斑如泪痕。

竹枝　九首录四

《乐府诗集》列于近代曲辞。《乐府诗集》曰："《竹枝》本出于巴渝。唐贞元中，刘禹锡在沅湘，以俚歌鄙陋，乃依骚人《九歌》，作《竹枝》新词九章，教里中儿歌之，由是盛于贞元、元和之间。禹锡曰：《竹枝》，巴歈也。巴儿联歌，吹短笛，击鼓以赴节。歌者扬袂睢舞，其音协黄钟羽末，如吴声含思宛转，有淇濮之艳焉。”

山桃红花满上头，蜀江春水拍江流。花红易衰似郎意，水流无限似侬愁。

江上朱楼新雨晴，瀼西[1]春水縠纹生。桥东桥西好杨柳，人来人去唱歌行。

〔1〕瀼西，地名，在四川奉节县。

瞿塘[1]嘈嘈十二滩，此中道路古来难。长恨人心不如水，等闲平地起波澜。

〔1〕瞿塘，峡名，在四川奉节县东十三里，水势怒激，舟行甚险。

巫峡苍苍烟雨时，清猿啼在最高枝。[1]个里愁人肠自断，由来不是此声悲。

〔1〕巫峡，见李白《长干行》注〔7〕。

杨柳青青江水平，闻郎江上唱歌声。东边日出西边雨，道是无晴还有晴。[1]

〔1〕晴，谐情。

堤上行　三首录二

《乐府诗集》列于新乐府辞。《古今乐录》曰："清商西曲《襄阳乐》云：'朝发襄阳城，暮至大堤宿。大堤诸女儿，花艳惊郎目。'梁简文帝由是有《大堤曲》。"《乐府诗集》曰："《堤上行》，又因《大堤曲》而作也。"

酒旗相望大堤头，堤下连樯堤上楼。日暮行人争渡急，桨声幽轧满中流。

江南江北望烟波，入夜行人相应歌。桃叶[1]传情竹枝怨，水流无限月明多。

〔1〕桃叶，见上编清商吴声《桃叶歌》注。

踏歌行　四首录三

《乐府诗集》列于近代曲辞。歌辞亦云"大堤"，盖亦《堤上》之类也。

春江月出大堤平，堤上女郎连袂行。唱尽新词欢不见，红霞影树鹧鸪鸣。

桃蹊柳陌好经过，灯下妆成月下歌。为是襄王故宫地，至今犹是细腰多。〔1〕

〔1〕襄王，谓楚襄王。《后汉书》："楚王爱细腰，宫中多饿死。"

新词宛转递相传，振袖倾鬟风露前。月落乌啼云雨散，游童陌上拾花钿。

浪淘沙　九首录三

《乐府诗集》列于近代曲辞。此辞与后代《浪淘沙》词不同。禹锡又有《忆江南》《潇湘神》，后人列入词选，本书不录。

九曲黄河万里沙，浪淘风簸自天涯。如今直上银河去，同到牵牛织女家。

洛水桥边春日斜，碧流清浅见琼沙。无端陌上狂风急，惊起鸳鸯出浪花。

鹦鹉洲头浪飐沙，〔1〕青楼春望日将斜。衔泥燕子争归舍，独是狂夫不忆家。

〔1〕鹦鹉洲，在今湖北武昌县西南江中。飐，凡风之动物，与物受风摇曳者，皆谓之飐。柳宗元诗："惊风乱飐芙蓉水。"

元稹

字微之，河南人。元和初，对策第一，官左拾遗。长庆初，擢祠部郎中，知制诰。俄迁中书舍人、翰林学生，旋进同中书门下平章事。太和中，为武昌节度使，卒。

决绝词　三首

《决绝词》为清商楚调，原出古辞《白头吟》："闻君有两意，故来相决绝。"按《宋志》列入大曲，见上编。

乍可为天上牵牛织女星，不愿为庭前红槿〔1〕枝。七月七日一相见，故心终不移。那能朝开暮飞去，一任东西南北吹！

分不两相守，恨不两相思。对面且如此，背面当何知！

春风撩乱伯劳语，此时抛去时。握手苦相问，竟不言后期。君情既决绝，妾意已参差。借如死生别，安得长苦悲！

〔1〕槿，落叶小灌木，高七八尺。夏秋之交开花，色红紫白皆备，朝开暮落。

噫春冰之将泮，[1]何余怀之独结！有美一人，于焉旷绝。一日不见，比一日于三年；[2]况三年之旷别！

水得风兮小而已波，笋在苞兮高不见节。矧桃李之当春，竞众人之攀折！

我自愿悠悠而若云，又安能保君皓皓之如雪！感破镜之分明，睹泪痕之余血。幸他人之既不我先，又安能使他人之终不我夺！

已焉哉，织女别黄姑！[3]一年一度暂相见，彼此隔河何事无！

〔1〕泮，散也。《诗》："迨冰未泮。"

〔2〕《诗》："一日不见，如三秋兮。"

〔3〕黄姑，即牵牛。

夜夜相抱眠，幽怀尚沉结。那堪一年事，长遣一宵说！但感久相思，何暇暂相悦！

虹桥[1]薄夜成，龙驾侵晨列。生憎野鹊往迟回，死恨天鸡识时节。

曙色渐曈昽，[2]华星次明灭。一去又一年，一

年何时彻！〔3〕

有此迢递期，不如生死别。天公隔是妒相怜，何不便教相决绝！

〔1〕长桥如虹，故曰虹桥。

〔2〕曈昽，日初出，将明未明之貌。

〔3〕彻，尽也。

出门行

兄弟同出门，同行不同志。凄凄分歧路，各各营所为。兄上荆山岭，翻石辨虹气。〔1〕弟沉沧海底，偷珠待龙睡。〔2〕出门不数年，同归亦同遂。俱用私所珍，升沉自兹异。

献珠龙王宫，值龙觅珠次。但喜复得珠，不求珠所自。酬客双龙女，授客六龙辔。遣充行雨神，雨泽随客意。雩夏钟鼓繁，〔3〕禜秩玉帛积。〔4〕彩色画廊庙，奴僮被珠翠。骥騄千万双，鸳鸯七十二。言者禾稼枯，无人敢轻议。

其兄因献璞，再刖不履地。〔5〕门户亲戚疏，匡床妻妾弃。铭心有所待，视足无所愧。持璞自枕头，泪痕双血渍。[6]

一朝龙醒寤，本问偷珠事。因知行雨偏，妻子五刑[7]备。仁兄捧尸哭，势友掉头讳。丧车黔首[8]葬，吊客青蝇[9]至。

楚有望气人，王前忽长跪："贺王得贵宝，不远王所莅。"求之果如言，剖则浮筠腻。[10]白珩[11]无颜色，垂棘有瑕累。[12]在楚列地封，入赵连城贵。[13]秦遣李斯书，书为传国[14]瑞。秦亡汉魏传，传者得神[15]器。卞和名永永，与宝不相坠。[16]

劝尔出门行，行难莫行易。易得还易失，难同亦难离。善贾识贪廉，良田无稙稚。[17]磨剑莫磨锥，磨锥成小利。

〔1〕荆山，在今湖北南漳县西。卞和得玉于楚荆山，即此。

〔2〕《庄子》："千金之珠，必在九重之渊，而骊龙颔下。"《韩非子》："其喉下有逆鳞径尺；若人有婴之者，则必杀人。"故窃珠必伺其睡。

〔3〕雩，请雨祭也。《左传》："龙见而雩。"谓每岁孟夏，苍龙昏见东方，以是月祀五方上帝，所谓常雩也。又大旱亦雩，《公羊传》何休注"旱则君亲之南郊，使童男童女各八人而呼雩"是也。钟鼓，谓祭祀时之作乐也。

〔4〕禜，音咏，祭名，为坛域而祭，以除去凶灾也。《周礼》："大祸……掌六祈以同鬼神示……四曰禜。"秩，禄也，《左传》："而收膳夫之秩。"积，

音置。

〔5〕《韩非子》："楚人和氏得玉璞楚山中，献之厉王，玉人相之，曰'石也'，王以为诳，刖其左足。复献于武王，玉人相之，又曰'石也'，王又刖其右足。文王即位，和抱其璞而哭于楚山之下，三日三夜，泪尽，继之以血。王使人问之，和曰：'吾非悲刖也，悲夫宝玉而题之以石，贞士名之以诳，此吾所以悲也。'王乃使人理其璞而得宝焉，遂命曰和氏之璧。"和，又作卞和。刖，音月，断足也。

〔6〕渍，音置，沤也，染也。

〔7〕五刑，古以墨、劓、剕、宫、大辟为五刑。

〔8〕黔首，犹言黎民，以其首黑也。一说，民以黑巾覆首，谓之黔首。此谓刑戮之人。

〔9〕青蝇，《诗》："营营青蝇。"谓蝇之丛集也。或以喻谗人。

〔10〕见注〔5〕。浮筠腻，谓如竹肤之润泽也。

〔11〕珩，佩上玉也。古之佩，上为珩，下为璜。

〔12〕垂棘，春秋晋地，出美玉，《左传》："垂棘之璧。"瑕累，玉玷疵累也。

〔13〕连城，谓价值连城也。《史记》："赵得和氏璧，秦昭王遗赵王书曰：愿以五十城请易璧。"

〔14〕〔15〕传国瑞，谓传国之玺也。文曰："受命于天，既寿永昌。"秦相李斯所书。子婴降汉，玺为汉有。其后王莽篡国，及魏晋诸僭伪，皆以玺有"受命于天"字，争以得玺为符应。神器，帝位也。《老子》："天下神器，不可为也。"《汉书》："不知神器有命，不可以智力求也。"

〔16〕见注〔5〕。

〔17〕稙稚，先种曰稙，后种曰稚。

君莫非

以下《乐府诗集》并列于新乐府辞。

鸟不解走，兽不解飞。两不相解，那得相讥？
犬不饮露，蝉不啖肥。以蝉易犬，蝉死犬饥。
燕在梁栋，鼠在阶基。各自窠窟，不能改移。
妇好针缕，夫读书诗。男翁女嫁，卒不相知。
惧聋摘耳，效痛嚬眉。〔1〕我不非尔，尔无我非。

〔1〕嚬眉，指东施效矉事。《庄子》："西子病心而矉。其里之丑人见而美之，归亦捧心而效其矉。"矉亦作颦，颦同嚬。

田家行

牛吒吒，〔1〕田确确。〔2〕旱块敲牛蹄趵趵，〔3〕种得官仓珠颗〔4〕谷。

六十年来兵簇簇，〔5〕日月食粮车辘辘。一日官军收海服，〔6〕驱牛驾车食牛肉。

归来收得牛两角，重铸锄犁作斤劚。〔7〕姑舂妇担去输官，输官不足归卖屋。愿官早胜仇早复。农死

田家行

有儿牛有犊，誓不遣官军粮不足。

〔1〕吒吒，字典不载，大概为喘息之声。

〔2〕确，音学，同埆，瘠薄也。

〔3〕趵，音剥，足击声。

〔4〕珠颗，谓颗粒如珠之稀。

〔5〕簇簇，丛聚貌。

〔6〕海服，海谓海疆，服谓天子威德所服之地。

〔7〕斤劚，斧斫诛锄之器。劚，音嘱。

忆远曲

忆远曲，郎身不远郎心远。沙随郎饭俱在匙，郎意看沙那比饭？水中画字无字痕，君心暗画谁会君？

况妾事姑姑进止，身去门前同万里。一家尽是郎腹心，妾似生来无两耳。

妾身何足言！听妾私劝君：君今夜夜醉何处？姑来伴妾自闭门。

嫁夫恨不早，养儿将备老。妾自嫁郎身骨立，〔1〕老姑为郎求娶妾。妾不忍见姑郎忍见，为郎忍耐看姑面。

〔1〕骨立，言瘦之至也。《后汉书》：“哀毁骨立。”

白居易

字乐天，晚号香山居士，下邽人。贞元中擢进士，官集贤校理，入为翰林学士，迁左拾遗。母没，归。还拜左赞善，以言事贬江州司马。后入为中书舍人，寻外迁为杭州刺史，又为苏州刺史。文宗立，召迁刑部侍郎。太和中，以朝多党祸，称病还。开成中，起改太子少傅。会昌初，以刑部尚书致仕。卒年七十五岁。

短歌行

曈曈太阳如火色，上行千里下一刻。出为白昼入为夜，圜转如珠住不得。

住不得，可奈何！为君举酒歌短歌。

歌声苦，词亦苦，四座少年君听取。今夕未竟明旦催，秋风才住春风回。人无根蒂时不驻，朱颜白日相騕褭。劝君且强笑一面，劝君复强饮一杯。人生不得长欢乐，年少须臾老到来。

生别离

《乐府诗集》列于杂曲。《楚辞》曰："悲莫悲兮生别离。"古诗曰："行行重行行，与君生别离。"《生别离》，盖取诸此。

食蘖不易食梅难，蘖能苦兮梅能酸。未如生别之为难，苦在心兮酸在肝。

晨鸡再鸣残月没，征马连嘶行人出。回看骨肉哭一声，梅酸蘖苦甘如蜜。

黄河水白黄云秋，行人河边相对愁。天寒野旷何处宿？棠梨叶战风飕飕。

生离别，生离别，忧从中来无断绝。忧积心劳气血衰，未年三十生白发。

浩歌行

《乐府诗集》列于杂曲。《楚辞·九歌》曰："望美人兮不来，临风怳而浩歌。"浩，大也。

天长地久无终毕，昨夜今朝又明日。鬓发苍浪牙齿疏，不觉身年四十七。前去五十有几年，把镜照面心茫然。既无长绳系白日，又无大药[1]驻朱颜。朱颜日渐不如故，青史[2]功名在何处？欲留年少待富贵，富贵不来年少去。去复去兮如长河，东流赴海无回波。贤愚贵贱同归尽，北邙冢墓高嵯峨。古来如此非独我，未死有酒且酣歌。颜回短命伯夷饿，我今所得亦已多。功命富贵须待命，命若不来争奈何？

〔1〕大药，方士以所炼之丹为大药。《枕中方》："凡服金丹大药，虽未去世，百邪不敢近人。"

〔2〕青史，古以竹简书事，谓之削青，故谓记事之史曰青史。《大戴礼》："青史之记。"

长相思

九月西风兴，月冷露华凝。思君秋夜长，一夜魂九升。

二月东风来，草折花心开。思君春日迟，一日肠九回。

妾住洛桥北，君住洛桥南。十五即相识，今年二十三。

有如女萝草，〔1〕生在松之侧。蔓短枝苦高，萦回上不得。

人言人有愿，愿至天必成。愿作远方兽，步步比肩〔2〕行。愿作深山木，枝枝连理〔3〕生。

〔1〕女萝，亦名松萝。《诗》："茑与女萝，施于松柏。"古诗："与君为新昏，兔丝附女萝。"

〔2〕《尔雅》："西方有比肩兽。"

〔3〕《晋中兴祥征记》："连理，仁木也，或异枝还合，皆两树共合。"

潜别离

《乐府诗集》列于杂曲。

不得哭，潜别离；不得语，暗相思；两心之外无人知。深笼夜锁独栖鸟，利剑春断连理枝。河水虽浊有清日，白头虽黑有白时。唯有潜离与暗别，彼此甘心无后期。

新乐府　五十篇录十一

《新乐府》五十篇，白居易元和四年作也。序曰："凡九千二百五十二言，断为五十篇。篇无定句，句无定字，系于意不系于文，句首标其目，卒章显其志，《诗》三百之义也。其辞质而径，欲见之者易谕也；其言直而切，欲闻之者深诫也；其事核而实，使采之者传信也；其体顺而律，可以播于乐章歌曲也。总而言之，为君、为臣、为民、为物、为事而作，不为文而作也。”

上阳人

《上阳人》，一作《上阳白发人》，愍怨旷也。自注：“天宝五载以后，杨贵妃专宠后宫，人无复进幸矣。六宫有美色者，辄置别所，上阳是其一也，贞元中尚存焉。”

上阳人，上阳人，红颜暗老白发新。绿衣监使守宫门，一闭上阳多少春？玄宗末岁初选入，入时十六今六十。同时采择百余人，零落年深残此身。

忆昔吞悲别亲族，扶入车中不教哭。皆云入内便承恩，脸似芙蓉胸似玉。未容君王得见面，已被杨妃遥侧目。妒令潜配[1]上阳宫，一生遂向空房宿。

宿空房，[2]秋夜长，无寐天不明。耿耿残灯背壁影，萧萧暗雨打窗声。春日迟，日迟独坐天难暮。宫莺百啭愁厌闻，梁燕双栖老休妒。莺归燕去长悄然，春往秋来不记年。唯向深宫望明月，东西四五百回圆。

今日宫中年最老，大家遥赐尚书号。小头鞋履窄衣裳，青黛点眉细细长。外人不见见应笑，天宝末年时世妆。

上阳人，苦最多。少亦苦，老亦苦，少苦老苦两如何？君不见，昔时吕尚美人赋？[3]又不见，今日上阳宫人白发歌？

〔1〕流刑曰配。

〔2〕一本无此句。

〔3〕自注："天宝末，有密采艳色者，当时号'花鸟使'，吕尚献《美人赋》以讽之。"

折臂翁

《折臂翁》，一作《新丰折臂翁》，戒边功也。新丰故城在今陕西临潼县东北。

新丰老翁八十八，头鬓须眉皆似雪。玄孙扶向店前行，左臂凭肩右臂折。

问翁臂折来几年，兼问致折何因缘？

翁云贯属新丰县，生长圣代无征战。惯听梨园[1]歌管声，不识旗枪与弓箭。

无何天宝大征兵，户有三丁点一丁。点得驱将何处去？五月万里云南行。闻道云南有泸水，[2]椒花落时瘴烟起。[3]大军徒涉水如汤，未过十人二三死。村南村北哭声哀，儿别爷娘夫别妻。皆云前后征蛮者，千万人行无一回。

是时翁年二十四，兵部牒[4]中有名字。夜深不敢使人知，偷将大石捶折臂。张弓簸旗俱不堪，从兹始免征云南。骨碎筋伤非不苦，且图拣退归乡土。此臂折来六十年，一肢虽废一身全。至今风雨阴寒夜，直到天明痛不眠。

痛不眠，终不悔，且喜老身今独在。不然当时泸水头，身死魂孤骨不收。应作云南望乡鬼，万人冢[5]上哭呦呦。

老人言，君听取！君不闻，开元宰相宋开府，不赏边功防黩武？[6]又不闻，天宝宰相杨国忠，欲求恩幸立边功？边功未立生人怨，请问新丰折臂翁。[7]

〔1〕梨园，《唐书·礼乐志》："明皇既知音律，又酷爱法曲，选坐部伎子弟三百，教于梨园。"

〔2〕泸水，源出云南石屏山，东流至阿迷县南，为乐蒙河入盘江。

〔3〕瘴，山川淫热蒸郁之气，人中之辄病。我国南部最盛。

〔4〕牒，官文书也。

〔5〕自注："云南有万人冢，即鲜于仲通李宓曾覆车之所，今冢犹存。"

〔6〕自注："开元初，突厥数犯边。时，天武军牙将郝灵筌出使，因引特勒回纥部前，斩突厥默啜，献首于阙下，自谓有不世之功。时，宋璟为相，以天子年少好武，恐徼功者生心，痛抑其党，逾年始授郎将。灵筌遂痛哭呕血而死。"

〔7〕自注："天宝末，杨国忠为相，重构阁罗凤之役，募人讨之，前后发二十余万众，去无返者。又捉人连枷赴役，天下怨哭，民不聊生。故禄山得乘人心而盗天下。元和初，而折臂翁犹存，因称歌之。"按《唐书·杨国忠传》："先此，南诏质子阁罗凤亡去，帝欲讨之。国忠荐鲜于仲通为蜀郡长史，率兵六万讨之，战泸川，举军没，独仲通挺身免。时，国忠兼兵部侍郎，素德仲通，为匿其败，更叙战功，使白衣领职。因自请兼领剑南。……寻遣剑南留后李宓率兵十余万击阁罗凤，败死西洱河。国忠矫为捷书上闻。自再兴师，顷中国饶卒二十万，踦屦无遗，天下冤之。"

太行路

《太行路》，讽君臣之不终也。太行，山名，在山西晋城县南。魏武帝《苦寒行》曰："北上太行山，艰哉何巍巍！"古以喻行路之难也。

太行之路能摧车，若比人心是坦途。巫峡之水能覆舟，若比人心是安流。人心好恶苦不常，好生毛羽恶成疮。与君结发未五载，忽从牛女为参商。[1]古称色衰相弃背，当时美人犹怨悔。何况如今鸾镜[2]中，妾颜未改君心改。为君熏衣裳，君闻兰麝不馨香。为君事容饰，君看金翠无颜色。

行路难，难重陈。人生莫作妇人身，百年苦乐由他人。[3]

行路难，难于山，难于水。不独人间夫与妻，近代君臣亦如此。君不见，左纳言，右内史，[4]朝承恩，暮赐死。

行路难，不在水，不在山；只在人心反覆间。

〔1〕牛女，即牛郎、织女，星名，以喻燕婉。参商，亦星名，两不相值，以喻仳离。

〔2〕鸾镜，《异苑》："罽宾王一鸾三年不鸣，夫人曰：'闻见影则鸣。'悬镜照之，鸾睹影悲鸣；中宵，一奋而绝。"

〔3〕乐天《妇人苦》云："蝉鬓加意梳，蛾眉用心扫。几度晓妆成，君看不言好。妾身重同穴，君意轻偕老。惆怅去年来，心知未能道。今朝一开口，语少意何深。愿引他时事，移君此日心。人言夫妇亲，义合如一身。及至死生际，何曾苦乐均？妇人一丧夫，终身守孤子。有如林中竹，忽被风吹折。一折不重生，枯死犹抱节。男儿若丧妇，能不暂伤情？应似门前柳，逢春易发荣。风吹一枝折，还有一枝生。为君委曲言，愿君再三听。须知妇人苦，从此莫相轻。"此诗，《乐府诗集》未录，

特附于此，以供参照。

〔4〕内史，内，同纳；史，事也。与上纳言相对，疑非作名解。

杜陵叟

杜陵叟，伤农夫之困也。《汉书·地理志》“杜陵”注：“古杜伯国，汉宣帝葬此，因曰杜陵。在长安南五十里。”

杜陵叟，杜陵居，岁种薄田一顷余。三月无雨旱风起，麦田不秀多黄死。九月降霜秋早寒，禾穗未熟皆青干。长吏明知不申破，急敛暴征求考课。〔1〕典桑卖地纳官租，明年衣食将何如。

剥我身上帛，夺我口中粟。虐人害物即豺狼，何必钩爪锯牙食人肉？

不知何人奏皇帝，帝心恻恻〔2〕知人弊。白麻纸上书德音，〔3〕京畿〔4〕尽放今年税。昨日里胥方到门，手持尺牒榜乡村。十家租税九家毕，虚受吾君蠲〔5〕免恩。

〔1〕考，稽核也。课，税也。

〔2〕《孟子》：“恻隐之心，人皆有之……恻隐之心，仁之端也。”

〔3〕德音，谓盛德之言。

〔4〕京畿，天子所都之地也。

〔5〕蠲，音捐，除也。

缭　绫

《缭绫》，念女工之劳也。

缭绫缭绫何所似？不似罗绡与纨绮。应似天台山[1]上明月前，四十五尺瀑布泉。中有文章又奇绝，地铺白烟花簇雪。织者何人衣者谁？越溪[2]寒女汉宫姬。

去年中使[3]宣口敕，天上取样人间织。织为云外秋雁行，染作江南春水色。广裁衫袖长制裙，金斗熨波刀剪纹。异彩奇文相隐映，传侧看花花不定。

昭阳[4]舞人恩正深，春衣一对直千金。汗沾粉污不再着，曳土踏泥无惜心。

缭绫织成费功绩，莫比寻常缯与帛。丝细缫多女手疼，扎扎千声不盈尺。昭阳殿里歌舞人，若见织时应也惜。

〔1〕天台山，在浙江天台县北。有石梁瀑布，天下奇观。

〔2〕越溪，即剡溪，在浙江省，一源出天台。

〔3〕中使，谓宫廷之使。

〔4〕昭阳，汉殿名。

卖炭翁

《卖炭翁》，苦宫市也。

卖炭翁，伐薪烧炭南山中。满面尘灰烟火色，两鬓苍苍十指黑。卖炭得钱何所营？身上衣裳口中食。可怜身上衣正单，心忧炭贱愿天寒。夜来城外一尺雪，晓驾炭车辗冰辙。牛困人饥日已高，市南门外泥中歇。

两骑翩翩来是谁？黄衣使者白衫儿。手把文书口称敕，回车叱牛牵向北。一车炭重千余斤，官使驱将惜不得。半匹红纱一丈绫，系向牛头充炭直。

母别子

《母别子》，刺新间旧也。

母别子，子别母，白日无光哭声苦。

关西骠骑大将军，〔1〕去年破虏新策勋。〔2〕敕赐金钱二百万，洛阳迎得如花人。新人迎来旧人弃，掌上莲花眼中刺。〔3〕迎新弃旧未足悲，悲在君家留两儿。一始扶行一初坐，坐啼行哭牵人衣。以汝夫妇新嬿婉，[4]使我母子生别离。不如林中乌与鹊，母不失雏雄伴雌。应似园中桃李树，花落随风子住枝。

新人新人听我语，洛阳无限红楼[5]女。但愿将军重立功，更有新人胜于汝。

〔1〕关西，泛指函谷关以西，即今甘肃、陕西二省之地。骠骑，将军之名号，后汉有骠骑大将军。

〔2〕策勋，见上编横吹《木兰辞》注。

〔3〕掌上莲花，喻新人可爱。眼中刺，喻旧人可厌。

〔4〕嬿婉，本作燕婉，意犹燕安婉顺，言夫妇之相得也。《诗》："燕婉之求。"

〔5〕红楼，《酉阳杂俎》："长安坊安国寺红楼，睿宗在藩时舞榭。"按唐时富贵家宅亦多红楼，为妇女所居。后因以红楼为女子居处之名称。

时世妆

《时世妆》，警将变也。

时世妆，时世妆，出自城中传四方。时世流行无远近，腮不施面无粉。乌膏注唇唇似泥，双眉画作八字低。妍蚩黑白失本态，妆成尽似含悲啼。圆鬟无鬓椎髻[1]样，斜红不晕赭面状。

昔闻被发伊川中，辛有见之知有戎。[2]元和妆梳君记取，髻椎面赭非华风。

〔1〕椎髻，一撮之髻，其形如椎。

〔2〕《左传》："辛有过伊川，见被发而祭于野者，曰：不及百年，此其戎乎？其礼先亡矣。"

盐商妇

《盐商妇》，恶幸人也。

盐商妇，多金帛，不事田农与蚕绩。南北东西不失家，风水为乡船作宅。本是扬州小家女，嫁得西江大商客。绿鬟溜去金钗多，皓腕肥来银钏窄。前呼苍头后叱婢，问尔因何得如此？婿作盐商十五年，不属州县属天子。〔1〕每年盐利入官时，少入官家多入私。〔2〕官家利薄私家厚，盐铁尚书远不知。何况江头鱼米贱，红鲙黄橙香稻饭。饱食浓妆倚柁楼，两朵红腮花欲绽。

盐商妇，有幸嫁盐商。终朝美饭，终岁好衣裳。好衣美食来何处？亦须惭愧桑弘羊。〔3〕桑弘羊，死已久，不独汉世今亦有。

〔1〕《唐书·食货志》:“唐有盐池十八,井六百四十,皆隶度支。”

〔2〕《唐书·食货志》:“贞元四年,淮西节度使陈少游奏加民赋。自此江淮盐每斗亦增二百,为钱三百一十。……江淮豪贾射利,或时倍之,官收不能过半,民始怨矣。”

〔3〕桑弘羊,汉洛阳贾人子,武帝时领大农丞,尽管天下盐铁,作平准法。

井底引银瓶

《井底引银瓶》,止淫奔也。

井底引银瓶,银瓶欲上丝绳绝。石上磨玉簪,玉簪欲成中央折。瓶沉簪折知奈何?似妾今朝与君别。

忆昔在家为女时,人言举动有殊姿。婵娟[1]两鬓秋蝉翼,宛转双蛾远山色。笑随女伴后园中,此时与君未相识。妾弄青梅倚短墙,君骑白马傍垂杨。墙头马上遥相顾,一见知君即断肠。知君断肠共君语,君指南山松柏树。感君松柏化为心,暗令双鬟[2]逐君去。

到君家舍五六年,君家大人频有言。聘则为妻奔是妾,不堪主祀奉苹蘩。[3]终知君家不可住,其奈出门无去处。岂无父母在高堂,亦有亲情满故乡。潜来更不通消息,今日悲羞归不得。

为君一日恩,误妾百年身。寄言痴小人家女,慎勿将身轻许人！

〔1〕婵娟，美好貌。

〔2〕双鬟，谓侍女作双髻者。

〔3〕奉蘋蘩，奉祭祀也。《左传》："蘋蘩蕴藻之菜……可荐于鬼神。"

黑潭龙

《黑潭龙》，疾贪吏也。

黑潭水深色如墨，传有神龙人不识。潭上架屋官立祠，龙不能神人神之。灾凶水旱与疾疫，乡里皆言龙所为。家家养豚漉清酒，朝祈暮赛依巫口。

神之来兮风飘飘，纸钱动兮锦伞摇。神之去兮风亦静，香火灭兮杯盘冷。肉堆潭岸石，酒泼庙前草。不知龙神享几多，林鼠山狐长醉饱。

狐何幸，豚何辜，年年杀豚将喂狐。狐假龙神食豚尽，九重泉底龙知无？

李　贺

字长吉，系出郑王后。七岁能辞章，韩昌黎极重之。年三十七，卒。

将进酒

琉璃钟，琥珀浓，小槽酒滴真珠红。烹龙炮凤玉脂泣，罗屏绣幕围香风。吹龙笛，[1]击鼍鼓。[2]皓齿歌，细腰舞。况是青春日将暮，桃花乱落如红雨。劝君终日酩酊醉，酒不到刘伶[3]坟上土。

〔1〕龙笛，谓笛声如龙鸣也。梁武帝《江南弄》有《龙笛曲》。

〔2〕鼍鼓，鼍皮所冒之鼓也。《诗》："鼍鼓逢逢。"

〔3〕刘伶，字伯伦，晋沛国人。纵酒放达，著《酒德颂》。

聂夷中

字坦之，河东人，咸通中中进士，官华阴尉。

杂怨　三首录二

生在绮罗下，岂识渔阳[1]道？良人自戍来，夜夜梦中到。渔阳万里远，近于中门限。中门逾有时，渔阳常在眼。

〔1〕渔阳，唐郡，今蓟县、平谷等地。

君泪濡罗巾，妾泪滴路尘。罗巾今在手，日得随妾身。路尘如因飞，得上君车轮。

僧齐己

益阳胡氏子。少为浮图学，尝住江陵之龙兴寺，自号衡岳沙门。好吟咏，与郑谷唱和，积以成编，号《白莲集》。

苦寒行

冰峰撑空寒矗矗，云凝水冻埋海陆。杀物之性，伤人之欲。既不能断绝蒺藜荆棘之根株，又不能展凤凰麒麟之拳跼。如此则何如为和煦，为膏雨，自然天下之荣枯，融融于万户。

猛虎行

磨尔牙，错尔爪。狐莫威，兔莫狡，饥来吞噬取肠饱。横行不怕日月明，皇天产尔为生犷。前村半夜闻吼声，何人按剑灯荧荧。

君子行

《君子行》为清商平调，古辞存，见上编。

圣人不生，麟龙何瑞？梧桐不高，凤凰何止？

吾闻古之有君子，行藏以时，进退求己。荣必为天下荣，耻必为天下耻。苟进不如此，亦何必用虚伪之文章，取荣名而自美！

僧贯休

兰溪姜氏子，字德隐，一字德远，七岁出家，能诗。后入蜀，王建礼遇之，号为禅月大师。有《西岳集》。

轻薄篇　二首

《乐府诗集》列于杂曲，首载晋张华辞。《乐府解题》曰："《轻薄篇》言乘肥马，衣轻裘，驰逐经过为乐，与《少年行》同意。"

绣林锦野，春态相压。谁家少年，马蹄踏踏。斗鸡走狗夜不归，一掷赌却如花妾。唯云：不颠不狂，其名不彰。悲夫！

木落萧萧，蛩鸣唧唧。不觉朱葛脸红，霜劫鬓漆。世途多事，泣向秋日。方吟：少壮不努力，老大徒伤悲。如何！

古别离

《乐府诗集》列于杂曲。

离恨如旨酒，古今饮皆醉。只恐长江水，尽是儿女泪。伊余非此辈，送人空把臂。他日再相逢，清风动天地。

蒿里

《蒿里》为乐府相和，古辞存，见上编。

兔不迟，乌更急，但恐穆王八骏，[1]着鞭不及。所以蒿里，坟出蕺蕺。[2]气凌云天，龙腾凤集。尽为风消土吃，狐掇蚁拾。黄金不啼玉不泣。白杨骚屑，乱风愁月，折碑石人，莽秽榛没，牛羊窸窣。[3]时见牧童儿，弄枯骨。

〔1〕《穆天子传》："穆王驭八骏，周流天下，日行万里。"

〔2〕蕺，菜名，生于湿地，及山谷阴处。

〔3〕窸窣，声也。

下编三　宋元明

宋

苏　轼

字子瞻，眉山人。嘉祐进士。英宗时直史馆。神宗时与王安石议论不合，贬黄州，筑室东坡，号东坡居士。哲宗时召还，累官翰林学士、兵部尚书。卒谥文忠。

陌上花　三首　并引

引曰："游九仙山，闻里中儿歌《陌上花》。父老云：'吴越王妃每岁春必归，临安王以书遗妃曰：陌上花开，可以缓缓归矣。吴人用其语为歌。'含思宛转，听之凄然；而其词鄙野，为易之云。"按九仙山，在今杭县西。九仙，左元放、许迈、王、谢之流也。吴越王钱镠，唐末杭州临安人。其孙俶，以宋太平兴国三年，举族归于京师，国除。

陌上花开胡蝶飞，江山犹是昔人非！遗民几度垂垂老，游女长歌缓缓归。

陌上山花无数开，路人争看翠軿[1]来。若为留得堂堂[2]去，且更从教缓缓归。

〔1〕屏軿，衣车也，四面屏蔽，妇人所乘。

〔2〕堂堂，指岁月也。唐薛能诗："青春背我堂堂去。"

生前富贵草头露，身后风流陌上花。已作迟迟君去鲁，犹教缓缓妾还家。

阳关词

唐王维诗："渭城朝雨浥轻尘，客舍青青柳色新。劝君更尽一杯酒，西出阳关无故人。"本篇以用此诗声调，故曰《阳关词》，所咏为"中秋月"。

暮云收尽溢清寒，银汉无声转玉盘。此生此夜不长好，明月明年何处看？

薄薄酒　二首　并引

引曰："胶西先生赵明叔，家贫好饮，不择酒而醉。

常云：'薄薄酒，胜茶汤；丑丑妇，胜空房。'其言虽俚而近乎达，故推而广之，以补东州之乐府。既又以为未也，复自和一篇，聊以发览者之一噱云尔。"按胶西，即密州，今胶南一带地。赵明叔，名杲卿，密州乡贡进士。

薄薄酒，胜茶汤；粗粗布，胜无裳；丑妻恶妾胜空房。五更待漏靴满霜，[1]不如三伏日高睡足北窗凉。珠襦玉柙万人相送归北邙，[2]不如悬鹑百结独坐负朝阳。[3]生前富贵，死后文章，百年瞬息万世忙，夷齐盗跖俱亡羊。[4]不如眼前一醉，是非忧乐两都忘。

〔1〕谓百官进候早朝也。

〔2〕汉制，诸陵皆珠襦玉柙，形如铠甲连，以金镂之。见《西京杂记》。

〔3〕悬鹑，衣敝之状。百结，言衣多补缀也。负朝阳，曝朝日也。

〔4〕《庄子·骈拇篇》载伯夷死名于首阳之下，盗跖死利于东陵之上，二人所死不同，其于残生伤性均也。亡羊，亦见《庄子》，臧与谷，二人相与牧羊，俱亡其羊。问臧奚事，则曰挟篋读书；问谷奚事，则曰博塞以游。二人者事业不同，其于亡羊同也。

薄薄酒，饮两钟；粗粗布，着两重；美恶虽异醉暖同。丑妻恶妾寿乃公，隐居求志义之从，本不计较东华[1]尘土北窗风。百年虽长要有终，富死未必输生穷。但愁珠玉留君容，千载不朽遭樊崇。[2]文章自足欺盲聋，谁使一朝富贵面发红。达人自达酒何功，世间是非忧乐本来空。

〔1〕东华，门名，百官入朝时所从出入也。诗中常以东华代京师。

〔2〕后汉初年，赤眉、樊崇等入关，烧长安，宫室为墟，宗庙园陵皆发掘。

续丽人行　并行

引曰："李仲谋家有周昉画背面欠伸内人极精，戏作此诗。"按《丽人行》杜甫作，见前。周昉，字景元，唐京兆人，官至宣川长史，善画仕女。唐人称教坊中歌伎为内人。

深宫无人春日长，沉香亭[1]北百花香。美人睡起薄梳洗，燕舞莺啼空断肠。画工欲画无穷意，背立东风初破睡。若教回首却嫣然，阳城下蔡俱风靡。[2]杜陵饥客眼长寒，[3]蹇驴破帽随金鞍。[4]隔花临水时一见，只许腰支背后看。[5]心醉归来茅屋底，方信人间有西子。君不见孟光举案与眉齐，[6]何会背面伤春啼？

〔1〕沉春亭，见李白《清平调》注。

〔2〕宋玉《登徒子赋》有云："臣里东家子，嫣然一笑，惑阳城，迷下蔡。"按阳城、下蔡为二县名，楚之贵介公子，多封于此。风靡，言如草之经风，皆贴服也。

〔3〕杜甫自谓衣不盖体，常寄食于人，奔走不暇，时恐转死沟壑，可谓饥客。杜甫诗"秋山眼冷魂未归"，眼冷当本此语。

〔4〕杜甫诗："骑驴三十载，旅食京华春。朝叩富儿门，暮随肥马尘。残杯与冷炙，到处潜悲辛。"蹇驴句本此。

〔5〕杜甫《丽人行》："三月三日天气新，长安水边多丽人。……背后何所见？珠压腰衱稳称身。"

〔6〕汉梁鸿妻孟光，有贤名。每供鸿膳，举案齐眉。案，同桉，今作椀。

四时词　四首

乐府清商吴声有《子夜四时歌》，舞曲有《四时白纻歌》，《四时词》盖出于此。

春云阴阴雪欲落，东风和冷惊帘幕。渐看远水绿生漪，未放小桃红入萼。佳人瘦尽雪肤肌，眉敛春愁知为谁。〔1〕深院无人剪刀响，应将白纻作春衣。〔2〕

〔1〕李白诗："美人卷朱帘，深坐颦蛾眉。但见泪痕湿，不知心恨谁。"二句出此。

〔2〕纻，细麻所织，即今夏布。唐张籍《白纻歌》："皎皎白纻白且鲜，将作春衣称少年。裁缝长短不能定，自持刀尺向姑前。"

垂柳阴阴日初永，蔗浆酪粉金盘冷。[1]帘额低垂紫燕忙，蜜脾已满黄蜂静。高楼睡起翠眉嚬，枕破斜红未肯匀。玉腕半揎云碧袖，楼前知有断肠人。

〔1〕杜甫《入秦行》："蔗浆归厨金盘冻，洗涤烦热足以宁君躯。"

新愁旧恨眉生绿，粉汗余香在蕲竹。[1]象床素手熨寒衣，烁烁风灯动华屋。夜香烧罢掩重扃，香雾空濛月满庭。抱琴转轴无人见，门外空闻裂帛声。

〔1〕蕲竹，谓竹簟也。韩愈诗："蕲州笛竹天下知。"

霜叶萧萧鸣屋角，黄昏陡觉罗衾薄。夜风摇动镇帷犀，酒醒梦回闻雪落。起来呵手画双鸦，[1]醉脸轻匀衬眼霞。真态生香谁画得，玉如纤手嗅梅花。

〔1〕虞世南《嘲袁宝儿诗》："学画鸦儿半未成。"

襄阳古乐府　三首

野鹰来

沔水南有景升台，为刘表所筑。表好鹰，尝登台歌《野鹰来曲》。见《水经注》。

野鹰来，万山[1]下。荒山无食鹰苦饥，飞来为尔系彩丝。北原有兔老且白，年年养子秋食菽。我欲击之不可得，年深兔老鹰力弱。

野鹰来，城东有台高崔巍。台中公子着皮袖，东望万里心悠哉。心悠哉，鹰何在？嗟尔公子归无劳！使鹰可呼亦凡曹，天阴月黑孤夜嗥。

〔1〕万山，在襄阳城西。

上堵吟

堵阳县堵水出焉，有白马塞。孟达为新城守，登之而叹曰："刘封、申耽据金城千里，而更失之乎！"因为《上渚吟》，音韵哀切，今水次尚歌之。见《水经注》。

台上有客吟秋风，悲声萧散飘入空。台边游女来窃听，欲学声同意不同。君悲竟何事？千里金城两稚子。〔1〕白马为塞凤为关，〔2〕山川无人空自闲。我悲亦何苦？江水冬更深，鳊鱼〔3〕冷难捕。悠悠江上听歌人，不知我意徒悲辛。

〔1〕两稚子，谓刘封、申耽也。

〔2〕白马塞，在湖北竹山县西南。凤林关，在襄阳岘山。

〔3〕襄阳产鳊鱼。

襄阳乐

刘道产为雍州刺史，加都督，兼襄阳太守，在雍部政绩卓著，百姓乐业，由此有《襄阳乐歌》。见《南史》。

使君未来襄阳愁，提戈入市裹毡裘。自从毡裘南渡沔，襄阳无事多春游。襄阳春游乐何许？岘山之阳汉江浦。〔1〕使君朱旆来翻翻，人道使君似羊杜。〔2〕道边逢人问洛阳，中原苦战春田荒。北人闻道襄阳乐，目送飞鸿应断肠。

〔1〕岘山，在襄阳县南，有晋羊祜德政碑。汉江，即汉水。

〔2〕羊杜，谓羊祜、杜预，前后皆镇襄阳，而以政绩著称者也。

晁补之

字无咎，济州巨野人。举进士，试开封及礼部皆第一。为著作佐郎，出知河中府。后知泗州，卒于官。

豆叶黄

蒹葭苍，〔1〕豆叶黄。南村不见冈，北村十顷强。东家车满箱，〔2〕西家未上场。

豆叶黄，野离离。〔3〕鼠窟之，兔入畦。〔4〕豕母从豚儿，豕啼豚咿咿，衔角复衔萁。〔5〕

豆叶黄，谷又熟。翁媪衰，铺糜粥。

豆叶黄，叶黄不独豆。白黍堪作酒，瓠〔6〕大枣红皱。

豆叶黄，穰穰何膴膴！〔7〕腰镰独健妇，大男往何许？官家教弓刀，要汝杀贼去。

〔1〕蒹，荻之别名；葭，芦也。《诗》："蒹葭苍苍，白露为霜。"

〔2〕箱，犹廪也。见陆游《秋获歌》注〔5〕。

〔3〕离离，纷披繁盛貌。《诗》："彼黍离离。"

〔4〕畦，音移。区也，埒也。

〔5〕角，谓豆荚。萁，豆茎也。

〔6〕瓠，一名瓠瓜，又称葫芦，蔬类植物。

〔7〕穰穰，禾实丰盛也，《诗》："丰年穰穰。"膴膴，美也，《诗》："周原膴膴。"

孔平仲

字义甫，新喻人。举进士，为集贤校理。后知衡州，复谪惠州别驾。

蝴蝶飞

蝴蝶飞，渡河来！ 河北花已落，河南花正开。盈盈采花女，扑打还家去。 推身飞入粉奁中，芳草绵绵旧时路。

车班班

车班班，入函关。 马萧萧，度渭桥。 关下行人不相识，桥边美酒留行客。 海阔天高云满空，风吹日暮还南北。

儿归行

儿归儿不归！ 朝为子母欢，暮为禽鸟飞。 故居

车班班

不得返，深林安可依？此身寂寞已如此，我母在家应忆子。子今岂不思其亲，空有旧心无旧身。

儿归儿不归！春已暮，朝多风，夕多雨。山虽有泉陇无黍。儿寒有谁诉？儿饥与谁语？万物卵翼皆相随，儿今不得儿子母。

儿归儿不归！年年三月种麻时，此声烦且悲。闻昔一母而两儿，于今所生独爱之，麻生指作还家期。唯憎者来爱者去，物理反覆不可知。天公岂欲故如此，善恶报敏如埙篪。〔1〕

至今哀怨留空山，长为鉴戒子母间。岂独行客愁心颜？儿归摧痛伤心肝。

〔1〕埙篪，皆乐器，声能相和。《诗》："伯氏吹壎，仲氏吹篪。"壎，同埙。句谓善恶报施之速，如埙篪之相应也。

徐积

字仲车，山阳人。三岁父殁，事母至孝。元祐初，官楚州教授。政和中，赐谥节孝处士。

哀哀词

哀哀复哀哀，哀哀至此极！孤儿与慈母，中路忽相失。恍惚须臾间，终日不复得，谁复坐我堂？谁复入我室？谁复饮儿酒？谁复哺儿食？儿饥谁复念？儿寒谁复恤？耳不闻慈语，目不见慈色。譬如行路人，日远如一日。行人犹可期，远道犹可追。天穷地尽处，一日犹可归。哀哀复哀哀，此去无尽时。谁言生别离，不如死别离？君不见，人已闭门鸟已栖，黄昏冢畔孤儿啼？

龚　况

字浚之，邵武人。崇宁进士，官至祠部员外郎。

古乐府

妖娆破瓜[1]女，争上秋千架。香飘石榴[2]裙，响落蔷薇下。墙外见鸳鸯，双双春水塘。归来情脈脈，无绪理残妆。

〔1〕妖娆，妍媚貌。曹植赋：“顾有怀兮妖娆，用搔首以屏营。”破瓜，见上编清商吴声《碧玉歌》注。

〔2〕石榴，花深红，状裙之色也。

许棐

字忱父,海盐人。隐居秦溪。

蝴蝶飞

蝴蝶飞,蝴蝶飞。红边迷了紫边迷,粉老香干何处归?不[1]学蜜蜂做家计,勤苦之中有甘味?

〔1〕不,何不也。

徐照

字道晖,一字灵晖,永嘉人。与赵师秀、翁卷、徐玑,称永嘉四灵。

促促词

促促复促促。东家欢欲歌,西家悲欲哭。丈夫力耕长忍饥,老妇勤织长无衣。东家铺君不出户,父为节级儿抄簿。[1]一年两度请官衣,每月请米一石五。小儿作军送文字,[2]一旬一轮怨辛苦。

〔1〕节级，吏役之职，典司官物者，唐宋以来有之。《旧唐书》："今后有节级员阙，量材差置。"抄簿，书吏也。

〔2〕为军中递文书也。

陆　游

字务观，山阴人。乾道中，授夔州通判。因爱蜀道风土，故题其生平所为诗曰《剑南诗稿》。官至宝谟阁待制。范成大帅蜀，游为参议官，以文字交，不拘礼，人讥其放，因自号放翁。

丰年行

南村北村春雨晴，东家西家地碓[1]声。稻陂正满绿针密，麦陇无际黄云平。前年谷与金同价，家家流涕伐桑柘。[2]岂知还复有今年，酒肉如山赛春社。吏不到门人昼眠，老稚安乐如登仙。县前归来传好语，黄纸续放身丁钱。[3]

〔1〕碓，音对，舂具也。

〔2〕柘，音蔗，落叶灌木，产北地，干疏直，木里有纹，叶厚而尖，亦可饲蚕。

〔3〕黄纸，即黄册，统计户口之册籍也。男女始生为黄，人口之增，由于生息，故云。丁即丁税。唐末，马殷据湖南，始征郴桂等处民丁钱绢米麦。宋以后因之。

秋获歌

墙头累累[1]柿子黄，人家秋获争登场。长碓捣珠[2]照地光，大甑炊玉[3]连村香。万人墙进输官仓，仓吏炙冷不暇尝。讫事散去喜若狂，醉卧相枕官道旁。数年斯民厄凶荒，转徙沟壑殣相望。[4]县吏亭长如饿狼，[5]妇女怖死儿童僵。岂知皇天赐丰穰，亩收一钟富万箱。[6]我愿邻曲谨盖藏，[7]缩衣节食勤耕桑。追思食不厌糟糠，[8]勿使水旱忧尧汤。[9]

〔1〕累累，相连系之貌，亦作纍纍。

〔2〕捣珠，谓舂米也。

〔3〕炊玉，谓炊饭也。

〔4〕转徙沟壑，喻死无棺椁至填于溪谷也。《孟子》："老弱转乎沟壑。"殣，饿死也，《左传》："道殣相望。"

〔5〕亭长，秦汉之制，每十里一亭，亭有长，掌捕劾盗贼；隋因之以为流外之号，唐主守省门，通传禁约。饿狼，喻狠戾貌，《后汉书·仲长统传》："使饿狼守庖厨，饿虎牧牢豚，遂致熬天下之脂膏，斫生人之骨髓。"

〔6〕钟，古量名，受六斛四斗，或曰十斛。《史记》："郑国白渠，灌溉相通，黍稷之饶，亩号一钟。"万箱，犹言万廪。《诗》："乃求万斯箱。"鲍照诗："京廪开万箱。"

〔7〕谨盖藏，犹言谨贮之也。《礼记》："孟冬之月，命百官谨盖藏。"

〔8〕《史记》:“回也屡空,糟糠不厌。”厌与餍通;糟糠,贫者之所餐。

〔9〕尧禹有九年之水,汤有七年之旱,故云。

牧羊歌

牧羊忌太早，太早羊辄伤。一羊病尚可，举群无全羊。日高露晞原草绿，羊散如云满川谷。小童但搢[1]竹一枝，岂必习诗知考牧。[2]

〔1〕搢,音晋。《说文》“搢,插也。”

〔2〕考牧,谓容心于牧事也。《诗·小序》:“《无羊》,宣王考牧也。”“谁谓尔无羊,三百惟群”,朱注:“此诗也,牧事有成,而牛羊众多。”

长歌行

《长歌行》,为乐府清商平调,古辞存,见上编。

人生不作安期生,[1]醉入东海骑长鲸。[2]犹当出作李西平,[3]手枭逆贼清旧京。[4]金印煌煌[5]未入手，白发种种[6]来无情。成都古寺卧秋晚，落日偏傍僧窗明。岂其马上破贼手，哦诗长作寒螿鸣?[7]兴来买尽市桥酒，大车磊落[8]堆长瓶。哀丝豪竹[9]助剧饮，如巨野[10]受黄河倾。平时一滴不入口，意气顿使千人惊。国仇未报壮士老，匣中宝剑夜有声。何当凯还[11]宴将士，三更雪压飞狐城。[12]

〔1〕安期生，秦琅琊人，卖药海上，号抱朴子。始皇与语三日夜，赐金璧，皆置书，留书以别，谓后千年求我于蓬莱山。始皇遣徐生、卢生入海求之；未至，遇风波而还。汉武帝时，少君言上曰："臣常游海上，见安期生。安期生食巨枣大如瓜。"

〔2〕鲸，海兽名，外形如鱼，实兽类。骑鲸，喻快事也。按唐李白自署曰海上骑鲸客，盖以豪宕自励也。

〔3〕李西平，即唐李晟，洮洲临潭人。德宗时平朱泚，收复京师，以功累官至司徒，封西平王。德宗尝曰："天生李晟，以为社稷，非为朕也。"其见重如此。

〔4〕指兴元元年六月，李晟等收复京城，朱泚亡走，其将韩旻斩之以降。

〔5〕《晋书·周凯传》："今年杀诸贼奴，取金印如斗大系肘。"煌煌，光明闪烁貌，《诗》："明星煌煌。"

〔6〕种种，喻发短貌。《左传》："予发如此种种，予奚能为？"

〔7〕寒螿，即寒蝉，见尔雅注。《风土记》："七月而寒螿鸣于夕。"

〔8〕磊落，喻错杂不一貌。《后汉书》："连衡者方印磊落。"

〔9〕哀丝豪竹，谓弦管之声悲壮动人也。杜甫诗："酒肉如山又一时，初弦哀丝动豪竹。"

〔10〕巨野，泽名，即禹贡之大野，在山东巨野县北，泽最广。元末为黄河所决，遂堙。

〔11〕还，与旋同。《礼》："还相为本也。"

〔12〕飞狐城，地名。隋置，今改涞源县，属河北省。

出塞曲

佩刀一刺山为开，[1]壮士大呼城为摧。三军甲马不知数，但见动地银山来。长戈逐虎祁连[2]北，马前曳来血丹臆。却回射雁鸭绿江，[3]箭飞雁起连云黑。清泉茂草下程[4]时，野帐牛酒争淋漓。不学京都贵公子，唾壶麈尾[5]事儿嬉。

〔1〕《后汉书·耿恭传》："恭仰叹曰：闻昔贰师将军，拔刀刺山，飞泉涌出。"

〔2〕祁连，即天山。注见前。

〔3〕鸭绿江，《唐书》："高丽马訾水，出靺鞨之白山，色若鸭头，号鸭绿江。"

〔4〕程，谓程限。下程时，谓及期而返也。

〔5〕唾壶，承唾之器。《晋书》，"王敦酒后，辄咏魏武乐府：'老骥伏枥，志在千里；烈士暮年，壮心不已。'以如意击唾壶为节，壶口尽缺。"麈尾，拂尘也。麈尾辟尘，古常以为拂尘。《南史》："麈尾蝇拂，是王谢家物。"

浣溪女

一作《浣花女》，按《老学庵笔记》有《浣花溪》一则。谓溪在四川成都县西五里，一名百花潭，杜甫故宅在此，谓之浣花草堂，所谓“万里桥西宅，百花潭北庄”。蜀人多游宴于此，谓之浣花日。

江头女儿双髻丫，[1]常随阿母供桑麻。当户夜织声咿哑，地炉豆䕮[2]煎土茶。长成嫁与东西家，柴门相对不上车。青裙竹笥[3]何所嗟，插髻燁燁[4]牵牛花。城中妖姝脸如霞，[5]争嫁官人慕高华。青骊一出天之涯，年年伤春抱琵琶。

〔1〕双髻丫，两环髻也。苏轼诗：“还将一枝春，插向两髻丫。”

〔2〕豆䕮，燃料也。䕮，音黠。

〔3〕青裙竹笥，喻嫁奁之菲薄也。《后汉书·戴良传》：“良五女并贤，有求姻，辄使许嫁，疏裳布被，竹笥木屐以遣之。”苏轼诗：“青裙缟袂饷田家。”

〔4〕燁燁，光盛闪烁貌。《诗》：“燁燁震电。”燁，同烨。

〔5〕脸如霞，脸泛红貌。韩偓诗：“向镜轻匀衬脸霞。”

焉耆行

焉耆，汉唐西域国名，土名喀喇沙尔，在新疆大裕勒都斯河之中央。《唐书》谓焉耆国都城，四面大山，海水绕其外，尤擅形胜。按焉耆亦作焉支。《通典》：“甘州删丹县有焉支山，匈奴失之，乃歌曰：失我焉支山，使我妇女无颜色。”焉支产红蓝，可为燕脂，阏氏资以为饰，故云。唐王维有《燕支行》，《乐府诗集》刊于新乐府辞。

焉耆山头暮烟紫，牛羊声断行人止。平沙风急卷寒蓬，天似穹庐[1]月如水。大胡太息小胡[2]悲，投鞍欲眠且复起。汉家诏用李轻车，[3]万丈战云来压垒。[4]

〔1〕穹庐，毡革覆帐，其上穹隆，故名。《史记》：“匈奴父子同穹庐而卧。”古乐府：“敕勒川，阴山下。天似穹庐，笼盖四野。”

〔2〕胡，古北狄之别称，率指匈奴。

〔3〕李轻车，谓李蔡。《汉书·李广传》：“广从弟蔡，元朔中为轻车将军。”

〔4〕压垒，逼其军垒也。

芳草曲

蜀山远处逢孤驿，缺甃[1]颓垣芳草碧。家在江南妻子病，离乡半岁无消息。长安城门西去路，细霭斜阳芳草暮。樽前一曲渭城歌，[2]马蹄万里交河[3]戍。人生误计觅封侯，[4]芳草愁人春复秋。只愿东行至沧海，路穷草断始无愁。

〔1〕甃，音酒，去声。凡以砖砌物，皆曰甃，如以砖垒为井壁等是。

〔2〕渭城歌，即王维“渭城朝雨”诗，见前。

〔3〕交河，见唐李颀诗注。

〔4〕王昌龄诗：“忽见陌头杨柳色，悔教夫婿觅封侯。”

三峡歌　有序　九首录三

序曰：“乾道庚寅，余始入蜀，上下三峡屡矣。后二十五年归耕山阴，偶读梁简文《巴东三峡歌》感之，拟作九首，实绍熙甲寅十月二日也。”按三峡谓瞿塘峡、巫峡、西陵峡，在川楚间大江中。三峡之中，长七百里，两岸连山，绝无断处，江水为峡所束缚，滩多水急，舟行甚险。

锦绣楼前看卖花，麝香山下摘新茶。长安卿相多忧畏，老向夔州[1]不用嗟。

〔1〕夔州，今四川奉节县境。

乱插山花篢子[1]红，蛮歌相和瀼[2]西东。忽然四散不知处，踏月扪萝归峒[3]中。

〔1〕篢子，笠名。篢，音公。

〔2〕瀼，水名，按大瀼水在奉节县，见《广舆记》。杜甫诗“瀼东瀼西一万家”，即此。

〔3〕峒，山穴也，与洞通。

我游南宾[1]春暮时，蜀船会系挂猿枝。云迷江岸屈原塔，花落空山夏禹祠。

〔1〕南宾，属忠州，唐武德二年析蒲州之武宁置。

东吴女儿曲

东吴女儿语如莺，十三不肯学吹笙。镜奁[1]初喜稚蚕出，窗眼已看双茧成。庭空日暖花自舞，帘卷巢干燕新乳。阿弟贪书下学迟，独拣诗章教鹦鹉。

〔1〕镜奁，镜匣也，储零星妆饰品。

葛长庚

字如晦，闽清人。家琼州，号海琼子。后隐于武夷山。事陈翠虚九年，始得其道。神异莫测，嘉定中，诏封紫清真人。

清夜辞

月明兮星稀，烟漠漠兮风悲。空阶兮竹影，悄无人兮萤飞。

红严感怀　四首

山高兮风寒，烟濛濛兮雨漫漫。雨霁兮雪飞，半夜无人兮倚栏。明月兮空山！

猿啼兮鸟哀，风飕飕兮雪皑皑。雪霁兮云收，思我故人兮伤怀。古径兮苍苔！

风悲兮花落，鸟哀哀兮水簌簌。水寒兮石苍，幽人自感兮茕独。[1]古洞兮枯木！

〔1〕茕，音琼。茕独，孤苦之人也，无兄弟曰茕，无子孙曰独。《诗》：“哀此茕独。”

草青兮烟冷，山苍苍兮水楚楚。山深兮地僻，青鸟不来兮凄苦。断烟兮荒草！

山中忆鹤林　四首

碧桃兮花落，青鸟去兮春寂寞。风止兮雪霁，望美人兮天一角。

可惜兮春光，芹泥[1]香兮燕又忙。花红兮水暖，望美人兮天一方。

〔1〕芹泥，燕营巢之芹草与泥土也。

白云兮孤飞，雁向北兮雁南枝。青山兮方叠，望美人兮天一涯。

苍崖兮巍巍，对落花兮倚斜晖。猿啼兮鹤唳，望美人兮天一隅。

陈允平

字君衡，兴化人，德祐时授沿海制置司参议官。宋亡不仕。

春闺怨

妾家住在湘江曲，门枕湘江春水绿。年年长是暮春时，两岸垂杨啼布谷。[1]自君话别湘江头，独上层楼弹箜篌。蛾眉不扫远山碧，满堤芳草春正愁。举头不见君，但见湘江云。江云散复聚，妾心空如熏。举头不见君，但见湘江水。江水去不回，妾颜为谁美？湘江云，湘江水，云水悠悠何日已？举头望君君未归，门前杨柳空依依。

〔1〕布谷，鸟名，鸣声如呼"割麦""插禾"，故名。

元

元好问

字裕之，号遗山，秀容人。仕金至行尚书省左司员外郎，金亡不仕。有《遗山集》。

西楼曲

游丝落絮春漫漫，西楼晓晴花作团。楼中少妇弄瑶瑟，一曲未终坐长叹。去年与郎西入关，春风浩荡随金鞍。今年匹马妾东还，零落芙蓉秋水寒。并刀[1]不剪东流水，湘竹[2]年年泪痕紫。海枯石烂两鸳鸯，只合双飞便双死。重城车马红尘起，乾鹊无端为谁喜。镜中独语人不知，欲插花枝泪如洗。

〔1〕并刀，并州剪刀也。杜甫诗："安得并州快剪刀？"

〔2〕湘竹，湘妃竹也，即斑竹。相传舜崩苍梧，二妃追至，哭帝极哀，泪染于竹，故斑斑如泪痕。

马祖常

字伯庸，光州人。延祐初乡贡会试第一，廷试第二。累迁至枢密副使。卒谥文贞。有《石田集》。

杨花宛转曲

空中游丝已无赖，宛转杨花犹百态。随风扑帐拂香奁，度水点衣萦锦带。轻薄颠狂风上下，燕子莺儿各新嫁。钗头烬坠玉虫初，盆里丝缫银茧乍。欲落不落春草平，无根无蒂作浮萍。缬波绣苔总成媚，人间景好是清明。清明艳阳三月天，帝里烟花市酒船。石桥横直人家好，小海白鱼跳碧藻。榆荚荷钱怨别离，不似杨花宛转飞。杨花飞尽绿阴合，更看明年春雨时。

萨都剌

字天锡，雁门人。泰定进士，官河北廉访经历。有《雁门集》。

燕姬曲

一作《杨花曲》。

燕京儿女十六七，颜如花红眼如漆。兰香满路马尘飞，翠袖笼鞭娇欲滴。春风淡荡摇春心，锦筝银烛高堂深。绣衾不断锦鸳梦，紫帘垂雾香沉沉。芳年谁惜去如水，春困着人倦梳洗。夜来小雨润天街，满院杨花飞不起。

胡天游

名乘龙，以字行，平江人。遭元季乱，隐居不仕。

杨花吟

吴江春水拍天涯，江上风吹杨柳花。花飞满空无处所，随风直渡吴江水。渡水随风太有情，萦花惹草恣轻盈。狂如舞蝶穿花径，细逐流莺度绮城。绮城楼阁连天际，杨花飞入千门去。飞去飞来稍觉多，纷纷如雪奈君何？珠帘绣箔深深见，舞榭妆楼处处过。楼中美人春睡起，愁见杨花思荡子。荡子飘零去不归，杨花岁岁点春衣。梦魂不识天涯路，愿作杨花片片飞。

李　序

字仲伦，东阳人。隐东白山。

远愁曲

桃杏忽已残，秾花逐流水。缘阶日色重，芳草青靡靡。飞燕衔落花，春风共吹起。飘散不相知，愁心满千里。

傅若金

初字汝砺，后改与砺，新喻人。少贫，以织席为生，又改业针工。后有所激，乃读书，工诗。有诗文集。

邯郸行

《通典》曰："邯郸，战国时赵国所都，自敬侯始都之。有丛台、洪波台在焉。"《乐府诗集》首列陆厥辞，杂曲。

邯郸城头下白日，邯郸市上风萧瑟。故垒空余鸟雀悲，荒园只见狐狸出。何王坟墓对山阿，尚忆诸侯征战多。赵客归来重毛遂，〔1〕秦军老去畏廉颇。〔2〕黄尘白草宫前道，鬼火如灯夜相照。公子秋来不见过，美人月下那闻笑？当时冠盖激浮云，拙钟考鼓宴青春。只今惟有邮亭[3]树，还送年年行路人。

〔1〕毛遂，战国时赵平原君之食客。初无所表现，秦攻赵，平原君求救于楚，遂自荐请从。平原君与楚言合纵，日中不决，遂按剑劫楚王，定从约归。平原君曰："毛先生以三寸之舌，强于百万之师。"乃以为上客。

〔2〕廉颇，战国时赵之良将。惠文王时，破齐，取晋阳；孝成王时，破燕，燕割五城请和；皆颇之功也。与蔺相如同时。相如为相，廉颇为将，秦不敢加兵于赵。

〔3〕邮亭，传送文书所止之处。见《汉书注》。

成廷珪

字原常，一字元章，又字礼执，扬州人。好学不求仕进。晚遭乱，避地吴中。

江南曲

吴姬当垆新酒香，翠绡短袂红罗裳。上盆十千买一斗，三杯五杯来劝郎。落花不解留春住，似欲随郎渡江去。酒醒一夜怨啼鹃，明日兰舟泊何处。

陈秀民

字庶子，四明人，一作温州人。官至翰林学士。

送远曲

谁令车有轮，去年载客西入秦。谁令马有蹄，今年载客过辽西。车轮双，马蹄四，念君独行无近侍。妇人由来不下堂，〔1〕侧身西望涕沾裳。〔2〕恨不化为双玉珰〔3〕，终日和鸣在君旁。

〔1〕《后汉书·宋弘传》："贫贱之交不可忘，糟糠之妻不下堂。"

〔2〕本张衡《四愁诗》句。

〔3〕珰，华饰也，谓玉佩。

李思衍

字昌翁，一字克昌，余干人。至元中，丞相伯颜渡江，以思衍权乐平，累迁礼部侍郎。复拜南台御史。

鬻孙谣

白头老翁发垂领，牵孙与客摩孙顶。"翁年八十死无恤，怜汝孩童困饥馑。去年苦旱谷未熟，今年飞霜先杀菽。去年饥馑犹哺糜，今年饥馑无余粟。"客谢老翁将孙去，泪下如丝不能语。零丁老病惟一身，独卧茅檐夜深雨。梦回犹自误呼孙，县吏催租正打门！

刘诜

字桂翁，庐陵人。十年不第，乃刻意诗古文辞。至正中卒。

秧老歌　二首

三月四月江南春，村村插秧无朝昏。红妆少妇荷饭出，白头老人驱犊奔。

五更负秧栽南田，黄昏刈麦渡东船。我家麦田硬如石，他家秧田青如烟。

揭傒斯

字曼硕，富州人。三入翰林，擢授经郎，升侍讲学士，知经筵。卒追封豫章郡公，谥文安。

高邮城

高邮[1]城，城何长！城上种麦，城下种桑。昔日铁不如，今为耕种场。但愿千万年，尽四海为封疆。[2]桑阴阴，麦茫茫，终古不用城与隍。[3]

〔1〕高邮，元府名，今江苏高邮县。

〔2〕封疆，界域也。

〔3〕城隍，犹言城也。《易》:“城复于隍。”

渔父词

夫前撒网如车轮，妇后摇橹青衣裙。全家托命烟波里，扁舟为屋鸥为邻。生男已解安贫贱，生女已得供饮爨。天生网罟作田园，不教衣食看人面。男大还娶鱟[1]家女，女大还嫁鱟家妇。朝朝骨肉在眼前，年年生计大江边。更愿官中减征赋，有钱沽酒共醉眠。虽无余羡无不足，何用世上千钟禄！

〔1〕鱟，同渔。

张养浩

字希孟，济南人。以省荐为东平学正，拜监察御史，累官翰林直学士、礼部尚书。卒封滨国公，谥文忠。

哀流民

哀哉流民！为鬼非鬼，为人非人。哀哉流民！

男子无缊袍，妇女无完裙。哀哉流民！剥树食其皮，掘草食其根。哀哉流民！昼行绝烟火，夜宿依星辰。哀哉流民！父不子厥子，子不亲厥亲。哀哉流民！言辞不忍听，号哭不忍闻。哀哉流民，朝不敢保夕，暮不敢保晨。哀哉流民！死者已满路，生者与鬼邻。哀哉流民！一女易斗粟，一儿钱数文。哀哉流民！甚至不得将，割爱委路尘。哀哉流民！何时天雨粟，使汝俱生存？

王 冕

字元章，诸暨人。善画梅，自号梅花屋主。

江南妇

江南妇，何辛苦！敝衣零落裙断腰，赤脚蓬头面如土。日间力田随夫郎，夜间绩麻不上床。缉麻成布抵官税，力田得米归官仓。官输未了忧郁腹，门外又闻私债促。大家揭帖出陈帐，生谷十年还未足。大儿五岁方离手，小女三周未能走。社长呼名散户田，下季官粮添两口。舅姑老病毛骨枯，忍冻忍饥蹲破庐。残年无物做慈孝，对面冷泪如流珠。燕赵女儿颜似玉，能拨琵琶调新曲。珠翠满头金满臂，日日春风嫌酒肉。五侯七贵〔1〕争取怜，一笑可博十万钱。归来重藉锦绣眠，不信江南妇人单袯〔2〕穿。

〔1〕五侯七贵，谓贵族也。汉河平二年，元帝舅王谭、王逢时、王根、王立、王商兄弟五人，同日封侯，世谓之五侯。梁冀之子胤，及叔父让、淑、忠、戟皆封侯，称梁氏五侯。《后汉书》："梁氏五侯，毒遍海内。"潘岳赋："窥七贵于汉庭。"《文选注》："汉庭七贵，吕、霍、上官、丁、赵、傅、王，并后族也。"又《北史·隋越王侗传》："以杀达，王世充为纳言；元文都、卢楚为内史令；皇甫无逸为兵部尚书；郭文懿为内史侍郎；赵长文为黄门侍郎。委以机务，为金书铁券，藏之宫掖，于时洛阳称为七贵。"

〔2〕袯，单支，毛衣也。

张宪

字思廉，山阴人。家玉笥山，号玉笥生。为张士诚所招，官枢密院都事。元亡，变姓名寄食僧寺以终。

静女吟

艳女罗衣裳，静女荆布妆。〔1〕艳女嫁大将，静女妇农庄。大将死边疆，艳女愁空房。农庄务耕作，静女勤箧筐。艳女迭[2]三嫁，末路流为娼。静女教子成，五福[3]垂高堂。好花空窈窕，桃李不如桑。

〔1〕《诗》:“静女其姝。”静，贞静也。孟光荆钗布裙。

〔2〕迭，更迭也。

〔3〕五福，一曰寿，二曰富，三曰康宁，四曰攸好德，五曰考终命。

明

刘 基

字伯温，青田人。元进士。洪武中以佐命功，封诚意伯。后为胡惟庸毒死。正德中追谥文成。

思归引

《思归引》为乐府琴曲，一曰《离拘操》。《琴操》曰：“卫有贤女，邵王闻其贤而请聘之，未至而王薨。太子曰：‘语闻齐桓公得卫姬而霸；今卫女贤，欲留之。’大夫曰：‘不可。若贤，必不我听；听必不贤，不可取也。’太子遂留之，果不听，拘于深宫，思归不得，遂援琴而作歌；曲终，缢而死。”《乐府诗集》首列晋石崇辞，其序曰：“崇少有大志，晚节更乐放逸。因览乐篇有《思归引》古曲，有弦无歌，乃作乐辞。但思归河阳别业，与《琴操》异也。”按刘辞与石辞同有故土之怀，故记其题旨如此。

山高高兮，可以望四方。胡跻尔巅兮，不见我故乡？岁云莫兮，无衣裳！车罢[1]马羸兮，仆夫顿僵！水有蛟鳄兮，陆有虎狼。吁嗟奈何兮，惟怀永伤！

〔1〕罢，同疲，困极劳敝也。《礼》："师役曰罢。"

乌生八九子

《乌生八九子》，为乐府相知曲。古辞存，见上编。

树上乌，一生八九子，相呼哑哑聒人耳。何不学衔泥燕，和鸣集桃李？又不学鹰与隼，奋翅高飞碧云里？胡为巢此庭树间，啄腐吞腥饕吻嘴？少年挟弹如流星，祸机潜发不见形。翅翎摧折身首磔，蝼蚁伤残谁汝惜？

长安道

《长安道》，为乐府横吹曲辞。《乐府诗集》首列梁简文帝辞，大率言长安道上之盛衰兴废也。

长安道，送尽芳菲到枯槁。人生衰盛苦不常，何异长安道傍草？汉家将军初拜官，门前上客车班班。一朝势衰烟焰歇，车轮无声马蹄绝。明年有诏封冠军，依旧车马来如云。

陇头水

《陇头水》为乐府横吹曲辞。按《陇头》为李延年新声二十八解之一，古辞亡。《陇头水》，盖出于此。《乐府诗集》首列梁元帝辞。又梁鼓角横吹曲有《陇头流水歌辞》及《陇头歌辞》，各三首，均存，见上编。

陇头水，征夫泪。征夫之泪滴陇头，化为水入秦川流。水流向秦川，呜咽鸣不已。何因得天风，吹入君王耳？

大堤曲

《大堤曲》，为乐府清商曲辞。按梁简文帝《雍州曲》三首，其三为《大堤》。《大堤曲》盖出于此。《乐府诗集》首列唐张柬之辞。

大堤女儿颜如花，大堤之上无豪家。东家女作西家妇，夫能棹船女沽酒。春去秋来年复年，生歌死哭长相守。君不见：襄阳女儿嫁荆州，撞钟击鼓烹肥牛。楼船一去无回日，红泪空随江水流！

陇头水

衔泥燕

衔泥燕，尾涎涎。[1]衔泥点污几席间，更捉飞虫扑人面。衔泥燕，人言尔巢长满尺，主人仓廪多蓄积。借尔华屋好安居，年年垒巢生尔雏。

〔1〕涎涎，光泽貌。《汉书》："燕燕尾涎涎。"

拜新月

《拜新月》，为乐府杂曲，《乐府诗集》列于近代曲辞，首列唐李端辞，见上。

月生花始开，月圆花渐落。花开人少年，花落人可怜。女儿拜新月，望圆不望缺。夫圆望不休，既圆应更愁。

长相思

长相思，在沅湘，九嶷[1]之山郁苍苍。青天荡荡林木暗，落日虎啸风飞扬。欲往从之水无航。仲尼有德而不用，孟轲竟死于齐梁。松柏摧折桂生蠹，但见荆棘如山长。长相思，断人肠！

〔1〕九嶷，山名，亦作九疑，在湖南宁远县南六十里。《水经注》："九疑山罗岩九峰，各导一溪，岫壑负阻，异岭同势，游者疑焉，故曰九疑。"

望行人

朝听乾鹊鸣，暮见灯花结。鹊鸣灯结无定期，镜里青云看成雪。人生百岁难长保，天上孤鸾海中老。滔滔逝水不回西，灼灼秋花几时好？一朝复一朝，一夕复一夕。只恐君心念妾时，妾身已作山头石！

夜夜曲

《夜夜曲》为乐府杂曲，《乐府诗集》首列梁沈约辞，见前。

冬夜恒苦长，夏夜恒苦短。短长相蔽亏，殷勤望推挽。纫茅作绳绳易断，汲水作池池易旱。故镜尘昏难照远，故衣絮敝无新暖。西风袅袅吹桂枝，白露点苔黄叶满。

折杨柳

去年送君杨柳青，暖风晴日花冥冥。今日思君琐窗绿，柳条又缀黄金粟。君心却似条上花，随风飘荡不思家。妾心已作科上槁，[1]纵得春光为谁好？折取长条寄远人，人生四十无青春。

〔1〕草木之本曰科，枯木曰槁。

远如期

《远如期》为乐府鼓吹铙歌十八首之一。古辞存，本编未录。

远如期，近别尚云可，远期能不悲？忆昔辞君出门去，手种庭前松柏树。树令成器人未归，洞房白发秋霏霏。高原有梧隰有槚，[1]待君北邙山石下。

〔1〕梧、槚，皆美材，《孟子》："舍其梧槚，养其樲棘，则为贱场师焉。"隰，音习，《尔雅》："下湿曰隰。"谓低下之地也。

秋夜月

秋夜月，黄金波。照人哭，照人歌。人歌人哭月长好，月缺月圆人自老。

懊侬歌

《懊侬歌》为乐府清商吴声，古辞存，见上编。

白鸦养雏时，夜夜啼达曙。如何羽翼成，各自东西去！

薤露歌

《薤露歌》为乐府相和曲，古辞存，见上编。

人生无百岁，百岁复如何！古来英雄士，各已归山阿。

汪广洋

字朝宗，高邮人，流寓太平。元末举进士，太祖召为元帅府令史，历仕至右丞相，封忠勤伯，以事诛。

涉江采荷花

郎骑白马临江浒，妾采荷花涉江浦。郎情若比藕丝长，妾心胜似莲心苦。藕丝长，难绾结，莲心苦，莫如妾。天长地久此心存，花落花开任情绝！

危　素

字太朴，一字云林，金溪人。元至正间授经筵检讨，累迁翰林学士承旨。明初为翰林侍讲学士，兼弘文馆学士。后谪和州，幽恨而卒。

子规啼

子规啼，白月低。春云迢迢春水远，芳草绕庭花乱飞。子规啼时征梦苦，郎船定发潇湘浦。潇湘江上风浪多，春晚胡为不归去？子规好去潇湘啼，重来借汝春树栖。

高　启

字季迪，长洲人。洪武初召修《元史》，授翰林院国史编修，擢户部侍郎。放还,为魏观作《上梁文》,连坐死。

悲　歌

乐府杂曲有《悲歌行》,古辞存,见上编。

征途崄巇,人乏马饥。富老不如贫少,美游不如恶归。浮云随风,零落四野。仰天悲歌,泣数行下。

周是修

名德,以字行,泰和人。洪武末举明经,建文间为衡王府纪善。燕王篡位,自经于尊经阁而卒。

桑妇谣

采桑妇,朝朝暮暮南园路,出入宁论晴与雨。蚕盛愁桑稀,蚕衰恐姑怒。大眠起来忙更忙,寝食不遑儿不顾。年年养蚕多茧丝,身上到头无一缕。小半输官大半卖,缫织未成先有主。可怜寸寸手中过,竟作何人袄衫去!采尽桑叶空留树,树下青青长麻苎。山鸡角角终日啼,桑椹渐红春雨住;妾尚无襦夫少袴。

刘　绩

字孟熙，山阴人。隐居不仕，人称西江先生。

征夫词

征夫语征妇，死生不可知。欲慰泉下魂，但视裸中儿。

征妇词

征妇语征夫，有身当殉国。君为塞下士，妾作山头石。

岳　王

字秀方，漷县人。正统进士，授编修。后谪钦州同知，戍肃州。成化初，出知兴化府，致仕卒，谥文肃。

古乐府　二首

短短床，太局促。徒能坦郎腹，未得展郎足。

纵郎有意为合欢，床短安能荐郎宿？

太局促，短短床。流苏苦不长，兰麝无馨香。郎欲招妾妾不来，可怜春色空辉光。

李梦阳

字献吉，庆阳人。弘治进士，授户部主事。武宗时，代韩文属草劾刘瑾，下狱免归。

车遥遥

《车遥遥》，为乐府杂曲，《乐府诗集》首列梁车榖辞，见前。

车遥遥，遥遥复迈迈。望见秋尘起，不见车轮转，知在秋尘里。

朝饮马　送陈子出塞

朝饮马，夕饮马。水咸草枯马不食，行人痛哭长城下。城边白骨借问谁？云是今年筑城者。但道辞家别六亲，宁知九死无还身？不惜身为城下土，所恨功名赏别人。去年贼掠开山县，黑山血迸单于箭。万里黄尘哭震天，城门昼闭无人战。今年下令修筑边，丁夫半死长城前。城南城北秋草白，愁云日暮鸣胡鞭。

何景明

字仲默，信阳人。弘治壬戌进士，官至陕西提学副使。

秋江词

烟渺渺，碧波远。白露晞，翠莎晚。泛绿漪，蒹葭浅，浦风吹帽寒发短。美人立，江中流。暮雨帆樯江上舟，夕阳帘栊江上楼。舟中采莲红藕香，楼前踏翠芳草愁。芳草愁，西风起。芙蓉花，落秋水。江白如练月如洗，醉下烟波千万里。

岁宴行

旧岁已晏新岁逼，山城雪飞北风烈。徭夫河边行且哭，沙寒水冰冻伤骨。长官叫号吏驰突，府帖连催筑河卒。一年征求不少蠲，贫家卖男富卖田。白金纵有非地产，一两已值千铜钱。往时人家有储粟，今岁人家饭不足。饥鹤翻飞不畏人，老鸦鸣噪日近屋。生男长成聚比邻，生女落地思嫁人。官家私家各有务，百岁岂止疗一身。近闻狐兔亦征及，列网持矰遍山域。野人知田不知猎，蓬矢桑弓射不得。嗟吁今昔岂异情，昔时新年歌满城。明朝亦是新年到，北舍东邻闻哭声。

胡缵宗

字可泉，一字世甫，秦安人。正德进士，由检讨出为嘉定判官。历官副都御史巡抚山东，俱有政绩。后为仇所陷，革职归。

西门行　五解　有趋

《西门行》为乐府清商大曲。古辞存，见上编。

出西门，过南浦。床头美酒熟，日夕招邻父。

东家鸡，西家黍。两两垂白翁，携筇办樽俎。

东风吹海潮，春雨渍江皋。及时不为乐，红颜秋易调。

嗟嗟王子乔，[1]遗世独吹箫。乘云竟飞去，缑山松萧萧。

首山饿，〔2〕龙冈卧。〔3〕皋夔稷契安在哉？〔4〕麟阁云台名空播。〔5〕

昼夜生日月，寒暑分秦越。秉烛今不游，后当悲白发。〔6〕

〔1〕王子乔，周灵王太子晋也。好吹笙，作凤凰鸣。游伊洛之间，浮丘生接引上嵩山。后乘白鹤至缑氏山头，举手谢时人，吹箫而去。见《列仙传》。

〔2〕首山，即首阳山，在河南偃师县西北。周武王伐殷，伯夷、叔齐叩马而谏。及胜殷，有天下，夷、齐耻食周粟，隐于首阳山，采薇而食，遂饿死。

〔3〕卧龙冈，在河南南阳县西南。相传诸葛亮草庐在焉。按《三国志》，亮家在襄阳城西二十里隆中，不应居此。

〔4〕皋，谓皋陶，虞舜时为狱官官长。夔，虞舜时为曲乐之官。稷，谓后稷，虞舜时农官。契，虞舜时臣，或谓尧司徒。

〔5〕麒麟阁，汉宣帝图功臣于此，凡十一人：霍光、张安世、韩增、赵充国、魏相、丙吉、杜延年、刘德、梁丘贺、萧望之、苏武。云台，汉宫中高台。光武帝定天下，有功臣二十八人，明帝永平三年，图于南宫云台，以邓禹为首，次马成、吴汉、王梁、贾复、陈俊、耿弇、杜茂、寇恂、傅俊、岑彭、坚镡、冯异、王霸、朱祐、任光、祭遵、李忠、景丹、万修、盖延、邳彤、姚期、刘植、耿纯、臧宫、马武、刘隆。

〔6〕“昼夜”以下四句为趋。

孤儿行

《孤儿行》为乐府清商瑟调。古辞存，见上编。

但知孤儿生，不知孤儿苦。人皆依慈亲，孤儿少无母。人皆依严君，孤儿少无父。堂前兄如翁，堂后嫂如姥。举头将谁仰？低头复谁俯？寄身兄与嫂，常恐兄嫂怒。兄嫂喜，孤儿簪有组。〔1〕兄嫂怒，孤儿炊无釜。兄嫂试孤难，令孤热时贾。兄嫂嗔孤闲，令孤寒时罟。〔2〕呼地暮陟屺，呼天朝陟岵。〔3〕何日兄嫂怜，孤儿乐乡土？

〔1〕簪，首笄，连冠于发者。组，绶属，犹今言丝绦。

〔2〕罟，谓网罟，捕鱼也。

〔3〕《诗》："陟彼岵兮，瞻望父兮。……陟彼屺兮，瞻望母兮。"序曰："陟岵，孝子行役，思念父母也。"

筑长城

马缟《中华古今注》曰："秦始皇三十二年，得谶书云：'亡秦者胡。'乃使蒙恬击胡，筑长城以备之。"《淮南子》曰："秦发卒五十万筑修城，西属流沙，北系辽水，东结朝鲜，中国内郡，挽车而饷之。"《乐府诗集》曰："后因有《筑城曲》，言筑长城以限胡虏也。”首列唐张籍辞。

父筑城，岂惮老？子筑城，宁怜小？弟筑城，室无妻。兄筑城，门有嫂。吏索丁，儿在抱。妇饷夫，虏在道。朝筑城，日欲生。夕筑城，月将明。西筑城，洮河[1]竭。东筑城，辽海[2]绝。城既成，且莫哭。城或崩，[3]谁复筑？

〔1〕洮河，在今甘肃，源出甘肃临潭县西北之西倾山，东南折北流入黄河。

〔2〕辽海，谓辽河，有东西二源：东曰东辽河，源出辽宁东平县西北之平顶山；西曰西辽河，源出河北承德县北海剌哈山东麓。至辽源县，二河相合，折西南流，至营口入辽东湾。

〔3〕《文选》引《列女传》：“齐庄公袭莒，殖（杞梁）战死。杞梁之妻无子，内外无五服之亲。既非所归，乃就其夫之尸于其城下而哭之。内诚动人，道路过者，莫不为之挥涕。十日而城为之崩。”

曹娥江

曹娥，东汉孝女，上虞人。父溺死于江，不得尸；娥年十四，沿江号哭，昼夜不绝声，旬有七日，投江而死。

江水灞灞深，吾父何处？江水汤汤长，吾父何处？入江求吾父，上邪下邪？孰与石住，浮邪沉邪？孰与波去，且莫蹉跎！宁复婆娑！如吾父何？吾抱吾父天有心，吾父附吾江有神。

伍昔为忠臣，[1]往来江之滨。曹今为孝女，期夕江之津。

〔1〕伍，谓伍子胥。春秋时楚人，名员。父奢，兄尚，为平王所杀；子胥奔吴，中道乞食。卒佐吴伐楚，入郢；时平王已卒，乃掘其墓，出其尸，鞭之三百。后吴败越，越王勾践请和，夫差许之，子胥谏，不听。太宰嚭谗之，夫差使使赐子胥属镂之剑；子胥告其舍人曰："抉吾眼，悬吴东门之上，以观越寇之入灭吴也。"夫差闻之，大怒，取子胥尸，盛以鸱夷革，浮之江。后九年，越灭吴。见《史记》。

张时彻

字维静，号东沙，鄞人。嘉靖进士，累官南京兵部尚书。以倭入寇，勒归。

防胡行　二首

将军来！将军来！胡今在边，吾与汝戍旃！[1]击左先备右，突后须防前。宁断我头与足，无坏我田与屋。弯弓被甲犹尚可，无衣无食愁杀我。

将军来！将军来！胡今在此，吾与汝驰逐！

蜇螫[2]须覆巢，驱虎须毁族，巢不覆，族不毁，鸟兽攫人食骨髓。有堑莫险，有墩莫固。今汝不努力，胡来荼毒[3]汝。

〔1〕旃，之焉二字之合音。《诗》："尚慎旃哉！"

〔2〕蜇，音折，虫螫也。螫，音镞，虾虫头上距也。蜇螫，连用似不可通，疑作者未按本义，意谓"荼毒"而已。

〔3〕荼毒：荼，苦菜；毒，螫虫。并言之，以喻苦也。《书》："罹其凶害，弗忍荼毒。"

东道吟　四解

泥滑滑！水深车覆辙！风飘雨骤不得歇！

石子累累车所由，荆棘如矛满道周，跋涉狼狈[1]我心忧。

后有猛虎，铦牙利距。[2]前有剽虏，[3]抢夺官马。四顾田野间，望不见烟火。

我马踌躕，我仆次且。[4]行徐徐，无疾驱。

〔1〕狼狈，颠蹶困顿。《南史》："齐武帝与新吴侯景先共车行泥路，车辕折，俱狼狈。"

〔2〕铦，音纤，利也。距，爪也。

〔3〕剽虏,劫贼也。

〔4〕次且,与趑趄同,欲进不前也。韩愈文:"足将进而趑趄。"

陌上柳

陌上柳,陌上柳。春风披拂长短条,不知攀折谁人手?为问去年折柳人,今年柳发归来否?雉朝飞,车辚辚。花飞飞,愁杀人!

李攀龙

字于鳞,历城人。嘉靖进士,历陕西提学副使,累迁河南按察使。母丧,以毁卒。

东　光

《东光》,为乐府相和曲辞,古辞存,见上编。

胡儿平,倭奴[1]何不平?倭奴利水战,海堑船为城。诸军彀骑[2]士,驰射难纵横。

〔1〕倭,人种名。《汉书·地理志》:"乐浪海中有倭人,分为百余国。"又《元史》:"日本国在东海之东,古称倭奴国。"明时数为边患。

〔2〕彀骑,马兵之持弓弩者。《汉书·冯唐传》:"选车千三百乘,彀骑为三

千匹。”注:“彀,张弩也。”

夜度娘

《夜度娘》为乐府清商西曲,古辞存,见上编。

侬来星始集,侬去月将夕。不是地上霜,无人见侬迹。

枯鱼过河泣

《枯渔过河泣》,为乐府杂曲,古辞存,见上编。

大鱼啗〔1〕小鱼,小鱼啗鰕鲺,〔2〕鰕鲺啗沮洳。〔3〕啗多沮洳涸,请君肆中居!

〔1〕啗,音啖,食也。

〔2〕鰕,同虾。鲺,音蛆,鳝鱼属。

〔3〕沮洳,水浸处下湿地也。《诗》:“彼汾沮洳。”

宗　臣

字子相,扬州人。嘉靖进士,由吏部考功郎。历稽勋员外郎,后出为福建布政参议。卒年三十六。

今夕歌　四首

今夕何夕兮，星稀月明？今夕何夕兮，得与美人同行？蟋蟀在床兮，凄凄则鸣。江水浩荡兮，泠泠其声。何接美人之殷勤兮，乃使我惆怅而怆情？

今夕何夕兮，露下庭荷？今夕何夕兮，得与美人同歌？山有木兮木有柯，水有鸟兮鸟有罗。何接美人之慷慨兮，乃使我泪下而滂沱？

今夕何夕兮，日居月诸？[1]今夕何夕兮，得与美人同车？前有溪兮溪有鱼，后有园兮园有蔬。何接美人之环珮兮，乃使我气结而欷歔？

〔1〕居、诸，皆语助词，感叹之音。

今夕何夕兮，飞鸟鸣禽？今夕何夕兮，得与美人同斟？奉清醴兮弹素琴，荐上珍兮扬华音。何接美人之周旋兮，乃使我情结而沾襟？

池上歌　二首

芙蓉摇落兮惊素秋，箫鼓殷殷兮泛中流。瞻彼沧洲兮狎白鸥，美人不见兮使我愁！ 安得与美人相逢兮，采萱草以忘忧？

蒹葭苍苍兮露为霜，秋风飒飒兮明月光。 四顾天地兮何微茫！ 美人不见兮使心伤！ 安得与美人相将兮，折枝桂而徜徉？

昔思君

《昔思君》为乐府杂曲。《乐府诗集》首列晋傅玄辞，见前。

昔君与我兮，同心结发。 今君与我兮，参商胡越。 昔君与我兮，鸳鸯同池。 今君与我兮，南北异枝。 昔君与我兮，月明星灿！ 今君与我兮，风流雨散。

昔君别　二首

昔君别我兮，春草萋萋。 今我思君兮，秋雨霏霏。 春秋既已改序兮，君胡为兮不归？

昔君别我兮，江月阴阴。 今我思君兮，海日深深。 日月忽其不停兮，君胡为兮无音？

王世贞

字元美，太仓人。嘉靖丁未进士，官山东副使。以父难解官。后补大名兵备，历仕至刑部尚书。

战城南

战城南，城南壁。[1]黑云压我城北，伏兵捣我东，游骑抄我西，使我不得休息。黄尘合匝，日为青，天模糊。钲鼓发，乱讙呼。胡骑敛，飙[2]迅驱。树若荠，[3]草为枯。啼者何？父收子，妻问夫。戈甲委积，血淹头颅。家家招魂入，队队自哀呼。告主将，主将若不知。生为边陲士，野葬复何悲！釜中食，午未炊。惜其仓皇遂长诀，焉得一饱为！野风骚屑[4]魂依之。曷不睹主将，高牙大纛[5]坐城中。生当封彻侯，[6]死当庙食无穷。

〔1〕壁，军垒也。

〔2〕飙，音标，暴风也。

〔3〕荠，蒺藜也。

〔4〕骚屑，风声，犹言萧瑟。

〔5〕高牙大纛，居高位者之仪仗也。

〔6〕彻侯，秦废古五等爵，惟留侯爵，以赏功劳，在第二十级，为爵之最尊者，称曰彻侯。彻，通也，言其爵位上通于天子也。

钦䲹行

《山海经·西山经》："钟山，其子曰鼓，……是与钦䲹杀葆江于昆仑之阳，帝乃戮之钟山之东曰瑶崖。钦䲹化为大鹗，……见之则有大兵。"沈德潜曰："（钦䲹）应指分宜言。钤山读书时，天下以姚宋目之，故有'千秋不一见，见者国祚昌'之语。"按分宜，谓严嵩。元美父为嵩所害，故仇之甚。

飞来五色鸟，自名为凤凰。千秋不一见，见者国祚昌。响以钟鼓坐明堂。〔1〕明堂饶梧竹，三日不鸣意何长。晨不见凤凰，凤凰乃在东门之阴啄腐鼠，啾啾唧唧不得哺。夕不见凤凰，凤凰乃在西门之阴媚苍鹰，愿尔肉攫分遗腥。梧桐长苦寒，竹实长苦饥。众鸟惊相顾，不知凤凰是钦䲹。

〔1〕明堂，明政教之堂也。古祀上帝，祭先祖，朝诸侯，养老尊贤，凡关于大典礼者，皆于此行之。

谢榛

字茂秦，临清人，自称四溟山人。

行路难

荀卿将入楚，[1]范叔未归秦。[2]花鸟非乡国，悠悠行路人。

〔1〕荀卿，名况，战国赵人。初仕于齐，齐人或谗之，乃适楚为兰台令。

〔2〕范叔，名雎，战国魏人。欲事魏王，家贫无以自资，乃先事中大夫须贾，从贾使齐，齐王厚赏之；复以贾谮，被齐笞击，佯死得出。入秦，说昭王，拜客卿。寻为相，封应侯。

秋闺曲

目极江天远，秋霜下白蘋。可怜南去雁，不为倚楼人。

漠北词

石头敲火炙黄羊，[1]胡女低歌劝酪浆。醉杀群胡不知夜，鹞儿岭下月如霜。

〔1〕黄羊，胡羊也，见《后汉书》。

吴国伦

字明卿，兴国人。嘉靖进士，擢兵科给事中。忤严嵩，谪南康推官。后起建宁同知，累迁河南左参政，大计罢归。

江南曲　二首

江南行采莲，莲露如珠泻。白鸟翔其上，游鱼戏其下。

江南行采莲，莲花曜朝日。素腕刺船来，朱唇唱歌出。

沈明臣

字嘉则，鄞县人。

凯　歌

沈德潜曰："嘉则与徐文长同在胡少保宗宪幕。少保尝宴将士于烂柯山，酒酣乐作，嘉则于席上赋《凯歌》

江南曲

十章；吟至‘狭巷短兵’二语，少保起捋其须曰：‘何物沈郎，雄快乃尔！’命工刻石置山上。”

衔枚[1]夜度五千兵，密领军符号令明。狭巷短兵相接处，杀人如草不闻声。

〔1〕衔枚，古行军，或令军士衔枚。枚状如箸，横衔口中，组系着于枚之两端，结之项后，所以禁偶语也。

王　屋

字孝峙，嘉善人。

子夜歌　三首

千金买良玉，百金求良工。为侬作双环，相连无始终。

妾身妾自惜，君心君自知。莫将后日情，不如视见时。

家有千黄金，不如得郎心。家有千仓谷，不如抱郎宿。

李　沂

字景鲁，嘉鱼人。万历进士，改庶吉士，授吏科给事中。忤中官张鲸，下诏狱廷杖，斥为民。

插秧歌　有序

辛卯水大至，李子愍农人之苦，作《插秧歌》。

朝插秧，暮插秧。往视我田中，乃有鳜与鲂。

朝耘田，暮耘田。往视我田中，乃有蒲与莲。

谁者造屋？吾为尔操版筑。谁者有牛羊？吾愿为尔牧。

胡应麟

字元瑞，兰溪人。万历中举于乡，久不第。筑室山中，藏书四万余卷，记诵淹博。以诗谒王世贞，世贞激赏之。

猛虎行

南山有猛虎，白额斑斓而锦文。南山有猛虎，白额斑斓而锦文。目睛铄雷电，齿牙决浮云。出入乘风飙，威加百兽。熊罴豺狼狐兔，惕息莫敢与共群。

山头绝樵采，山底无四邻。终朝攫取行旅食黎氓；妇女小儿骨骸若丘山，腥秽不忍闻。

谓虎汝胡不仁！胡不学彼驺虞[1]凤与麟？百兽有恒食，汝胡好食人？汝何太不仁？吾将上诉汝，诉汝司命君。[2]

唶！司命君，不汝罪。傅汝角，张汝翼，砺汝爪距锋以锐。俾汝飞而食，食人万里外。

食人以足天道好还，忽遇洛阳三河[3]少年，贲戎发机，卞庄奋拳，佽飞鼓刃，裴旻控弦。[4]击鼓鸣钲，张网树旗。有角曷抵？有翼曷飞？劙裂其肉，寝处其皮，以首承溺，为百兽嗤。永戒后人：为恶勿长，为善勿疑！彼不余信，请视此诗！

〔1〕驺虞，兽名。白质黑文，尾长于躯，其齿前后若一，齐等无牙，不食生物，不食生草。见《汉书·东方朔传》及陆玑《诗疏》。

〔2〕司命君，神名。

〔3〕三河，汉以河内、河南、河东三郡为三河。

〔4〕贲、戎、卞庄、佽飞、裴旻，皆古之勇士。裴旻，唐人；余皆春秋战国时人。

文震孟

字文起，长洲人。天启壬戌赐进士第一，授翰林修撰。历仕至礼部侍郎、东阁大学士，卒谥文肃。

拟古远行

江之阳兮有屿，江之阴兮有渚。朝而风兮夕而雨，望夫君兮渺何许。春波兮悠悠，日暮兮夷犹。[1]擥青桂兮为楫，搴木兰兮为舟。怳[2]含思兮凝睇，乘清风兮远游。远游兮上下，载行兮载舍。[3]遵中流兮待君，将寄心于远者。

〔1〕夷犹，迟疑不决也。《楚辞》："君不行兮夷犹。"

〔2〕怳，失意貌。《楚辞》："临风怳浩歌。"

〔3〕舍，止也。

张 溥

字天如，太仓人。崇祯辛未进士，改庶吉士。

孟门行

唐崔颢有《孟门行》，《乐府诗集》列于新乐府辞，本书未选。

双丝系玉环，宛转生光泽。本以结同心，何知反弃掷？君家美酒琥珀光，红颜少年空满堂，酒酣意气不可当。君家玉堂盛孟门，[1]孟门深谷无朝昏。中有美人啸且歌，仁义结客客自多，相与醉君金叵罗。[2]黄雀衔环报旧主，畏君弹射远飞去，夜深孤栖城北树。

〔1〕孟门，在太行山东。《左传》："齐侯伐晋，取朝歌，入孟门，登太行。"《史记》："殷纣之国，左孟门，右太行。"盖亦名山也。

〔2〕金叵罗，金酒卮也。《北史》："神武宴僚属，于坐失金叵罗。"

刘永锡

字钦尔，魏县人。崇祯丙子举人，官长洲儒学教谕。明亡后，于阳城湖之滨，穷饿死。

行路难

云漫漫兮白日寒，天荆地棘行路难。

陈子龙

字人中，更字卧子，青浦人。崇祯丁丑进士，官兵部给事中，殉节死。

小车行

小车班班黄尘晚。夫为推，妇为挽。出门何所之？青青者榆疗吾饥，愿得乐土共哺糜。风吹黄蒿，望见墙宇，中有主人当饲汝。叩门无人室无釜，踯躅空巷泪如雨。

施　武

字鲁孙，长洲人。

相见坡

上坡面在山，下坡山在面。相见令人愁，何如不相见！

乌鸦关

朝上乌鸦关，暮下乌鸦关。老乌啼哑哑，行人还未还？

邢　昉

字孟贞，高淳县学生。

故宫燕

君不见故宫燕？春雨秋风几回换。宫中风雨长蓬蒿，飞入宫墙绕虚殿。穿帘度阁羽差池，尽日呢喃人未知。柳下乍衔千点絮，花间仍拂万年枝。玉阶寂寞罘罳冷，[1]画栋回翔春燕影。岁岁营巢意不成，春来秋去谁曾省？可怜此度秋风早，整顿毛衣犹自好。徘徊欲别未央宫，[2]万户千门忽如扫。钟虡[3]何年去洛阳，仙人辞汉泪成行。最苦西飞双燕子，重来不见旧宫墙。

〔1〕罘罳，音浮思，镂木为之，其中疏通，可以透明，成为方孔，或为连锁，其状扶疏，故曰罘罳。或以为即屏障帷幕之物。

〔2〕未央宫，汉宫名。

〔3〕钟虡，指国家重器。虡，悬钟磬之物也。

张纲孙

字祖望，钱塘人。

苦旱行

田中无水骑马过，苗叶半黄虫咬破。五月不雨至六月，农夫仰天泪交堕。去年腊尽频下雪，父老俱言水应大。如何三伏无片云，米价腾贵人饥饿。

大河之壖风扬沙，桔槔无用袖手坐。林木焦杀鸟开心，鲂鱼枯干沟底卧。人人气喘面皮黑，十个热病死九个。安得昊天降灵雨，童儿欢笑父老贺。高田低田薄有收，比里稍可完国课。不然官吏猛如虎，终朝鞭扑畴能那！

钱澄之

原名秉镫，字饮光，桐城人。生当明季，国变后，杜门课耕，自号田间老人。

乞儿行

乞食儿，勿求饱！如今惟有乞儿好。富人有粮贫有丁，羡尔不闻追呼声。乡里小民难到县，羡尔不见县官面。官家赋税多如麻，汝徒只税篮中蛇。君不见富家翁，朝防吏人夜防贼，通宵有眼合不得。篮中蛇去值几钱，草堆一夜齁齁眠。〔1〕

〔1〕齁，吼平声。齁齁，鼻息声。

周　岐

字里未详。

官兵行

贼近苦贼来，贼至恐贼去。贼来避有时，贼去官兵住。官兵畏贼如畏狼，但行贼后势莫当。鸣钲击鼓入村里，马索刍豆人索粮。不择鸡与豚，更驱牛与羊。倾仓倒瓮恣搜括，排墙堕壁掘余藏。官兵得物喜，民家失物悲。语君且勿悲！官兵醉后难支持。东家少妇已被污，西家儿女终夜啼。但得饱掠速飏去，犹能老弱共餔糜。一旦贼兵去已远，官兵夜起催朝饭。大车橐重小车盈，路捕行人递输挽。行至前村计复生，竟指乡屯为贼营。丁男杀尽丁女掳，扬旌奏凯唱功成。君不见，贼去人归犹爨食，官兵所过生荆棘。痛哉良民至死不为非，无如官兵势逼民为贼！

王　鑨

字里未详。

带儿怨　三首

秋起早，送欢海棠花，趁着颜色好。

风吹墙上草，草长东西倒。我从墙外过，看欢欢不恼。

爱欢好情怀，等我四更半。我去恐人知，欢来怕人见。

孤夜愁

孤夜长，孤夜凉，西来月光上夜床。秋风刮霜树叶黄，欹枕寒声不可当。愁怨结，愁心绝。天不明，怨重结。多事虫儿叫不歇，床前灯半灭。

长安歌　三首

朝骑马出，暮骑马归。终日人学鹧鸸飞。〔1〕

〔1〕鹧鸸，未详。

十八女子惯行步，藕丝裙子两边露。见人故意整罗衣，春风吹开大红裤。

男着紫貂裘，女着雾縠绌，男女街上游。

关山月

《关山月》,为乐府横吹曲辞,《乐府诗集》首列梁元帝辞,见前。

祁连月,关山明,征人夜夜守长城。发半白,年半百,朝斯夕斯多嚄唶,[1]头上日月一何迫!

〔1〕嚄唶,音获则,感叹声。

思吴江歌

秋风起兮吴思长,思吴江兮滞洛阳。洛阳去吴兮三千里,何为羁此兮,意不徉徉?

昔思君

昔君与我兮,出入同车。今君与我兮,貌亲情疏。昔君与我兮,二人一心。今君与我兮,众口铄金。昔君与我兮,饮酒湛乐。今君与我兮,枝枯叶落。

思归歌

白露已降兮，木凋叶黄。白露为霜兮，旅人晨起沾裳。思归故里兮，道阻且远。心几烦而不整兮，夜长日短。人有身兮身有家，我何为兮在天涯？

孙羽侯

字里未详。

拟古乐府

郎船泊湖头，侬船傍湖曲。夜半风浪生，移船并相宿。

景翩翩

字三昧，一字惊鸿，建昌妓。有美色，工诗。后自经死。

安东平

《安东平》，为乐府清商西曲歌舞，古辞存，见上编舞曲。

遗郎尺锦，是侬寸心。十日一线，五日一针。

下编四　清

施闰章

字尚白，江南宣城人。顺治己丑进士，官江西参议。康熙己未，召试博学鸿词，官翰林院侍讲。著有《愚山诗集》。

浮萍兔丝篇　有序

李将军言：部曲尝掠人妻，既数年，携之南征，值其故夫，一见恸绝。问其夫，已纳新妇，则兵之故妻也。四人皆大哭，各反其妻而去。予为作《浮萍兔丝篇》。

浮萍寄洪波，飘飘东复西。兔丝附乔柯，袅袅复离披。兔丝断有日，浮萍合有时。浮萍语兔丝，离合安可知？

健儿东南征，马上倾城姿。轻罗作障面，顾盼生光仪。故夫从旁窥，拭目惊且疑。长跪问健儿，毋乃贱子妻？贱子分已断，贾妇商山陲。[1]但愿一相见，永诀从此辞！

相见肝肠绝，健儿心乍悲。自言亦有妇，商山生别离。我戍十余载，不知从阿谁？尔妇既我乡，便可会路歧。

宁知商山妇，复向健儿啼。本执君箕帚，〔2〕弃我忽如遗。

黄雀从乌飞，比翼长参差。雄飞占新巢，雌伏思旧枝。两雄相顾诧，各自还其雌。雌雄一时合，双泪沾裳衣。

〔1〕商山，在陕西商县东。

〔2〕箕帚，《汉书》："吕公谓高祖曰：臣有息女，愿为箕帚妾。"言司洒扫之事，盖谦辞也。

祀蚕娘

华灯白粥陈椒浆，〔1〕田家女儿祀蚕娘。愿刺绣裙与娘着，使我红蚕堆满箔。〔2〕他家织缣裁罗襦，妾家卖丝充官租。余作郎衣及儿袄，家贫租重还有无！蚕时桑远行多露，〔3〕好傍门前种桑树。

〔1〕椒浆，以椒置浆中，献神以示敬也。《楚辞》："奠桂酒兮椒浆。"

〔2〕箔,养蚕之具也,俗谓之蚕帘。韩愈诗:“春蚕看满箔。”

〔3〕多露,《诗·行露》:“岂不夙夜,畏行多露。”

牵船夫行

十八滩[1]头石齿齿，百丈青绳可怜子。赤脚短衣半在腰，裹饭寒吞掬江水。北来铁骑尽乘船，滩峻船从石窟穿。鸡猪牛酒不论数，连樯动索千夫牵。县官惧罪急如火，预点民夫向江坐。拘留古庙等羁囚，兵来不来饥杀我。沿江沙石多崩陗，引臂如猿争叫啸。秋冬水涩春涨湍，渚穴蛟龙岸虎豹。伐鼓鸣铙画舰飞，阳侯[2]起立江娥笑。不辞辛苦为君行，梃促鞭驱半死生。君看死者仆江侧，火伴何人敢哭声？自从伏波下南粤，[3]蛮江多少人流血。绳牵不断肠断绝，流水无情亦呜咽。

〔1〕十八滩,赣江在赣县万安之境,有滩十八,故名。

〔2〕阳侯,水神名。《淮南子注》:“阳侯,陵阳国侯也,死于水,其神能为大波。”

〔3〕伏波,马援于建武中拜伏波将军。武陵五溪蛮反,援将兵平之。

卢　纮

字元度,湖广蕲州人。顺治己丑进士。著有《四照堂集》。

望远曲

明知人不归，日日楼头望。人尚在天涯，只疑行陌上。陌上红尘逐日飞，何曾尘里见人归！经春历夏无消息，检点秋风又寄衣。

田茂遇

字髴渊，江南华亭人。顺治丁酉举人。

孤儿行

孤儿啼声何凄然！问汝啼何为？长跪答言：父为南海[1]太守，居官清廉，不枉取一钱。鸣驺吹角，大吏巡边，前导到部势喧然。晨报谒不得前，夕报谒不得前。急从贩缯者，贳缣百联；献之幕府大不欢，曰："此邦旧有百斛珍珠船。"大吏朝去境，夕拜笺："守此海邦，另择名贤。"乌白鹭黑，[2]上下茫然。父羁南海不得旋，客死归黄泉。儿负嫠母，[3]跋涉山川。乞食路间，望见大吏鸣驺吹角仍巡边。猗嗟父骨归何年！

〔1〕南海，郡名，隶今广东省。

〔2〕乌白鹭黑，谓黑白颠倒也。

〔3〕嫠母，寡母也。

田雯

字纶霞，山东德州人。顺治己亥进士，官至户部侍郎。著有《山姜诗选》。

缫车辞

朝饲蚕，暮饲蚕。桑树叶大蚕眠三，初长如蚁今成蛮。[1]乙乙上簇黄白满，[2]缫车咿轧风中转。女十五，当户织。桃夭期，[3]闻消息。帘幕半垂双燕飞，打叠新缣作嫁衣。

〔1〕蛮，俗茧字。

〔2〕乙乙，同一一。簇，丛聚也。黄白，谓茧有黄白二色也。

〔3〕桃夭，《诗》篇名，言婚姻以时也。

董俞

字苍水，江南华亭人，顺治庚子举人。有《浮湘》《度岭》诸稿。

落花篇

东风绿遍芳洲草，春昼落花啼鸩早。片片朝萦上苑烟，毵毵夕覆长安道。长安美人惜落花，落花飞去堕谁家？晓有青镜愁红粉，暮掩珠楼泣绛纱。珠楼红粉须臾变，帝里繁华君不见。一夜飘飘长信阶，〔1〕数枝零落昭阳殿。〔2〕长信昭阳月影低，边笳横笛紫烟迷。渭城〔3〕倡妇承歌扇，枌社〔4〕游人拂马蹄。愿为舞蝶栖芳墅，愿作流莺隐翠堤。金堤玉墅几千里，黯黯余香沉绿水。玳瑁筵前雪乱飞，珍珠帘外风先起。舞雪回风可奈何？春闺少女叹蹉跎。此时攀条垂玉箸，〔5〕此时掩袂蹙双蛾。〔6〕别有征夫泪沾臆，雁沙龙塞无消息。金谷园〔7〕中不见人，玉门关〔8〕外长相忆。落花落花诚可怜，尊前一曲箜篌弦。花茵醉卧不归去，明日重来应泫然。

〔1〕长信，汉官名。

〔2〕昭阳，汉殿名。

〔3〕渭城，地名，汉县，故城在陕西长安县西。

〔4〕枌社，《汉书》："高祖祷丰枌榆社。"谓里社也。

〔5〕玉箸，谓泪也。

〔6〕双蛾，谓双眉也。

〔7〕金谷园，晋石崇园名。

〔8〕玉门关，《元和志》："玉门故关，在龙勒县西，为西域门户。"按在今甘肃敦煌县西一百五十里阳关之西北。

毛先舒

字稚黄，浙江仁和人，有《东苑诗钞》。

裁衣曲

剪征衣，亲手作。君身长短何须度，肥瘦定然不如昨。新衣为君裁，旧泪为君落。还将铜斗细熨灼，莫使衣上沾猩红，君见泪痕不肯着。

方殿元

字蒙章，广东番禺人，康熙甲辰进士，官知郯城江宁县。著有《九谷集》。

秋夜长

《秋夜长》为乐府杂曲，《乐府诗集》首列齐王融辞，见前。

凄凄者风，胡不自东，不自南，不自北？吹我井上双梧桐。梧桐昨夜飘孤叶，夫婿从军入穷发。[1]两地相思不相见，愁云共掩关山月。飞鸿不我顾，海燕辞巢去。空房蟋蟀鸣，长夜漫漫谁与语，缄情含泪向天诉。苍苍无云复无雨，西有牵牛东织女。

〔1〕穷发，极北不毛之地，谓之穷发。山以草木为发也。《庄子》："穷发之北。"

徐 倬

字方虎，浙江德清人，康熙癸丑进士，官翰林院侍读。著有《蘋村集》。

骡车谣

车铎忙，[1]替戾冈。[2]骡转毂，尾秃速。[3]路崎岖，声犹漉。[4]嗟尔车中人，何不还家抱黄犊！宝剑金玉装，少年骏马驮。车中坐老叟，面皱鬓又皤，骡兮骡兮负汝何！

簸之扬之非犁魁，[5]颠之倒之裂裳衣。骡因刍豆辛苦为，劳人草草将安之？人与尔骡计总非！鸡初喔，乌再啼，北斗阑干月沉西。满地冰霜骡足动，踏破千家万家梦。

捶马勿伤面，捶骡勿伤背。伤背乌啄疮，后日难重载。八口安食骡奔波，骡若不行谁能那！为语役夫：爱尔骡！

〔1〕铎，大铃也。

〔2〕替戾冈，出也，羯语。《晋书·佛图澄传》："石勒将攻刘曜，以访澄，澄曰：铃音云：'秀支替戾冈，仆谷劬秃当。'此羯语也。秀支，军也；替戾冈，出也；仆谷，刘曜胡位也；劬秃当，捉也。此言'军出捉得曜也'，后果如其言。"

〔3〕尾秃速，谓尾秃无毛也。

〔4〕犹漉，车声也。

〔5〕瓈瓞，鳍也。

毛奇龄

字大可，浙江萧山人。康熙己未，召试博学鸿词，官翰林院检讨，著有《西河诗集》。

打虎儿行　有序

禹州民朱儿，救父打虎，史使君廷桂奖劳之，予识之禹署。

打虎儿，乃在汴梁之禹州，禹州城外朱家楼。

小儿十一随父耕，深林有虎斑毛成。飕飕[1]黑风吹草根，乘风攫人谁敢撄。小儿不识虎，疑是狐与狸。陡然见虎衔父肢，咆哮草际风来吹。儿啼向风不得父，把杙[2]打虎截虎路。三尺童子五尺杙，凭空击去着虎臆。虎惊顾儿舍父逸，深林丰草皆无色。

禹州太守呼小儿，予之以帛饱以糜。予时在署识儿面，披发跳踯真儿嬉。问儿打虎虎何似，举手张牙作虎势。假虎隐幔恐小儿，小儿惊避力不支。当时见虎得无怖？此事我亦昧其故。禹州大守省得知，是时小儿知有父。

男儿七尺纵复横，争名攫利万里行。高堂存没总不问，那肯舍命恋所生？我所思，打虎儿。

〔1〕飕飕，风声也。

〔2〕杙，音弋，橜也，即小木椿，以系牲畜者。

徐　釚

字电发，江南吴江人。康熙己未，召试博学鸿词，授翰林院检讨，著有《甫州草堂诗》。

落花篇

洛阳城外花如绮，洛阳城内歌钟起。一夜东风吹满枝，片片花飞逐江水。江水春流暮转深，江干日暖生紫蘋。参差碧树波光里，荡漾红潮愁杀人。忆昔郊原全盛日，芳菲千里春如织。香车翠幰掩红妆，宝勒金羁夸紫陌。陌上游丝争绕树，娇莺乳燕粉相度。桃李蹊成白日斜，棠梨院锁黄昏暮。谁料繁华类转蓬，纷纷堕紫又飘红。杜鹃血染胭脂里，蛱蝶魂迷芳草中。叹息年光空自好，玉颜零落凭谁保？花谢花开无尽期，委地飘阶不须扫。别有佳人敛翠眉，翩翩衫袖泪双垂。明年依旧花争发，开落庭前知为谁？

赵执信

字伸符，山东益都人。康熙己未进士，官右春坊右赞善。

弃妇词

两姓无端合，亦复无故分。昔时鸳鸯翠，今日东西云。浮云本随风，妾心自不同。君心剧无定，见弃如枯蓬。出门拜姑嫜，十走一回顾。心伤双履迹，一一来时路。留妾明月珠，新人为耳珰。不恨夺妍宠，犹得依君旁。宝镜守故奁，上有君家尘。持将不忍拂，旧意托相亲。此生一以毕，中怀何日宣！愿得金光草，与君驻长年。

汪洪度

字于鼎，江南歙县人。诸生。著有《余事集》。

鼠渡江

江北鼠，口衔尾，结伴成群满沙嘴。[1]飞尘满野，烈日在天。江北农人，忧心如煎。江南稻秧齐，沃土不须雨。同类渡江，适此乐土。楚豫稻粱，堪足天下。今年不雨春复夏，估不开仓谷添价。鼠乎！鼠乎！勿食禾黍！禾黍食尽，及尔同死。

〔1〕沙嘴，谓沙滩也。

翁履冰　有序

翁挈稚孙暮归，履冰上，中流值冰裂，落水死。

东家粟红，西家粲白。借货空归，羞见河伯。河伯羞尚可，一家待我举烟火。河水生骨胶渡船，[1]携孙伛偻行难前。谁知河心冰不坚，狐狸隔岸看堕水。枯桑槭槭[2]酸风起，绥绥[3]欲渡愁其尾。

〔1〕谓河水结冰，船止渡也。

〔2〕槭槭，树叶飘落也。

〔3〕绥绥，毛长貌。《诗》："有狐绥绥。"

纪岁珠　有序

乡邻某，娶妇甫一月，即行贾。妇刺绣易食，以其余积，岁置一珠，用彩丝系焉，曰纪岁珠。夫归，妇没已三载，启箧得珠，已积二十余颗矣。

鸳鸯鸂鶒凫雁鹄，柔荑[1]惯绣双双逐，几度抛针背人哭。一岁眼泪成一珠，莫爱珠多眼易枯。小时绣得合欢被，线断重缘结未解。珠累累，天涯归未归！

〔1〕柔荑，谓手也。《诗》："手如柔荑。"

赵 俞

字文饶，江南嘉定人，康熙戊辰进士，官定陶知县。

踏车曲

杉槠作筒檀作轴，乌鸦衔尾〔1〕声历鹿。赤露两肘腹无粥，踏车辛苦歌如哭。前年井底泉脉枯，去年瓯窭〔2〕长茭芦。旱年掘窝转水入，潦年筑堤翻水出。水入水出车欲裂，农夫那不筋骨折！无奈今年又苦旱，塘水少于衣上汗。往年车完人尽力，今年车破人无食。人无食，不足惜，努力踏车声太息。伍伯〔3〕催租秋赋迫，连年未报灾伤册。

〔1〕乌鸦衔尾，喻车水时车辐之连续而动也。

〔2〕瓯窭，谓高地狭小之区。《史记》："瓯窭满沟。"瓯窭长茭芦，谓水潦及

于高地也。

〔3〕伍伯，卒役之名。

王　锡

字百朋，浙江仁和人，邑诸生。著有《啸竹堂集》。

春江花月夜

春江两岸百花深，皓月飞空雪满林。为爱良宵清以昼，独来江畔试幽寻。东风送冷春衫薄，花月堪怜难掷却。孤月何能夜夜圆，繁花易遣纷纷落。搔首踟蹰江水滨，月明忽遇弄珠人。红妆笑入花丛去，并作江南肠断春。月转江亭花影动，数声娇鸟枝头弄。侵晓分途踏月归，连宵应作春江梦。

俞　㬎

字日丝，浙江秀水人。

灰七姑辞

自注：禾俗尝以二月祀灰七姑，即紫姑之遗也。

红缯张筲箕，[1]斜插海棠杏。灶前舁来灶下

春江花月夜

请。小妇荐清茶，中妇陈白饼。大妇拜致辞，烛花弄鬟影。“种秔种秫须多收，养蚕新丝十倍抽。不愿生儿近王侯，但愿蕃息滋羊牛。”小姑灵感识人意，髹箸[2]重重书作字。筲箕频动小姑回，瓦炉香烬柏子灰。稚男收拾枣栗去，门前箫鼓喧春雷。

〔1〕筲箕，即淘箩，淘米之竹器也。

〔2〕髹箸，油漆之筷子也。

沈 廉

字补隅，浙江嘉兴人。

江口行　并序

江口者，岷江口也。明末孽贼张献忠，据成都三载，诛求民物殆尽。鼎革后，献孽运其辎重赴楚，巨舟数百号，连墙衔尾，东至嘉州，直抵江口。先是有武举阳展者，豪男冠西川，愤贼蹂躏，练习乡兵备贼，至是截之。献孽怒，举火悉焚其舟，金物并沉于江。献孽复集贼党，还成都。会王师至，尽歼灭之。西蜀既定，颇有觊觎江中遗物者，竭人力取之，终莫能得，半溺于水。到今七十年矣。呜呼！由此观之，彼献贼之暴，愚民之贪，皆归乌有也。乙未秋，成都杨鸣冈孝廉述其事，爰作《江口行》，以志慨云。

岷峨[1]之水清且深，黄金那识行人心？岷峨之水清且浅，黄金偏着行人眼。为问黄金何处来？客谈往事真荒哉！

献贼当年荡蜀土，[2]生民甲第成飞灰。一朝束装贼东走，连樯直下岷江口。岷江杨展豪勇者，痛愤呼天忍束手！

义旗一举群扬，弓刀直掩日月光。一时天地为震怒，横江截杀势莫当。旌旗遍野风飕飕，嘉州[3]三日江不流。烟云黯淡日无色，山川撼动蛟龙愁。孽贼此时无一可，突怒鼻端欲出火。狂呼一炬燎群艘，黄金百万归洪涛。贼众奔忙还锦水，[4]王师歼尽獍与枭。妖氛靖后七十载，可怜犹见民脂膏。

江流滔滔走如驶，黄金曜日清见底。贪夫从此智力穷，无冬无夏驱人工。摸金半入江鱼腹，十无一得空贪欲。冯夷[5]冷眼笑人忙，孽贼猖狂有余毒。不贪为宝[6]古所云，世人扰取徒纷纷！窃国窃钩[7]分大小，斩刈沦溺同亡身。

我闻客言三太息，可备野史传其真。君不见，古来让以天下惟恐浼，世间尚有洗耳沉渊人？[8]

〔1〕岷江，在四川境。

〔2〕张献忠，明末流寇。举李自成连寇山、陕、河南等地，据武昌。自湖南趋蜀，陷成都，大西国王。所过屠杀甚惨。后为清肃王射杀之。

〔3〕嘉州，今四川乐山县。

〔4〕锦水，即锦江，在四川境。

〔5〕冯夷，水神也。

〔6〕不贪为宝，《左传》："子罕曰：我以不贪为宝。"

〔7〕窃国窃钩，《庄子》："窃钩者诛，窃国者侯。"

〔8〕洗耳沉渊，尧以天下让许由，由不受，洗耳于河。汤克桀，让天下于务光，务光不受，负石自沉于水。

缪　沅

字湘芷，江南泰州人。康熙己丑，赐进士第三人，官至刑部侍郎。著有《余园诗钞》。

王孝子诗

丁徭日繁重，闾户多逃亡。文安王氏子，飘泊辞故乡。弃我旧井灶，舍我旧耕桑。甘心杂匹耦，各自东西翔。

故乡不能归，涕泣泪如雨。一灯何荧荧！健妇揩[1]门户。生儿在襁褓，日夜尚须乳。

儿生未十期，[2]儿志如成人。上堂见阿母："儿有平生亲。儿生不知父，儿不如鲜民。"[3]阿母为儿言："汝父久埃尘。上天与入地，欲见愁无因。"孝子闻母言，含泪声酸辛。

团圞复团圞，为儿授家室。登堂见花烛，吞声哭不得。"儿生未识爷，何以安抚席！誓辞连理枝，永远事行役。"[4]再拜阿母旁，泣血涴[5]颜色。

出门何所之？惘惘别里门。长号感行路，大地为之昏。日则望云驰，夜则载星奔。飞蓬罥[6]天末，何处寻本根？

行行大壑旁，僵卧荒祠外。精诚动木石，魂魄交冥昧。开门揖老叟，梦中与神会。午食见指南，莎羹未粗粝。当归乃隐语，不闻附子脍。[7]

迤逦入东南，山泽形神枯。黄沙蚀颜面，疮痍生肌肤。果然带山[8]下，梦觉逢精庐。佛香飘院落，有客苍髯须。询知旧乡里，惊喜立坐隅。寻声犹识得，精神相感孚。[9]父子抱持哭，泪落千僧徒。

殷勤劝还乡，缁林[10]戒行李。入门见老妻，毁颜已暮齿。新妇洁盘餮，为翁具甘旨。[11]至行格天地，和气浃乡里。高曾遗矩矱，[12]子孙遍朱紫。[13]至今道旁人，齐歌王孝子。

〔1〕搘，音支，支撑也。

〔2〕期，一年曰期。《论语》："期已久矣。"

〔3〕鲜民，谓无父母穷独之民也。《诗》："鲜民之生，不如死之久矣。"

〔4〕行役，行旅也。陶潜诗："自古叹行役，我今始知之。"

〔5〕涴，同污。

〔6〕罥，音睊，挂也。鲍照赋："荒葛罥涂。"

〔7〕沈德潜曰："中间梦与神会一段，妙在若可解，若不可解。"

〔8〕带，疑讹。或系"连带""随行"之意。

〔9〕孚，信也，应也。

〔10〕缁林，谓僧徒也。

〔11〕甘旨，味之美者。

〔12〕矩矱，犹法度也。《楚辞》："求矩矱之所同。"

〔13〕朱紫，古贵者之服色也，指仕宦也。

方式济

字沃园，江南桐城人。康熙己丑进士，官中书舍人。

陇头水

河水浊，江水清。妾似陇头水，清浊自分明。

昔为田家女，择婿嫁边吏。田夫入城不隔宿，边吏年年在边地。闻道梁州新破虏，敦煌已入中朝土。戍吏受赏官封侯，血里冰霜凝绣斧。主将笑拥双婵娟，筝琶夜醉穹庐眠。横塘水接陇头去，送妾双泪流君前。

张景崧

字岳维，江南吴县人。康熙己丑进士，官乐亭知县。著有《锻亭诗稿》。

弄潮儿歌

钱塘江上弄潮儿，放船拉桨乘流澌。短衣单衫不盖膝，科头跣足暄朝曦。

自言大父官蓝田，堆金不计万与千。阿侯[1]年少邯郸侠，貂衣骏马珊瑚鞭。儿年七八掌上珠，逢人称是千里驹。[2]双鬟左右列屏障，不教风着千金躯。

大僚特疏上天子，克剥脂膏饰罗绮。坐辞华屋入囹圄，一家夜哭长安市。当时珠履客三千，[3]至今漂泊谁堪倚。

洪涛江上高于天，性命换得青铜钱。豪华如电不可恃，东升红日西出颠。

〔1〕阿侯，古乐府："欲知莫愁美，但看阿侯容。"梁武帝诗："河中之水向东流，洛阳女儿名莫愁。十五嫁为卢家妇，十六生儿似阿侯。"此自谓也。

〔2〕千里驹，《三国志》："魏曹休年十余岁，太祖举义兵，易姓名，间行归，太祖曰：此吾家千里驹也。"

〔3〕珠履客三千，《史记》："春申君客三千余人，其上客皆蹑珠履。"

顾嗣立

字侠君，江南长洲人。康熙壬辰进士，官翰林院庶吉士。著有《秀野诗集》。

望郎回

自注：在大安驿，有石，形如妇人，携一稚子，立山上名"望郎回"。

望郎回，望郎回，朝朝望郎郎不回。孤儿三尺，形单影只。冬愁风酸，夏愁日赤。南山云连北山雨，一样人间两样土。望郎回，几时来？东海会有西归水，妾作石人甘烂死。

尤秉元

字昭嗣，江南长洲人。康熙甲午举人，官乐至知县。

孤雁篇

玉关万里秋风远，南归雁渡芦洲晚。数行中断忽分飞，零落寒空谁作伴？可怜孤雁不胜情，常伴寒星夜夜鸣。客舍凄凉魂欲断，深闺辗转梦难成。客舍深闺听凄恻，绝弦更有伤心客。十载同栖连理枝，一朝忽折双飞翼。〔1〕空馆经秋冷繐帷，黄昏微雨画帘垂。当时漫作求凰〔2〕引，此日翻成别鹤〔3〕悲。悲来常向西风恸，重纩难温谁与共？一似孤鸿失侣飞，湘江不作鸳鸯梦。天上人间两渺茫，年年岁岁恨难忘。尺书肯寄重泉去，为道萧郎〔4〕正断肠。

〔1〕沈德潜曰："昭嗣三十余悼亡不娶。"

〔2〕求凰，司马相如琴歌："凤兮凤兮归故乡，遨游四海求其凰。"相如歌此以挑文君，是为《求凰操》。后世因谓男子求偶曰求凰。

〔3〕别鹤，乐府琴曲名。崔豹《古今注》曰："商陵牧子娶妻五年而无子，父

兄将为之改娶，妻闻之，中夜倚户而悲啸。牧子闻之，怆然而悲，乃歌曰……后人因取为乐章。”

〔4〕萧郎，崔郊有婢鬻于连帅，郊有诗曰：“侯门一入深如海，从此萧郎是路人。”后以为情夫之泛称。

凌如焕

字榆山，江南上海人。康熙乙未进士，官至兵部侍郎。

新滩拽滩歌

风瑟瑟，树萧萧，拽滩水落新滩高。蜀道青天不可上，〔1〕横飞白练三千丈。居人欢喜旅人愁，千盘万折过陇头。

北雪消，南风作，新滩水平拽滩恶。中流伏石如蛟龙，纸船全赖铁梢公。〔2〕旅人色沮居人利，石米百钱取如寄。〔3〕

〔1〕李白诗：“蜀道之难难于上青天。”

〔2〕谓船薄如纸，而舵者强似铁也。

〔3〕自注：“货米船下滩经水者，值取百钱一石。”

杨士凝

字笠乘，江南武进人，康熙丁酉举人。

不如归去

不如归去，省我坟墓。十年万里白头亲，肠断缝衣无寄处。归来五鼎[1]列墓前，有泪不达重泉路。

〔1〕《孟子》："前以三鼎，而后以五鼎与？"三鼎，士祭礼；五鼎，大夫祭礼。

郑世元

字黛参，浙江余姚人。康熙庚子举人。著有《耕余集》。

郁郁词 二首 有序

年荒，有兄不顾其弟者，作此词以感之。

郁郁紫荆，[1]枝条纷纷。枝条虽分，其本则均。父母生子，惟我弟昆。[2]弟昆分形，血气一源。予手若创，[3]予足不伸。[4]予体不伸，予心烦冤。兄兮不关，谁知予之饥寒！

相彼鸣雁，犹同其群。胡今之人，不知有弟昆？我视之弟，亲视之子。念我父母兮，心热而

颡泚。〔5〕

〔1〕紫荆,《续齐谐记》:“且真兄弟三人分产,堂前有紫荆树一株,议析为三,荆忽枯死。真谓诸弟:‘树本同株,闻将分斫,所以憔悴,是人不如木也。’因悲不自胜。兄弟相感,不复分产,树亦复荣。”

〔2〕昆,兄也,《诗》:“谓他人昆。”

〔3〕创,伤也。

〔4〕伸,舒展也。

〔5〕颡泚,谓额出汗也。《孟子》:“其颡有泚。”

捉船行

客行在西吴,喧呼闻捉船。云奉宪司〔1〕票,取数须一千。乌程〔2〕县堂晓传鼓,县官排衙点船户。东船西舫寂不行,里正〔3〕如狼吏如虎。行人坐守居人困,百里官塘断商贾。罟师渔父都含愁,城南城北水断流。千艘万橹城中集,苇岸芦港风悠悠。大船竞输钱,差役幸暂免。小船无钱只一身,捉住支吾〔4〕应供遣。自从名隶公家籍,日日河头坐白日。太仓合米聊入腹,〔5〕谁为饔飧顾家室!可怜有船何处撑,江干万众俱吞声。

〔1〕宪司，司法之官也。宋置诸路提点刑狱官，掌察所部疑留狱讼，劝课农桑，而按其官吏之不法，别其廉吏，以达于朝。此泛指上司。

〔2〕乌程，今浙江吴兴县。

〔3〕里正，古之乡职。《公羊传注》："一里八十户，其有辩护伉健者为里正。"

〔4〕支吾，同枝梧，抵拒也。《史记》："诸符皆慑服。无敢枝梧。"

〔5〕太仓，积谷之仓。《史记》："太仓之粟，陈陈相因。"合，升合也。

官赈谣

黄须大吏骏马肥，朱旗前导来赈饥。饥民腹未饱，城中一月扰。饥民一箪粥，吏胥两石谷。我皇圣德仁苍生，官吏甚勿张虚声。

鲁曾煜

字启人，浙江会稽人。康熙辛丑进士，官翰林院庶吉士。

商妇篇记汝阳〔1〕事

问妾何人妇？商家执巾纵。〔2〕枯杨生其稊，〔3〕亦自称连理。前年贩洞庭，今岁枭吴市。妾尝处空闺，独宿鲜娣姒。〔4〕妾貌苕之荣，〔5〕妾心水之止。[6]东邻何少年，自矜冠玉美。[7]妮词[8]致黄金，新声挑绿绮。[9]为妾谢少年，越礼禽行耳。庭前雪皑皑，江上石齿齿。石坚不可泐，[10]雪净不可滓。[11]付命朱丝绳，[12]妾念君休矣！

〔1〕汝阳，今县名。县为河南汝宁府治。

〔2〕纵，韬发之缯也。巾纵，谓妇女劳作之事也。

〔3〕稊，与荑通，木更生也。《易》："枯杨生稊。"

〔4〕娣姒，妯娌也。

〔5〕苕，草名，即凌霄，亦名紫葳。《诗》："苕之华。"即指此。

〔6〕止水，不流动之水也，喻心之坚。

〔7〕冠玉美，《史记》："绛侯、灌婴等咸谗东平曰：平虽美丈夫，如冠玉耳，其中未必有也。"

〔8〕妮词，谓遣婢致词也。

〔9〕绿绮，琴名，司马相如鼓之以挑文君。

〔10〕泐，石因其脉理而解散也。《周礼》："石有时以泐。"

〔11〕滓，浊也。孙楚赋："若行潦之浊滓兮。"

〔12〕朱丝绳，鲍照《白头吟》："直如朱丝绳。"谓正直也。

沈用济

字方舟，浙江钱塘人。国子生。著有《方舟集》。

妾受命辞　八解

沈德潜曰："此代其配朱夫人立言也。先言奉公姥，抚诸雏，次言遭家难，次言送远人，末勉以修德行，得《雄雉》'不忮不求，何用不臧'之意。立意音节，在东西二京之间。"

妾受命兮少孤，师氏教以诗书。阿母爱予早有家，托君子以贱躯。

乘华轩兮归德门，[1]曳绮縠兮罗金尊。上事公姥兮无间言，[2]俯蓄五子兮今有孙。

何以奉君朝餐？铜盘或炙或燔。何以奉君御寒？裁缝越布吴纨。

鼠穿墉兮狼入室，[3]唇干口燥兮不可与说。无褐无衣兮迫冬日！

晨鸡咿喔天雨霜，明星煌煌出洞房，为君秣马游四方。

丈夫气磊落，朗如日照临。渴莫饮盗泉水，倦莫憩恶木阴！[4]

出门常苦远，在家常苦贫。女子当门户。百难萃其身。

思我君子兮，蔚为国华。富贵勿喜兮，贫贱勿嗟。履仁服德兮，名乃纷葩。[5]

〔1〕德门,谓有德之家。

〔2〕间言,非毁间厕之言也。《论语》:“人不间于其父母昆弟之言。”

〔3〕鼠穿墉,狼入室,言遭家难也。

〔4〕见下篇一陆机《猛虎行》注。

〔5〕葩,即华也。

周龙藻

字汉荀,江南吴江人。

后怨歌行

汉班婕妤《怨歌行》曰:“新裂齐纨素,鲜洁如霜雪。裁为合欢扇,团团似明月。出入君怀袖,动摇微风发。常恐秋节至,凉飙夺炎热。弃捐箧笥中,恩情中道绝。”《后怨歌行》,谓后于此也。按《怨歌行》原出乐府清商楚调古辞《怨诗行》,本书未选。

藕丝断，不再连。铜镜破，不再圆。即看金屋[1]人如旧，昨日恩情今日捐。情多情少安足计，只道色衰恩始替。惊心最是落花风，偏在温存旖旎中。妾恨不为珠娘楼、[2]窈娘井，[3]骨碎君前犹耿耿。求凰曲化白头吟，[4]拨尽红炉灰已冷。当初离乡来，满望登玉阶。玉阶非不登，转瞬沉草莱。乃知苦乐真相倚，才隔衾裯同万里。升沉反覆变须臾，纵有容华难久恃。

〔1〕金屋，《汉武故事》："武帝为太子时，长公主欲以女配帝，问曰：'得阿娇好否？'帝曰：'若得阿娇，当以金屋贮之。'"

〔2〕珠娘，即绿珠，晋石崇之爱妾。孙秀求之，崇不许；秀矫诏收崇，绿珠自投楼下而死。

〔3〕窈娘，唐乔知之之婢，美而善歌舞，为武承嗣所夺。知之作《绿珠怨》以讽之。窈娘投井死。

〔4〕《求凰》，见尤秉元《孤雁篇》注二。《白头吟》，相传为卓文君作，《西京杂记》曰："司马相如将聘茂陵人为妾，卓文君作《白头吟》以自绝，相如乃止。"

周永铨

字昇逸，浙江钱塘人，苏州籍。诸生。著有《东冈诗钞》。

义卒行　七解　有序

有客为余述杭州某姓卒，代兄戍滇事，余高其义，作《义卒行》以纪之。时康熙五十八年春二月。

惨惨堂前紫荆，[1]飞飞原上脊令。[2]桓山之鸟，欲去而哀鸣。[3]苦哉远征人，陟山望亲还望兄。嗟嗟行役万古情！

彼少年者，色何黯然！娶妇未三月，昨来黄纸到官，行将出戍南滇。[4]归告阿母，阿母叫天。新妇口噤目眵，[5]依依[6]不能前。

小弟前致辞，母兄且勿悲。阿母生我二人，兄今有嫂未有儿。何得远去，存没未可知。弟当代兄役，门户兄自主之。

阿母兄嫂，闻言泪下如绠縻。[7]大兄前致谢，此事甚非宜。感君区区怀，我心已再思。孰知此别异苦乐，何乃反累吾弟为！切切相劝止，但言兄嫂勿复疑！

翻然出门去，意气何慨慷！别我先人墓，办我行子装。佩刀三尺余，挽弓三石强。弓刀及戎服，罗列东西厢。亲戚走相送，酌酒歌同裳。[8]

晨兴拜堂上，骨肉相悲切。临行嘱兄嫂，欲语复呜咽。但得兄嫂一心善事阿母常喜悦，万里羁人慰愁绝。

收泪就长道，关山别思重。白日结愁云，至情感苍穹。之子识大义，行当早立功。归报皇帝陛下，无烦远顾蛮中。扬名史册垂无穷。

〔1〕紫荆，见郑世元《郁郁词》注。

〔2〕脊令，即鹡鸰。《诗》："脊令在原，兄弟急难。"

〔3〕桓山，一作完山。《说苑》："完山之乌，生四子，羽翼已成，乃离四海，哀鸣送之。"李白《上田行》："桓山之禽别离苦，欲去回翔不能征。"

〔4〕南滇，谓云南。

〔5〕眵，音侈，目汁凝也。韩愈诗："两目眵昏头雪白。"

〔6〕伥伥，无见貌。《礼》："譬犹瞽之无相与，伥伥乎其何之。"

〔7〕绠縻，谓续丝也。

〔8〕同裳，即同袍之意也。《诗》："岂白无衣，与子同袍。"军士相谓甘苦同尝也。

梁佩兰

字芝五，号药亭，南海人。领顺治乡举第一，康熙时成进士，选庶吉士。与陈恭尹、屈大均称岭南三家。

采茶歌

采茶女，女何许？对河村，隔村住。门有田，水相注。大兄种瓜，小弟种豆，小妹正学语。女采茶，独与母。独与母，提篮采茶出，提篮采茶归。

朝提篮出，暮提篮归。

茶叶青，茶叶碧。茶叶黄，茶叶黑。茶变色，日变易。女知之，母教识。

采茶女，知茶天。谷雨后，清明前。风日美，茶香起。风日阴，茶香沉。

采茶还制茶，制茶如惜花。纤甲挑雀舌，小水浇云牙。焙火候火性，炙日畏日华。

采茶女，虽采茶。洁白皙，如东家。麻者衣，布者服。乌者发，玉者足。道上郎，立道旁。采茶女，避茶树。终日采茶不嫌苦，百年采茶不嫌老。于今县官催夫帖又下，嫁郎作夫不如寡。

郑 燮

字克柔,号板桥,江苏兴化人,乾隆进士。为人疏宕洒脱。工画兰竹,书体别成一格,时称三绝。

孤儿行

娇儿坐堂上，孤儿走堂下。娇儿食粱肉，孤儿兢兢捧盘盂。恐倾跌，受笞骂。朝出汲水，暮莝刍养马。莝刍伤指，血流泻泻。孤儿不敢言痛，阿叔不顾视，但詈死去兄嫂，生此无能者。

娇儿着紫裘，孤儿着破衣。娇儿骑马出，孤儿倚门扉。举头望望，掩泪来归。

昼食厨下，夜卧薪草房。豪奴丽仆，食余弃骨，孤独拾啮，并遗羹汤。食罢濯盘浴釜，诸奴树下卧凉。老仆不分涕泣，骂诸奴骨轻肉重，乃敢凌幼主，高贱躯。阿叔阿姆闻知，闭房悄坐，气不得苏，终然不念茕茕孤。

老仆携纸钱，出哭孤儿父母。头触坟树，泪滴坟土。当初一块肉，罗绮包裹，今日受煎苦。墓树萧萧，夕阳黄瘦，西风夜雨。

梦　麟

字文子，号午塘，蒙古人，姓西鲁特氏。乾隆乙丑进士，官至工部侍郎。卒年三十一。有《太谷堂集》。

哀歌行

喧者勿喧，歌者勿歌。呜呼我哀，我哀奈何！

父知儿塞，母知儿饥。我无父母，饥寒谁知！

亲在忆亲，亲没恋坟。魂断难复，草荒更新。

夜半秉烛，兄右弟左。同为孤儿，哀哉生我！

抱女置膝，忍涕中悲。儿亦无母，我怀痛之。

烛短夜寒，予心之酸。男儿低头，顾影自怜。

今年别

前年别，泪沾臆，卷舌入喉啼不得。上有白发母，下有扶病室。忍啼作笑笑无力，出门三日不能食。今年别，苦复苦。出门无慘，入门无主。不见我母送我；但见儿女盈前，泪下如雨。我无母，忆我无旅；尔无母，怜儿无所。提携保抱恃尔父，父去谁与慎寒暑？尔伯尔叔善视女。呜呼！前年别，啼不得。今年别，哭无力！

舆人哭

舆人逆泪悲呜呜，舌干口燥哭路隅。尔独何事中烦纡？

舆人仰头答，欲语声于邑。自言祖父曾攻儒，孤儿生苦身无襦。收瓜负米贩齐楚，兄嫂不可同家居。去年报名铜山县，[1]负载趋走事良惯。日分五十青铜钱，夫头月给银两半。前抬官府经淮南，出无一月钱盈串。北关租草屋，费我三百文。勉强取邻女，约略营衣裙。出门日无几，闻说家遭水。妻在水声中，宛转随波死。所住间半屋，至今在泥里。昨日县帖下，说道官今来。驿吏备马匹，县吏呼舆抬。一班十二人，聚集相分排。平日吃公食，如何逃官差！天明发铜山，午至桃山驿。不道五十里，泥深没腰膝。足下着菲登顿滑，赤脚肉痛胃倾仄。泥深没我身，触石伤我骨。前日抬官来，听道往江西。彼时雨虽落，大道犹平夷。今日抬官去，言往江南浒。那知步步难，举动皆辛楚。回首我家亦何许，足无完肤苦复苦。不怨行路难，但愿苍天莫下连宵雨。此去新丰铺，道里尚三十。官路一尺泥，泥中有石脚难入，欲归不能行不得！

吁嗟舆人尔勿哭！尔不见颓云压首沉西北？千道电光如箭激，殷殷震雷在汝脊。

〔1〕铜山县，清置，为江苏徐州府治。

姚 燮

字里未详。

卖菜妇 五解

卖菜妇，街头行。上有白发姑，下者三岁婴。卖菜！卖菜！叫遍前街后街无一应。

昨日宜单衣，今日宜棉衣。棉衣已无，无钱不可赎；娇儿瑟缩抱娘哭。

娘胸贴儿当儿衣，娘背风凄凄。但愿儿暖儿勿哭，儿哭剜娘肉！

莫道赎衣无钱，床头有钱。床头有钱三十余，买得一升米，煮粥供堂上姑。余钱买麦饼，为儿铺。

得过且过，明日如何？明日天晴，卖菜街头行。明日天雨，妾苦不足语。姑苦！儿苦！

王文治

字禹卿，号梦楼，丹徒人。乾隆进士，官侍读。出为云南临安知府，罢归。工书，精音律，有《梦楼诗集》。

有所思

《有所思》，为乐府鼓吹铙歌十八曲之一，古辞存，见上编。

有所思，乃在碧海之曲，青云之西。非关迢递穷远道，窃恐大块以内不能称我夙昔之襟期。少年意气托江海，天涯谓有知音在。十年南北走风尘，结交倾尽金壶春。[1]其中岂无二三贤达者，总非吾心愿见之一人。东风兮东风，吾愿随尔往来上下于一气之中。所思倘可旦暮遇，相将白云跨彩虹。

〔1〕金壶春，韩翃诗："金壶醉老春。"谓酒也。

远别离

远别离，古来乃有后羿之妻。[1]窃取羿弓射九日，遂服不死之药辞深闺。纤衣直入广寒[2]住，飞行不用云为梯。玉殿瑶宫几千载，朝堕苍烟暮还在。逞婵娟于万里之清辉，表独立于一泓之小海。

孤眠孤起无与偕，弗御铅华御青霭。吾欲把酒一问之，问此一别归何时？人间浩劫屡更易，卿在月宫知不知？

〔1〕《搜神记》："羿请不死之药于西王母，嫦娥窃之以奔月。"嫦娥，后羿之妻。

〔2〕广寒，谓月宫也。《龙城录》："唐明皇与申天师、鸿都客，八月望日夜，同游月中，见榜曰'广寒清虚之府'。"

黄景仁

字汉镛，一字仲则，武进人。乾隆时诸生，有狂名，工诗。偃蹇以终，年仅三十五。有《两当轩集》。

悲来行

我闻墨子泣练丝，为其可黄可以黑。〔1〕又闻杨朱泣歧路，为其可南可以北。〔2〕嗟哉古人真用心，此意不复传于今。今人七情〔3〕失所托，哀且未成何论乐？穷途日暮皆倒行，更阑漏尽钟鸣声。浮云上天雷堕地，一升一沉何足计？周环六梦罗预间，〔4〕有我无非可悲事。悲来举目皆行尸，〔5〕安得古人相抱持！天空海阔数行泪，洒向人间总不知。

〔1〕墨子言练丝，染于苍则苍，染于黄则黄。

〔2〕杨朱言歧路多，故亡其羊。

〔3〕七情，释氏以喜、怒、忧、惧、爱、憎、欲为七情。

〔4〕六梦，《周礼》："以日月星辰占六梦之吉凶：一正梦，二噩梦，三思梦，四寝梦，五喜梦，六惧梦。"罗预，意谓昼夜，未详所本。

〔5〕行尸，《拾遗记》："任末曰：好学，虽死若存；不学者虽存，行尸走肉耳。"

张问陶

字仲冶，号船山，遂宁人。乾隆进士，官莱州知府。有《船山诗集》。

醉歌行

古人不能饮我杯中酒，我今不醉更何有？古人不能和我醉后歌，今我不乐当奈何？天生万物亦偶然，相逢莫叹囊无钱！举首堂堂对白日，世间何物为神仙！春风来拂人，融融天下暖。酒伴相招无近远，黄金大斗玻璃碗。眼中不必名山大川千万里，耳中不必鸾笙凤吹迎风起。但使开颜且放怀，一杯笑向风尘里。武安侯，程将军，〔1〕灌夫〔2〕视之曾不一钱值，可怜富贵真浮云。〔3〕

〔1〕武安侯，窦婴。程将军，程不识。皆汉名臣。

〔2〕灌夫，汉颍阴人。为人刚直使酒，不好面谀贵戚。所与交通，皆豪杰大猾。与丞相田蚡不相能，尝于蚡处使酒骂座，为蚡所劾，坐死。

〔3〕《论语》："子曰：不义而富且贵，于我如浮云。"

蟋蟀吟

蟋蟀吟，声断续。咽咂不胜啼，清商〔1〕动林木。鹍鸡筋作琵琶弦，〔2〕铁拨夜弹水灵曲。〔3〕有客沾罗衣，热泪忽盈掬。浑沌凿死三万秋，〔4〕人间何物能无愁。英雄失路吞声哭，烈士途穷悲击筑。〔5〕诗三百篇大抵贤人发愤之所为，〔6〕千古穷愁同一致。后啼与前泣，不待相摹追。尔岂感于死生离别之不容已，迎霜号月鸣声悲？一听感孤吟，再听若为赓。〔7〕呼俦复啸侣，中夜万羽戛戛鸣。素女破瑟之弦二十五，一弦一柱皆商声。〔8〕胡笳乍拍千人怒，〔9〕楚歌四起一军惊。何不学为鸾笙凤吹悦人耳，无乃造物赋尔偏多情？

蟋蟀吟，重唧唧。晓露深，草根湿。如驱万马长城窟。黑天高，秋气清，尔胡多不平！岂独放臣弃子弃妻怨友耿耿不能寐，我亦听此心怦怦。明星荧荧大如月，欲眠未眠声转烈，一灯欲死东方白。[10]

〔1〕清商，秋为商，谓秋声也。

〔2〕鹍弦，刘孝绰《乌夜啼》乐府："鹍弦且辍弄，鹤操暂停徽。"按嵇康《琴赋》曰："鹍弦游弦。"李善注云："古相和歌有《鹍鸡曲》。"

〔3〕水灵曲，疑即《水调》，声调怨切。《海录碎事》："隋炀帝开汴河，自造《水调》。"又唐明皇幸蜀，听歌《水调》，有"山川满目泪沾衣"之辞，为李峤所作。

〔4〕浑沌，《庄子》："南海之帝为儵，北海之帝为忽，中央之帝为浑沌。儵与忽时与遇于浑沌之地，浑沌待之甚善。儵与忽谋报浑沌之德曰：'人皆有七窍，以视听食息；此独无有，尝试凿之。'日凿一窍，而浑混死。"

〔5〕击筑，荆轲入秦，高渐离为白衣冠击筑送之。歌曰："风萧萧兮易水寒，壮士一去兮不复还！"

〔6〕本司马迁《报任少卿书》语。

〔7〕赓，续也。

〔8〕李商隐诗："锦瑟无端五十弦，一弦一柱思华年。""破瑟之弦二十五"本此。

〔9〕胡笳，相传蔡文姬有《胡笳十八拍》歌辞，为感伤乱离而作。

〔10〕楚歌，楚霸王军壁垓下，夜闻汉军四面皆楚歌，乃大惊曰："汉皆已得楚乎，是何楚人之多也？"

李枝芃

字里未详。

日苦短　三叠

日苦短，日苦短，天地荏苒寒复暖。六龙[1]奔度如飞飙，长绳难击羲和[2]转。昨日开花今落花，我何憔悴度岁华。流光一游不可再，他年追忆徒咨嗟。罢繁弦，停促管。日苦短，日苦短。

日苦短，夜何长！我欲易夜为日延飞光。庶几策吾良马褰吾裳，可以优游缓步行四方。朝来暮去若零雨，百年反复成今古。弹铗羞为冯氏歌，[3]闻鸡空作刘生舞。[4]日苦短，鲁阳戈，[5]我不能挥奈若何？

日苦短，短如矢，舍乌影迅东流水。叶方落，花重开。燕才去，鸿复来。光阴可怜又可哀，天必老我何意哉！书生有策不得售，腹底常饥衣履旧。颓然自放甘不材，天年虽终骨则灰。我呼白日去且住，白日不答西山去。

〔1〕《易》："时乘六龙以御天。"

〔2〕羲和，日御也。《楚辞》："吾令羲和弭节兮。"

〔3〕战国时，冯谖客孟尝君，弹铗而歌曰："长铗归来乎，食无鱼！""长铗归

来乎，出无车！”“长铗归来乎，无以为家！”

〔4〕祖逖与刘琨共被同寝，中夜闻荒鸡鸣，蹴琨觉曰：“此非恶声也。”因起舞。见《晋书》。

〔5〕《淮南子》：“鲁阳公与韩构难，战酣方暮，援戈而麾之，日为之反三舍。”

徐元鉴

字里未详。

儿归行　有序

泽州山中有鸟，啼曰“儿归”，声甚哀楚。乡人云：昔里妇爱己子而憎前室之子，于种麻时，以麻实生其半，熟其半，使二子分种之，曰“麻成乃归”。而误以熟者与己子。久之，前室子还，而己子不还。走视之，则已化为禽，啼曰“儿归”。——采其说作此篇。

儿归儿归！儿胡不归，而以为鸟归？鸟鸣山中声怆悲。

堂下趋孤儿，孤儿泪下累累。二月麻始芽，三月麻生骨。四月麻作花，五月腰镰刈黄麻。孤儿刈麻载满车。行从黄台下，离离见双瓜。[1]两瓜本同根，交结不分开。自恐先弟归，劳母见生哀。

阿母大悲摧：双双出门去，今汝独归来！

瓜生满园，麻生满田。孤儿不如鸟，鸟有母怜。儿独无母，愿从地下黄泉。

麻根通黄泉，麻叶摩苍天。黄麻子熟中自煎，斑斑口血洒树颠。儿归儿归，不得在阿母前！

〔1〕唐章怀太子《黄台瓜辞》："种瓜黄台下，瓜熟子离离。一摘使瓜好，再摘令瓜稀。三摘尚自可，摘绝抱蔓归。"按《唐书》："武后生四子，长曰孝敬皇帝弘，为太子监国，而仁明孝弟。武后方图临朝，乃杀孝敬，立雍王贤为太子。贤日怀忧惕，知必不保全，无由敢言，乃作《黄台瓜辞》，命乐工歌之，冀武后闻之感悟。"

黄燮清

原名宪清，字韵珊，海盐人。道光举人，官宜都、松滋知县，有政声。工乐府。

孤儿行　五解　有序

有孤儿不得于后母，作诗悯之。

孤儿苦。儿父母在时，食鱼肉，衣罗绮，冬不得寒，夏不得有暑。

父母既没食无脯。发蓬蓬垂面，衣垢不得浣，绽不可补。顾视姊妹兄弟，各泪下如雨。

往诉后母，母怪儿忤。目他视弗顾，儿不得竟语。

不得竟语，走告阿舅，后母虽好，不如儿生母。

舅语儿，儿勿伤悲！善事阿母，慎勿参差！儿无失，母无不慈。

曹楙坚

字里未详。

松江邹女行　有序

女幼字吴氏子。吴九岁而殇，女涕泣成服，父母弗能夺，十三归于夫家。好事者为之征诗。

男则读诗与书，女则依父母居。女年小小，父母钟爱之。媒妁来言，吴氏有儿。一语聘定，毋待及笄。[1]于时父母怡怡，女年幼，不解夫婿为谁，但知终身日后长相依。

朝问堂上，暮归房栊。私告阿母，梦见一鸟折翼，投入怀中。不知吉与凶？阿母闻之不置意，明日吴家凶问至。阿翁谓阿母，夭殇亦常事。况复正年幼，婚姻大可议。女弗顾父母瞋。父母许我已作吴家人，莫道年幼，一日终身。男死女有服，易我绣襦换我裙。父母不从，宁使地下相亲。

朝食弗食，暮餐不餐。有声无声，眼枯泪干。九岁断红丝，〔2〕十三不戴钗与镮。上堂告父母，去去从舅姑。风吹金井啼夜乌。朝来催上云母车，〔3〕不用锦帐垂流苏。

银烛黯无光，舅姑心悲伤。三生共此一杯酒，未识黄泉人生否？九岁儿今有新妇。但愿新妇长健强。儿之福命家其昌，洞房何必双鸳鸳？鸯鸯生而头白，不闻自小相乖离？枯松不盈尺，自有女萝来扶持。

〔1〕笄，簪也。《礼》："女子十有五年而笄。"故言女子之成年者曰及笄。

〔2〕红丝，喻婚姻也。《开天遗事》："郭元振，美风姿，有才艺。宰相张嘉贞欲纳为婿，令五女各持一丝幔，前使牵之，得者为婿。元振牵一红丝线，得第三女，大有姿色。"

〔3〕云母，古以云母饰车，谓之云母车。

吴嘉纪

字里未详。

李家娘　八解　有序

兵陷郡城，李氏妇被掠。掠者百计求近，不屈。越七日夜，闻其夫殁，妇哀号撞壁，颅碎脑出而死。时掠者他出，归乃怒裂妇尸，取心肺示人。见者莫不惊悼，咸称李家娘云。

城中山白死人骨，城外水赤死人血。杀人一百四十万，新城旧城内有几人活？

妻女对镜，夫已堕首。腥刀入鞘，[1]红颜随走。西家女，东家妇。如花李家娘，不辱强梁手。[2]

岂无利刃，断人肌肤？转嗔为悦，心念彼姝。彼姝孔多，容貌不如他。

岂是贪生？夫子昨分散，未知存与亡。女伴何如？发泽衣香，甘言来劝李家娘。

李家娘，肠崩摧。箠挞磨灭，珠玉成灰。愁思结衣带，千解万解解不开。

令下止杀，残人生。寨外人来，殊似舅声。云我故夫子，身殁乱刀兵。恸仆厚地，哀号苍旻。

夫既死，妻复何求？脑髓与壁，心肺与仇。不嫌剖腹截头，观者觳觫若羊牛。[3]

东家妇，西家女。来日撤营北去，驰驱辛苦。鸿鹄飞上天，毚兔不离土。乡园回忆李家娘，明驼[4]背上泪如雨。

〔1〕 箾，应作鞘，剑室也。

〔2〕 强梁，犹强横也。《老子》："强梁者不得其死。"

〔3〕 觳觫，恐惧貌。《孟子》："有牵牛而过堂下者，吾不忍其觳觫。"

〔4〕 明驼，谓马也。《木兰辞》："愿借明驼千里足。"

张作楠

字里未详。

寄衣篇　五解　有序

有某甲者，久客北平，妻每岁成衣北寄。今秋衣到，甲死已数月。讣归，母子相抱痛哭。余哀之，因作此。

虫唧唧，催刀尺。念游子，泪沾臆。冬衣成，寄北平，北平风高妾心惊。念我夫子久作客，日日计归程。再拜告丈人，为我寄衣到塞北。岁岁寄衣，不见夫归，不见夫归心恻恻。一在南，一在北，使妾长相忆。

丈人将衣去，归客将书来。读未数行，举家悲哀。夫子有遗言，言寄妻若子。“远客二十年，财亡身又死。我病尔不知时，我死尔不知日。尔饥尔寒谁视尔？与永诀，凭片纸。”

妻若子，顿足号且呼。不见故夫，但见手书。持书于邑，[1]肝肠断绝。“尔病我不知时，尔死我不知日。使我夫妻父子不得永诀！”

妻哭夫兮，子哭父。母哭儿孤，儿哭母苦。三千里外雪霏霏，谁收尔骨归黄土？

〔1〕于邑，同呜唈，悲哀气貌。

金　和

字弓叔，号亚匏，上元人。以诗文不拘格式，摈斥名场。有《秋蟪吟馆诗钞》。

苜蓿头

苜蓿头，[1]斜阳低。苜蓿头，腹中饥。我呼苜蓿来，其人面目如黑煤。身有敝袽[2]脚无鞋，是男是女相疑猜。试问何太苦，不觉泪如雨。

自言今年已十五，去年丧父兼丧母。千钱卖作童养妇，阿姑畜之如畜狗。秋天日斫柴一航，冬天日拾粪一筐。春来苜蓿可作菜，掘之使到城中卖。每日须卖二百钱，归家许食菜菔饘。[3]钱多不如一勺饘，但缺一钱与一鞭。此菜一斤四钱耳，卖五十斤方称是。力小还须去复来，出城入城二十里。昨日缺钱晚未食，今日徒行更无力。菜叶行已枯，一钱仍未得。

我呼家人急赐饭，叩头当阶呼不愿。愿人尽买菜青青，但不受鞭饿何怨？饿何怨？鞭不支。且进饭，休涕洟。汝言未终我心碎，复与百钱喟而退。

吁嗟乎！童养妇，前生仇。童养妇，终年囚！童养妇，水中泅。童养妇，火中投。君不见苜蓿头？君不闻苜蓿头？

〔1〕苜蓿，野菜名。苜蓿头，言童养妇之采苜蓿度日者。

〔2〕袽，音絮，败衣也。《易》："繻有衣袽。"

〔3〕莱菔，即萝卜。饘，音旃，糜也。厚曰饘，稀曰粥。

弃妇篇

威凤不逐凰，文鸳不辞鸯。如何人间世，乃有弃妇郎？

妾初嫁郎时，妾年才十六。郎眷妾如花，妾倚郎如玉。郎贫妾工织，郎病妾解医。郎饮妾贳酒，郎读妾写诗。妾是草下泥，郎是泥中草。自谓郎心坚，不关妾貌好。

秋云上郎面，秋风生郎怀。郎意妾知之，欢迎阿妹来。妾恐郎不欢，事妹如大妇。郎怒妾无礼，事妹如慈母。阿妹喜膏沐，妾进黄金钗。阿妹倦针线，妾制红罗鞋。阿妹善事郎，愿郎勿嗔妾。郎身重如金，妾命薄于叶。

郎寻游京师，妾与阿妹居。五月使人来，有迎阿妹书。闻郎捷南宫，〔1〕水部〔2〕官已贵。妾办阿妹装，十日不曾睡。

阿妹远随郎，堂有卧病姑。姑病颇忆儿，妾劳当代夫。朝调姑饴饧，夕煮姑汤药。姑生缝衣裳，姑死备棺椁。姑死无一人，姑死无一钱。家信断已久，阿妹行四年。

手写姑遗言，辛苦寄郎处。郎将阿妹归，逐妾出门去。郎亲与妾语，昔是姑在时。如今姑已死，留妾复何为？妾思郎旧恩，愿与爨婢齿。郎知妾无家，欲妾为匄[3]死。回头哭向郎，阿妹与妾殊。阿妹似欲哭，莫亦疑郎无！

〔1〕捷南宫，谓应礼部试获捷也。

〔2〕水部，官名，唐制，属工部，掌天下山渎陂池之政令。

〔3〕匄，音盖，今作丐。

骆烈女诗　八解

金陵张氏女，母遣嫁骆家。将女来作妇，女较郎年差。将妇来作女，郎待女及瓜。虽非共命鸟，已是同根花。

丁丑秋仲月，郎病忽大作。女年十五余，颇解奉汤药。郎虽不言死，女知郎梦恶。女虽不言死，郎知女心诺。

一朝郎竟死，妾死何旁皇！堂前尚有姑，妾死还商量。姑以郎为命，郎死妾未亡。郎心不忘姑，妾身宜代郎。

姑乃前致词，非妇汝勿守！女曰女甘之，姑喜不容口。母亦前致词，再嫁女弗丑。女曰女胡颜，母怒掩耳走。

他日母病闻，闻病女乃行。行行至母门，母到当门迎。连床叠锦绮，大众欢有声。女知入罗网，霁色了不惊。

含笑语众人，女事母为政。母宁不爱女？择婿想已定。召女庸何伤，不祥乃称病。请归一辞姑，明日惟母命。

脱身归至家，姑前扬扬然。夜半结缟带，抢地呼青天。无郎妾何恋？无妾姑可怜！两全今未能，妾从郎九泉。

孟冬旬二日，女化若仙举。母方哭女来，女魂惨欲语。从嫁恩亦断，兹来哭何许？作诗窃史权，出之骆烈女。

烈女行记黄婉梨事　十解

君不见黄婉梨，生不甘为仇人妻？虎狼累月相提携，一夕杀之如杀犬与鸡。贞魂烈魄虽下地，浩气上与青天齐。

婉梨金陵人，儒风旧家是。癸丑陷贼中，[1]女生五龄耳。有母有弟有兄嫂，全家种菜隐乡里。阿母教针线，阿兄授书史。门外污者尘，门内清如水。

朝朝盼官兵，十有二年久。官兵既收城，全家开笑口。叩门来一兵，状貌比贼丑。搜屋无一钱，怒掣刀在手。女前跪致词，请以身代母。兵曰不杀汝，杀汝全家人，汝能飞去否？

全家被杀时，女木立若痴。兵徐缚女出，鞭马还怒驰。江干舣有船，驱女使上之。告以归湘南，妻汝汝勿疑。

女心默自计，我死宁有他？我固不惜死，全家仇则那？忍泪向仇语，我方身有疴。随汝到汝家，嫁汝缔茑萝。[2]今有同船人，男妇数十多。汝若苦逼我，我惟沉江波。不见金家妇，汝奈江波何？仇竟帖耳听，不敢相诋诃。朝夕敬事女，水程累月过。

水程累月尽，舍舟当就陆。同舟人各行，同行一仇独。女心摇摇撞小鹿，[3]此去不知何处宿，何日诛仇死瞑目？

行未数里，横来一人。伴仇而走，甚狎且亲。数数目女道女美，彼此虐谑粉笑嗔。女闻无言眉暗颦，两恶男子意不驯，我一弱女宁其伦？事急惟有死，保我金玉身。报仇在今夕，万一沉冤伸。不报亦今夕，衔悲极千春。逆旅急偷闲，留诗壁间尘。后有读之者，为我聊酸辛。

倚装[4]几何时，白日暗平楚。[5]两伧买酒肴，烧烛照窗户。呼女陪壶觞，教女伴歌舞。鸩音[6]恣号呶，时杂莺燕语。逆旅夫何知，夜寐各宾主。

明日之日日正中，房门不启人无踪，破局睨视生悲风。一男中鸩死，口鼻皆青红。一男毒较轻，白刃洞在胸。一女挂罗巾，遍身穷袴穷。[7]细读壁间诗，了了陈始终。乃知女所为，辣手真从容。万口啧啧称女雄，此女毋乃人中龙？[8]

噫吁嘻！女事虽幸成，女心尤惨凄。色身饵人饿虎蹊，一日未死忧噬脐，[9]欲死不死呼天啼。至诚所动天听低，乃以杯酒为媒梯。[10]仇仇刃毕月未西，青溪之水魂归兮。世无血性诸红闺，绮罗金翠真土泥。君不见黄婉梨？

〔1〕指太平天国洪秀全袭金陵事。

〔2〕缔茑萝，谓结婚姻也。

〔3〕鹿，同辘，谓辘轳。言心摇如辘轳之转也。

〔4〕倚装，谓行簇也。

〔5〕平楚，平林也。

〔6〕鴃音，《孟子》："南蛮鴃舌之音。"

〔7〕穷袴，《汉书》："霍光欲皇后擅宠有子，虽宫人使令，皆为穷袴多其带。"注："穷袴有前后裆，不得交通也。"

〔8〕人中龙，《晋书》："宋纤隐居，太守马岌造之，不见。岌叹曰：名可闻，身不可见，人中龙也。"

〔9〕噬脐，言后悔无及也。《左传》："若不早图，后君噬齐，其及图之乎！"齐同脐，以口啮腹脐，喻不及也。

〔10〕媒以之成姻，梯以之升高。媒梯，谓成事之介也。

丹徒包明经室严孺人割臂图　十一解

鸟曷贵有鹣？鱼曷贵有鲽？[1]郎身千金重，妾命薄一叶。郎今病何忧？何不移病妾？切切呼问天，高高天不答。

郎病郎且死，妾岂有力能回天？郎死妾俱死，此事在妾天无权。郎或不死未可知，妾虽万死夫何辞？妾臂上有肉，妾为郎医之。

夜深无人，独拜当户。炉香上云，樽酒浇土。红烛双行，白铁尺许。郎生郎死，在此一举。彖[2]嘘欲绝，暗泣零雨。

袒臂直前，奏刀毅然。血漉漉涌泉，肉团团割绵。连肩带肘妾不知，但觉雪肌冰理，刃过无留迟。

急将一脔肉，投之百沸汤。倾之碧玉瓦，两手战战持战向郎。

郎僵卧若蚕，惟鬼语喃喃，方半醒半酣。扶郎就郎口，郎饮之而甘。

郎腹隆隆鸣，郎汗蘧蘧出。迟明与郎语，清响胜昨日。三日餐有加，五日杖绕室。七日召宾朋，十日病若失。

可知从前疏，郎非必死病。昌阳与豨苓，[3]医者违其性。岂真肉有神，妾乃夺郎命？郎病不当绝，妾乃得天幸。

郎体日以安，妾伤日以重。当时未为苦，痛定则知痛。人前倦谈笑，寂处成醉梦。

眠食顿灭惫甚尫，厌厌一息仅在床。姊妹代浣沐，始见在臂碗口一巨创。血肉尚狼藉，筋骨大倔强。肤革焦烂多黑黄，斑斑斓斓罗衣裳。臧获〔4〕奔告相惊惶，郎来视之双泪汪。乃知前夕之夕服此汤，今日之日更无续命方。虽复割臂难为偿，红颜少妇为谁死，男儿能无摧肝肠？

郎心姑勿悲，妾病殆不起。妾有一言告夫子，人生偕老虽百年，断无一日同死理。妾之先郎行，妾命自短耳。割臂世常有，顾妾独至此！即无割臂事，时至妾亦死。郎生长未央，妾死乐为鬼。更愿黄泉相见迟，从此妾心大欢喜。

〔1〕鹣，比翼鸟。鲽，比目鱼。《尔雅》："东方有比目鱼焉，不比不行，其名谓之鲽。南方有比翼鸟焉，不比不飞，其名谓之鹣鹣。"

〔2〕絫，与累同。

〔3〕昌阳，菖蒲别名。韩愈文："昌阳引年。"豨苓，即猪苓，入药。

〔4〕臧获，奴婢也。

徐时栋

字定宇，一字同叔，鄞人。道光举人，官内阁中书。家有烟屿楼，藏书六万卷，丹黄殆遍。

八月湖水平

《八月湖水平》，哀鄞令王青甫鼎勋也。辛丑八月，城陷于西夷。是月晦日，令将殉难月湖，既而不果。湖在吾家门外，家人亲见之。夫殉之而不果，其事无足道也；然而是役也，令君其硕果也，其事可惜，其志抑可哀也。故为新乐府以存其人也。

八月湖水平，九月湖水青。朝看湖水流，夜听湖水鸣。湖水亦不浊，湖水亦不清。

朝看湖水流，水流湖西头。夜听湖水鸣，水鸣声悠悠。腥风起，湖波咽。将军亡，危城失。太守去，县官出。

可怜县官出县衙，住无县，归无家。身上蓝丝袍，足下乌皮靴。出门四望天地昏，但见百姓携持保抱东窜而西奔。

前日拉杂轿马箱箧出门走，是县官宾与友。昨日拉杂轿马箧出门走，是县官子与妇。前日之日宾客长揖别而去，县官点头不能语。昨日之日妻孥再拜哭而去，县官顿足泪如雨。

不知今日更何日，飞炮如雷破岩邑！县官不能争县城，岂能眼看西夷[1]入？县官誓不生，乃有奴子长跪而悲鸣。县官怒，奴子哀。县官出，奴子踯躅随之来。

县官来湖边，与奴子喃喃，不知其何言。忽见县官跳身投清泉。吁嗟县官死！县官与湖水，两两千万年。

八月湖水平，九月湖水绿。县官入湖水，奴子仰天哭。湖边父老哀死别，太息无语心痛切。忽见奴子大号入水而负县官出，县官欲绝不得绝。县官大怒，手击奴子，破头流血。

县官转身，重入湖流。噫嘻死亦大难事！县官入水既沉而忽浮。于是奴子重负县官出而救之湖头。嗟嗟奴子尔与县官是何仇仇？此时县官已不能言语，但闻声啾啾。

吁嗟乎！月湖之水兮，不可以濯缨！[2]县官既来兮，使我湖水清更清！

吁嗟乎！月湖之水兮，不可以濯足！县官即去兮，使我湖水浊更浊。

〔1〕西夷，谓英军。清宣宗道光十九年，林则徐严禁鸦片，悉烧英商所有者。翌年，英军陷舟山，侵宁波。即此诗所咏事？

〔2〕《沧浪歌》："沧浪之水清兮，可以濯我缨。沧浪之水浊兮，可以濯我足。"

乞儿曲　七解　有序

西夷据郡城，积七八月。郡中乞儿益穷饿，于是纷起向夷人索钱米。由城逮乡村，洎旁郡他县与余姚流丐之向在郡乞食者，男妇杂沓，携持保抱入城中，呼号啼笑，日益众多，至于数千。此时夷方以偷儿有戒心，见此愈惊恐，疑中国有阴谋，将仓卒袭取之者，始决计舍城去。是役也。偷儿之功十六七，乞儿之功十二三，是皆不可无作也。古者兵行凯还，则有铙歌鼓吹之曲，以鸣得意，故拟新乐府以备甬上凯歌，作《乞儿曲》。

蓬头垢面衣欲穿，破甑在手儿在肩。什伯成群，来向鬼子啼饥寒。啼饥寒，鬼子怜。绝坐台上，乞儿环台边；鬼子嘻笑乱掷青铜钱。乞儿低头争拾去，鬼子大笑乞儿去。

三三两两传播之，鬼子有钱能布施。相唤相告语，相将入城去。昨来百十个，今来不知数。环乞钱，鬼子怒。手中杖，击其股。乞儿嘻嘻散复聚，却向鬼子齐声诉哀苦。

甬江大马头，〔1〕南船北船日日江中浮。遍走天下，不及江厦。〔2〕列肆江西东，大家满城中。大家与我米，列肆与我钱。乞儿多复多，不愁饥与寒。荒年施我粥，丰年施我衣。乞儿多复多，不愁寒与饥。

吁呼嗟！今奈何？寂街寂，可张罗。〔3〕旧门户，墙嵯峨。〔4〕嗟嗟乞儿！空鼓咙胡唇干舌燥不得锱铢。嗟吁乎！奈何呼！

乞儿啼饥寒，鬼子不肯怜。乞儿诉哀苦，鬼子不能怒。鬼子不怒亦不怜，乞儿累累相纠缠。鬼子不怜亦不怒，乞儿拍手呼邪许。〔5〕

夜畏偷儿，昼畏乞儿。畏昼畏夜，不如去诸。

鬼子入舟中，乞儿散如风，偷儿富贵乞儿穷。乞儿有口不言功，使相赫赫来和戎！〔6〕

〔1〕甬江，在浙江鄞县东北。马头，今作码头，泊船之所。

〔2〕原注："俗有鄙谚云：走尽天下，不如宁波江厦。"

〔3〕谓寂静可以张罗鸟雀也。

〔4〕原注:“时大家并以砖甓堵门户。”

〔5〕邪许,读如柴虎,呼声也。

〔6〕清道光二十年,英军侵宁波。二十一年,清廷遣琦善与英议和。

黄遵宪

字公度,嘉应人。光绪举人,官至湖南按察使。有《人境庐诗钞》。

今别离　四首

别肠转如轮[1],一刻既万周。眼儿双轮驰,愈增心中忧。古亦有山川,古亦有车舟。车舟载离别,行止犹自由。今日舟与车,并力生离愁。明知须臾景,不许稍绸缪。钟声一及时,顷刻不少留。虽有万钧柁,动如绕指柔。[2]岂无打头风？亦不畏石尤。[3]送者未及返,君在天尽头。望影倏不见,烟波杳悠悠。去矣一何速,归来留滞不？所愿君归时,快乘轻气球。

朝寄平安语,[4]暮寄相思字。驰书迅如雷,云是君所寄。既非君手书,亦无君默记。虽署花名字，知谁签纸尾？寻常并坐语，未遽悉心事。况经三四译，岂能达人意？只有斑斑墨，类似临行泪。门前两行树，离离到天际。中央亦有丝，有丝两头系。如何君寄书，断续不时至？每日百须臾，书到时有几？一息不见君，使我容颜悴。安得如电光，一闪至君旁？

开函喜动色，分明是君容。自君镜奁来，入妾怀袖中。临行剪中衣，是妾亲手缝。肥瘦妾自思，今昔将毋同？有别思见君，情如春酒浓。今日见君面，仍觉心忡忡。揽镜妾自照，颜色桃花红。开箧持赠君，如与君相逢。妾有钗插鬓，君有襟当胸。双悬可怜影，汝我长相从。对面不解语，若隔山万重。自非梦来往，密意何由通！[5]

我魂将何之？[6]欲与君追随。飘然渡沧海，不畏风波危。昨夕入君室，举手搴君帷。披帷不见人，想君就枕迟。君魂倘寻我，会面亦难期。恐君魂来日，是妾不昧时。妾睡君或醒，君睡妾岂知？彼此不相闻，安怪相参差？举头见明月，明月方入扉。此时想君身，侵晓刚披衣。君在海之角，妾在天之涯。相去三万里，昼夜相背驰。眠起不同时，魂梦难相依。地长不能缩，翼短不能飞。只有恋君心，海枯终不移。海水深复深，难以量相思。

〔1〕此言轮船火车。

〔2〕绕指柔，言其柔能绕指也。

〔3〕石尤，谓逆风也。相传石氏女嫁尤郎。尤远商不归，石思之成病。临亡叹曰："吾恨不能阻其行，以至于此！今有商旅远行，吾当起大风，为天下妇人阻之。"自后船值逆风，辄曰此石尤风也。

〔4〕此言电报。

〔5〕此言照片。

〔6〕此言一人在东半球，一人在西半球。昼夜相反，魂梦难逢。